보복대행전문주식회사

보복대행전문
주식회사

이외수
장편소설

1

해냄

보복대행전문주식회사 1

| 차 례 |

보복대행전문주식회사 2

|차례|

채널러

숲속이다. 바람은 불지 않는다. 나는 나무들이 탄주하는 음악 소리를 듣고 있다. 나무들이 탄주하는 음악 소리는 청각 신경을 통해서만 듣는 것은 아니다. 이른바 정(精), 기(氣), 신(神)에 예속되어 있는 모든 기관들이 나무들이 탄주하는 음악 소리를 감지하는 감성적 기능들로 변환된다.

나무들이 탄주하는 음악 소리를 듣고 있으면, 때로는 내육신이 초봄의 풀잎처럼 은은한 연둣빛으로 물들거나, 때로는 내 정신이 달밤에 강물 가득 쏠려 가는 달빛처럼 반짝거리거나, 때로는 내 영혼이 저물녘 서쪽 하늘 노을빛처럼 아름답게 범람한다.

나는 나무들이 탄주하는 음악 소리를 들으면서 완벽하게 나무들과 합일되는 자신을 깨닫는다. 뼈들이 투명해지고 혈관 속이 청량해진다. 나무들의 음악 소리에 하늘이 열리고 바다가 열린다. 동이 트는 것도 태양이 작열하는 것도 어둠이 내리는 것도 모두 나무들이 탄주하는 음악과 불가분의 관계를 이루고 있다.

나는 숲속에서 나무들이 탄주하는 음악을 들을 때마다 새롭게 태어나는 자신을 발견한다.

일반 사람들은 쉽게 납득할 수 없겠지만, 나는 모든 식물들과 대화가 가능한 채널러다.

채널러는 일종의 교신자다. 인간이 아닌 다른 존재와 의식을 교환할 수 있거나 소통할 수 있는 인격체들을 지칭한다. 그리고 의식을 교환하거나 소통하는 행위를 채널링이라고 한다.

나는 어릴 때부터 식물들과의 소통이 가능했다. 물론 플라스틱 식물들과는 소통이 불가능하다. 엄밀하게 말하면 플라스틱 식물도 나름대로의 의식은 가지고 있겠지만 나와는 주파수가 일치하지 않는다. 나는 생물이든 무생물이든 나름대로의 의식을 가지고 있다는 믿음을 간직하고 있다. 하지만 생명을 지닌 식물들만 주파수가 일치한다. 그리고 주파수가 일치해야만 채널링이 가능하다.

어릴 때는 남들도 식물들과의 채널링이 가능한 줄 알았다. 하지만 일곱 살쯤 되었을 때 나는 알게 되었다. 그것이 나만 가능하다는 사실을.

내가 다른 사람들이 납득하기 어려운 세계를 지니고 있다는 사실을 자각하면서 다른 사람들과의 원활한 대화가 힘들어지기 시작했다.

일단, 대부분의 사람들이 내 진실을 믿지 않았다. 나는 나이 들어 갈수록 동물들의 속성이 싫어졌고 식물들의 속성이 좋아졌다.

내가 비밀을 털어놓을 수 있는 사람들은 매우 드물다. 하지만 어쩌다 그런 사람들을 만나 내가 식물들과 대화가 가능하다고 비밀을 털어놓는 순간부터 나는 제정신이 아닌 사람으로 평가된다. 초등학교 때는 앞뒤를 생각해 보지도 않고 비밀을 털어놓은 적도 있었다. 그때마다 나는 거짓말쟁이로 간주되었다.

"나무가 말하는 소리를 들었다잖아."

"타잔이 나무 타다 불알 터지는 소리 하고 있네."

"또라이."

아무도 믿어 주지 않았다.

정상적인 사람들은 누구나 집 안에 나무 몇 그루나 화초 몇 포기 정도는 키우면서 살아간다. 그런데 말을 알아듣지도 못하면서 그것들을 키우는 이유가 무엇일까. 나는 이해할 수가 없었다. 그들은 전부 식물들과 대화가 통하지 않는 귀머거리, 벙어리 들이나 다름이 없었다.

그런데 그들이 보기에 나는 어떨까. 자신이 식물들과 대화를 할 수 있다고 생각하는 정신병자에 불과할지도 모른다. 아마도 그럴 것이다.

군대에서 산악 훈련을 할 때였다.

휴식 시간이었다. 중대장은 소변이 마려운지 후미진 곳으로 걸어가고 있었다. 그때 내가 앉아 있던 자리에서 얼마 떨어져 있지 않은 장소에서 잡목들이 수근거리는 소리를 들었다.

"저리 가면 안 되는데."

"까치살모사가 또아리를 틀고 있어."

"물리면 죽을 수도 있는데."

"성격 못된 인간이면 그냥 내버려 두지 뭐."

나는 중대장이 위험에 처했다는 사실을 감지했다. 황급히 중대장에게로 달려가 양팔을 벌리고 진로를 가로막았다.

"이, 이리로 가, 가시면 아, 안 됩니다."

"이 새끼가 미쳤나."

"이, 이, 쪽으로 가시면 도, 도독사에 무, 물리실 가, 가능성이 이, 있습니다."

"비켜 이 새꺄."

중대장은 몹시 급해 보였다.

그때 어디선가 뱀 한 마리가 나타나더니 황망히 풀숲으로 사라지는 모습이 보였다. 중대장도 그 광경을 목격하고 순간적으로 흠칫 몸을 사렸다.

까치살모사였다.

맹독성 독사로 알려져 있었다. 대가리에 검은 점이 일곱 개 있다 하여 칠점사, 물리면 일곱 걸음을 넘기지 못하고 죽는다 하여 칠보사라는 이름도 가지고 있었다.

"까, 까치 사, 살모사입니다. 매, 맹독성이죠. 바, 방심하신 상태로 보, 볼일 보러 가, 가셨으면 무, 무물렸을지도 모, 모릅니다."

내가 까치살모사에 대해 설명했을 때, 중대장은 애써 태연을 가장했지만, 핼쑥해진 낯빛까지 감추지는 못했다.

중대장이 어떻게 알게 되었느냐고 꼬치꼬치 캐물어서 결국 잡목들이 가르쳐 주었노라고 솔직하게 말해 주었다.

역시 중대장은 믿지 않았다. 물론 믿으리라고 기대하지는 않았다. 누구나 그랬으니까.

"너 정신과 전문의한테 상담 한번 받아 봐야 하는 거 아니냐."

입도 혀도 성대도 없는 나무들이 말을 한다니 졸병 새끼가 장교를 상대로 너무 구라를 심하게 피운다고 위협하듯 주먹까지 높이 쳐들어 보였다.

나는 지독한 말더듬이다. 친분이 돈독하지 않은 사람과 대화를 나눌 때는 언제나 말을 더듬는다. 물론 말하는 내 쪽에서도 곤혹스럽지만 듣는 쪽에서도 곤혹스러울 수밖에 없다. 그래서 나는 평소 말을 잘 하지 않는 편이다.

하지만 식물들과 대화를 나눌 때는 전혀 말을 더듬지 않는다.

백량금.

내 재산 목록 1호에 해당하는 식물이다.

백량금은 내가 식물들과 채널링을 할 때 메신저 역할을 담당한다. 그러니까 백량금은 식물들의 의식과 나의 의식을 연결해 주는 일종의 전달자다. 솔직히 말해서 사람보다 몇 배나 의사소통이 잘 되는 생명체다.

4년 전 어느 봄날이었다. 군 복무를 끝내고 서울에서 백수로 빈둥거리던 시절, 라면이 떨어져서 편의점으로 가는 길에 우리 동네에 화원 하나가 새로 생겼다는 사실을 알게 되었다.

'2H FLOWER.'

무슨 뜻일까. 투 에이치 플라워. 간판에 그렇게 적혀 있었다.

각양각색의 꽃들이 화사하게 자태를 뽐내고 있었다. 바깥에 전시된 화분 중에 처음 보는 식물이 내 눈길을 끌었다. 정확하게 말하면 그 식물의 꽃이 아니라 열매가 내 눈길을 끌었다. 1미터가 조금 못 되는 키에 상큼하고 단정해 보이는 나무 한 그루가 심겨 있었는데 새빨간 열매가 너무나 매혹적이었다.

그 식물이 내게 어떤 메시지를 보내고 싶어 하는 것은 분명한데 무슨 까닭인지 쉽게 말문을 열지 못하고 있는 것 같았다. 채널링을 개설해서 하고 싶은 말이 있으면 해 보라는 의사를 전달해 보았으나 응답이 없었다.

"이, 이 식물 이, 이름이 어, 어떻게 되나요."

나는 용기를 내어 식물의 이름을 물었다. 이십 대 초반의 상큼발랄해 보이는 여자가 혼자 꽃집을 지키고 있었다.

"일 년에 세 가지 이름으로 불리는 식물이에요. 보통 때는 백량금, 꽃이 피면 천량금, 열매가 열리면 만량금. 지금은 열매가 열렸으니까 만량금이네요."

설명을 듣고 나니 부쩍 더 집으로 데려가고 싶어졌다.

"배, 배달해 주, 주실 수 있나요."

"주소 적어 주시면 바로 배달해 드릴게요."

"가, 감사합니다."

"얘는요, 다른 애들에 비하면 성격이 참 소심한 편이거든요. 그래서 발육도 좀 느린 편이에요. 하지만 사랑을 많이 주시면 건강하게 잘 자랄 거예요."

상큼발랄한 여자가 주소를 확인한 다음 내게 말했다. 하지만 나는 식물과 대화를 나눌 수 있다는 자만심 때문에 그녀의 말을 귀담아듣지 않았다.

그날부터 나는 하루 종일 백량금과 대화를 나누면서 살았다. 아니다. 대화를 나누었다기보다 일방적으로 나만 떠들어 대는 형국이었다. 나는 언제나 장황하게 떠드는 쪽이었고 백량금은 언제나 듣기만 하는 쪽이었다. 물론 '알겠습니다'라든가 '모르겠는데요'라든가 하는 답변 정도는 있었다. 그래서 백량금이 천성적으로 지나치게 과묵한 식물인 줄로만 알고 있었다.

그런데 어느 날 몇 개의 잎들이 끝부분부터 시들어 가고 있다는 사실을 알게 되었다. 어디 아픈 거 아니냐고 백량금에게 물었지만 괜찮다고만 대답했다. 하지만 나는 안심이 되지 않았다. 어디가 잘못된 것은 분명한데 어디가 잘못된 것인지 알 수가 없었다. 이러다 백량금이 죽어 버리는 것은 아닐까 더럭 겁이 나기도 했다.

나는 뻔질나게 '2H FLOWER'를 드나드는 수밖에 없었다. 화원을 경영하는 여자는 식물에 대해서는 매우 해박한 지식을 가지고 있을 뿐만 아니라 겉만 보고도 식물의 건강 상태나 심리 상태를 잘 진단해 내는 능력을 가지고 있었다. 내가 채널링을 통해서 식물에게 물어보아야만 알 수 있는 사실들을 그녀는 외관만을 통해서도 진단해 낼 수가 있었다.

"잎이 시들기 시작했다고요."

"끄, 끝부분이 가, 갈색으로 시들어 가고 이, 있습니다."

"몇 잎 정도나 그런 현상을 보이고 있나요."

"여, 열대여섯 잎 정도는 되, 되는 것 같습니다."

"이번에는 제가 직접 가 보아야 정확한 진단을 내릴 수가 있을 것 같은데요."

내가 백량금에 대해서 하도 걱정을 많이 하니까 황송하게도 그녀가 종업원에게 가게를 맡기고 직접 내 거처를 방문하게 되었다.

백량금을 살펴보던 그녀가 말했다.

"물을 너무 자주 주셨군요."

그녀의 설명에 의하면 백량금은 최소한의 햇빛과 최소한의 물만으로도 잘 견디는 식물이었다.

"백량금은 비교적 자존심이 강한 식물이에요. 벌, 나비에게조차 신세를 지기 싫어하는 성격이죠. 아주 미약한 바람만으로도 꽃가루받이가 가능해요."

그런 줄도 모르고 나는 자주 물을 주었던 것이다.

그날 나는 그녀에게 차를 대접하고 싶었다. 나로서는 고마움을 표할 수 있는 방법이 그것밖에 없었다.

"시간이 괜찮으시다면 꼭 제가 차 한잔 대접하고 싶은데요. 무슨 차로 드시겠습니까. 어지간한 차들은 모두 구비되어 있습니다."

황차, 보이차, 홍차, 산국차, 녹차, 우엉차, 뽕잎차, 벚꽃차,

계화차, 귤꽃차, 허브차, 루이보스티.

나는 주의에 주의를 기울여서 말을 더듬지 않고 차 이름을 하나하나 열거하기 시작했다. 그러면서 제발 그녀가 커피라고 말하지 않기만을 간절히 빌었다. 공교롭게도 나는 가장 일반적인 차인 커피를 보유하고 있지 않았던 것이다. 내가 커피를 좋아하지 않는 데다 대접할 손님도 오지 않는 실정이어서 준비해 두지 않았던 것이다.

커피는 전통차들에 비하면 청량감이 많이 떨어진다. 한마디로 탁한 느낌을 준다. 뿐만 아니라 나는 체질적으로 커피에 들어 있는 카페인을 별로 좋아하지 않는다. 물론 녹차나 황차, 보이차 등의 전통차에도 다량의 카페인이 함유되어 있다. 그러나 커피에 함유되어 있는 카페인에 비하면 분해 속도가 빠르고 배출이 잘된다는 장점을 가지고 있다.

나는 커피를 마시면 심장이 불안정해진다. 그래서 아예 커피를 구비해 두지 않았다. 이런 경우가 생기리라고는 예상해 본 적이 없었던 것이다. 나는 한국에서 자생하는 식물의 잎이나 꽃이나 뿌리로 법제한 차들만 갖추고 있었다.

그런데 여자는 "커피요" 하고 공교롭게도 커피를 마시고 싶다고 말했다.

낭패였다. 나는 물에 빠진 사람이 지푸라기를 잡는 심경으로 백량금에게 도움을 요청하게 되었다.

"어떻게 해야 좋을까."

그런데 놀랍게도 백량금이 아주 상세하게 방법을 가르쳐 주었다.

"지금 앞에 계시는 여자분은 커피 과다 복용으로 속이 쓰린 상태입니다. 하지만 커피 때문이라는 사실은 모르고 있습니다. 커피를 드시면 위장에 나쁜 영향을 끼칠 우려가 있습니다. 그대로 설명해 드리고 황차를 대접해 드리세요. 황차에는 커피보다 많은 양의 카페인이 함유되어 있기는 해요. 하지만 분해가 매우 잘되는 카페인이지요. 위를 편하게 만들어 드릴 뿐만 아니라 속 쓰림도 진정시켜 드릴 겁니다."

물론 그녀는 알아들을 수가 없었다. 우리끼리만 소통이 가능한 채널이었다.

"비, 비교적 커, 커피를 마, 많이 드시는 편이로군요."

"들켰네."

"지, 지금 소, 속도 좀 쓰, 쓰리신 거 같은데."

"맞아요."

"소, 속을 가, 가라앉히는 차, 차를 달여 드, 드리겠습니다."

"한의학 공부하시나 봐요."

"고, 공부라고 마, 말할 수준은 모, 못 됩니다."

"너어무 겸손하시네요."

"겨, 겸손은요."

"이런 건 마구 자랑하셔도 되는데."

"하, 하루에 커, 커피를 몇 잔씩이나 드, 드시나요."

"평균 다섯 잔 이상씩은 마시는 것 같아요."

백량금이 알려 준 정보에 의하면 여자는 카페인 과다 섭취 상태였다. 물론 적당량의 카페인 섭취는 피로 회복과 체내의 노폐물을 제거해 주는 역할을 할 수도 있다. 하지만 과다하게 섭취하면 부작용을 일으킬 수밖에 없다.

"펴, 평소 원인 불명의 부, 불면에 시달리시거나 워, 원인 불명의 부, 불안감을 느끼시거나 워, 원인 불명의 메, 메스꺼움을 느끼시지는 않습니까."

"정말 대단하시네. 어떻게 보기만 하고 그런 걸 다 아시지."

"제, 제가 아주 좋은 차를 대, 대접해 드리겠습니다."

경남 하동에 황차를 법제하시는 분이 계신다. 재배한 찻잎을 따서 법제하는 것이 아니라 야생 찻잎을 따서 법제한다. 쪄서 덖는 방법으로 법제하는 것이 아니라 햇빛에 자연 발효시키는 방법으로 법제한다.

이름하여 황로담(黃露潭).

흔하게 황차라고 부른다. 생산량이 많지 않아서 미리 주문해 두지 않으면 구경하기 힘들다.

나는 다구를 꺼내 정성껏 차를 달이기 시작했다.

청풍명월(淸風明月).

찻주전자에서 물 끓는 소리를 달 밝은 밤 솔밭에 바람 지나가는 소리라고 표현했던 풍류객이 추사였던가. 아무튼 차를 마시는 행위는 음료를 마시는 행위가 아니라 운치를 마시는 행위다.

나는 잘 달인 차를 그녀의 찻잔에 따라 주었다. 하지만 여자는 전통차에 익숙지 않은 눈치다. 마시면서도 아무런 반응이 없었다.

"앞으로도 백량금에 문제가 생기면 전화 주세요."

여자가 명함 한 장을 내밀었다.

2H FLOWER

서울 은평구 녹번동

플로리스트 한세은

전화 010-××××-9987

이름은 한문으로 표기되어 있지 않았다.

"그런데 참 신기하네요."

"뭐, 뭐가 말입니까."

"아까 마신 차 말인데요, 쓰리던 속이 아주 편안해졌어요. 돌팔이는 아니신가 봐요."

나는 대학에서 철학을 전공했다. 한의학이라니, 근처에도 가 본 기억이 없다. 하지만 극구 부인하지는 않았다. 그녀가 난처해질지도 모른다는 생각이 들어서였다.

"프, 플라워가 꼬, 꽃이라는 것은 알겠는데 투, 투 에이치는 무, 무슨 뜻인가요."

"제 이름 한세은의 에이치와 호프의 에이치를 뜻하는 거예요. 하지만 보시는 분들이 에이치가 들어가는 좋은 단어, 힐링이나 해피나 헤븐, 허그 같은 단어를 두 개쯤 떠올리셔도 상관없다는 의도였어요."

나중에 안 사실이지만 그녀가 운영하는 '2H FLOWER'는 서울의 어느 대학 병원 영안실에 화환을 납품하는 사업도 겸하고 있었다.

어느 날 갑자기 백량금이 처음으로 먼저 내게 말을 걸었다.

"캡틴이라고 부르고 싶은데 어떠세요."

그 소리를 들었을 때 나는 방 안에 누군가 다른 사람이 있는 줄 알았다. 그러나 방 안에는 아무도 없었다. 백량금뿐이었다.

캡틴은 원래 군대식 계급 중의 하나다. 탈것에서 최고 책임자, 선장, 함장, 기장을 부를 때 쓰는 호칭이다. 그리고 스포츠에서 리더나 주장을 부를 때도 캡틴이라는 호칭을 쓴다. 하지만 나는 대장 노릇을 해 본 경험이 한 번도 없다. 그래서 그 호칭이 더욱 마음에 든다.

알고 보니 백량금은 나만큼이나 소심한 식물이었다. 내 호칭이 정해질 때까지 말을 할 수가 없었다는 고백이었다.

합일감.

나는 그날부터 다른 식물들보다 몇 배나 높은 밀도로 백량금과의 합일감을 느낄 수가 있었다. 나는 캡틴이라는 애칭이 무척 마음에 든다고 대답했다. 비로소 백량금은 이야기의 물꼬를 트기 시작했다.

얼마나 많은 대화들을 나누었을까. 나는 백량금을 통해서 식물들이 다른 생명체들의 의식을 염사(念寫)할 수 있다는 사실을 알게 되었다.

"제가 염사법을 가르쳐 드릴게요."

어느 날 백량금이 제의했다. 대화만 가능한 것이 아니라 의식도 들여다볼 수 있다는 것이다.

"나 같은 무능력자도 가능할까."

"제가 판단하기에는 적임잔데요."

"설마."

나는 자신이 없었다.

"염사는 특별한 훈련이나 노력을 기울이지 않고도 요령만 터득하면 누구나 구현이 가능해요."

"요령이라니."

"가장 중요한 점은 대상에 대한 사랑을 느낄 수 있어야 한다는 거예요."

"처음부터 자신감이 확 감소되는구먼."

"대상에 대한 사랑을 느끼기 전에 먼저 대상에 대한 아름다움을 발견하세요."

백량금의 지론에 의하면 대상에 대한 아름다움을 발견하는 시점이 대상에 대한 사랑을 발견하는 시점이다.

"역시 자신 없어."

나는 처음부터 뒷걸음질을 치고 있었다.

"걸레를 대표하는 이미지가 뭔가요."

"'더럽다', '지저분하다'겠지."

"걸레를 강력한 세제로 오래도록 세탁한다면."

"깨끗해질 수도 있겠지."

"걸레가 언제나 지저분하다는 것은 편견이에요. 대체로 지저분한 편이지만 분명히 깨끗할 때도 있어요. 하지만 육안이나 뇌안은 대개 어떤 사물을 보거나 판단할 때 순간과 부분만을 보고 판단하는 경우가 태반이지요. 그러면 곡해와 오류를 범할 가능성이 커요."

"육안이나 뇌안이 아니라면."

"심안이나 영안이지요. 아시겠지만 심안은 마음의 눈이고 영안은 영혼의 눈이에요. 전체와 영원을 볼 수 있는 눈이지요. 걸레도 심안과 영안으로 보면 달라요."

"육안, 뇌안, 심안, 영안. 처음 들어 보는 소리야."

"걸레를 단지 육안으로만 보면 모양이 너덜너덜하다, 색깔이 칙칙하다, 크기가 손수건만 하다 정도를 알 수 있지요. 걸레를 뇌안으로 보면 어떨까요. 재질이 헝겊이다, 세균이 많이 들끓는다, 값싸게 구할 수 있다, 잃어버려도 그다지 아까운 생각은 들지 않는다 정도를 알 수 있어요. 하지만 아는 건 중요하지 않아요."

"그럼 뭐가 중요하지."

"아는 것보다 중요한 것은 느끼는 것이고 느끼는 것보다 중요한 것은 깨닫는 것이지요."

"그럴까."

"캡틴님은 걸레의 무엇을 알고 계신가요."

"'더럽다', '지저분하다' 정도 아닐까."

"그러면 걸레에게서 무엇을 느끼시나요."

"역시 더럽다는 느낌과 지저분하다는 느낌 아닐까."

"결국 육안과 뇌안을 벗어나지 못하시는군요."

"심안이나 영안을 뜨면 걸레가 어떻게 보이는데."

"거룩해 보이죠."

"걸레가 설마."

"걸레는 다른 사물을 깨끗하게 만들어 주기 위해 아무 보상도 없이 자신의 살을 찢거나 헐어요. 캡틴님은 지금까지 자신 이외의 존재를 위해 아무 보상도 없이 살을 찢거나 헐어 보신 적이 있으신가요."

"없군."

"그런데도 걸레가 거룩하다는 사실을 인정할 수 없다는 건가요."

"갑자기 부끄러워지는데."

"드디어 심안을 뜨셨네요."

나는 백량금의 말을 듣고 지금까지 내가 얼마나 편협한 눈으로 세상과 사물을 보고 있었는가를 자각하게 되었다. 나는 백량금에게도 부끄러움을 느꼈고 걸레에게도 부끄러움을 느꼈다. 세상에 존재하는 모든 것들이 나보다 거룩해 보였다. 백량금도 존경스럽고 걸레도 존경스럽고 똥파리도 존경스럽고 쓰레기도 존경스럽고 하루살이도 존경스럽다는 생각이 들었다. 지금까지 인간이랍시고 시건방을 떨어 댄 것 같아 부끄럽기 짝이 없었다.

그날부터 나는 만물을 다른 눈으로 바라보려고 애를 썼다. 육안과 뇌안으로 대상을 보지 않고 심안과 영안으로 대상을 보려고 노력했다.

백량금의 설명에 의하면, 대부분의 인간들이 염사 불능 상태에 빠지는 이유가 머리로 어떤 문제에 접근하려 드는 습관 때문이다. 머리로 접근하면 대상에 대한 실체도 볼 수 없으며 대상에 대한 본성도 볼 수 없다. 머리는 측은지심도 느낄 수가 없으며 아름다움도 느낄 수가 없다. 머리는 알기 위해서 존재하는 도구이지 느끼기 위해서 존재하는 도구가 아니다. 사랑은 머리로 아는 것이 아니라 마음으로 느끼는 것이다. 대상에게 머리로 접근하면 당연히 합일이 불가능해진다. 아름다움도 마찬가지다. 결론적으로 말하면 대상과의 합일은 오로지 마음으로만 가능하다.

염사는 시간의 제약도 받지 않고 공간의 제약도 받지 않는다. 과거도 염사가 가능하고 현재도 염사가 가능하다. 그러나 미래는 염사가 불가능하다. 대상의 외형도 염사가 가능하고 대상의 내면도 염사가 가능하다. 염사는 상대편의 의식을 영상으로 볼 수 있을 뿐만 아니라 오감으로 느끼는 모든 감각을 그대로 느낄 수도 있다는 특성을 가지고 있다. 간단하게 말하면 대상의 외형과 내면, 그리고 감각까지를 모두 복제해서 공유할 수가 있다. 그러나 무슨 까닭인지는 모르지만 후각만은 공유가 불가능하다.

내 재산 목록 1호가 백량금이라면 재산 목록 2호는 휴대폰이다.

나는 확실히 휴대폰에 중독되어 있다. 휴대폰이 나와 분리되면 극심한 금단 현상이 나타난다. 휴대폰을 장시간 사용하지 못하거나 수중에 없다는 사실을 확인하면 초조와 불안과 긴장과 분노에 사로잡히게 된다. 전화를 걸 일이나 검색을 할 일이 없을 때도 무심코 휴대폰을 꺼내 만지작거린다. 휴대폰이 손에 쥐어져 있지 않을 때는 왠지 불안하다. 손에 들고 있지 않을 때는 왼쪽 바지 주머니에 찔러 두는데 가끔 존재를 확인해 보아야 안심이 된다. 나는 속칭 일본어로는 히키코모리, 한국어로는 은둔형 외톨이다.

그러나 오타쿠는 아니다. 오타쿠는 한 분야에 열중하는 사람을 이르는 일본어다. 나는 일본이라는 단어만 보면 본능적으로 증오와 닭살이 동시에 유발되는 특질을 가지고 있다. 그래서 나는 오타쿠라는 말을 사용할 필요가 있을 때는 가급적이면 오덕이라는 한국어로 대체해서 사용한다. 오덕은 초기에 애니메이션, SF 영화 등 특정 분야의 사물이나 취미에 깊은 관심을 가지고 있으면서 다른 분야에 대해서는 지식이 부족하고 사교성이 결여된 인물을 지칭하던 말이었다. 부정적인 의미가 더 많이 내포되어 있었다.

하지만 나중에는 점차 의미가 확대되어 특정 분야에 몰두하는 사람, 마니아 수준을 넘어선 전문가 등의 긍정적 의미까지 내포하게 되었다. 한국어로는 한마디로 광(狂)에 해당한다.

낚시광. 골프광. 바둑광. 섹스광.

정직하게 말하자면 나 역시 대인 관계는 평점 제로에 가깝다. 내장되어 있는 전화번호가 열 개도 되지 않을 정도다.

박태빈(朴太彬).

친구 놈이고 직업은 검사다. 휴대폰으로 부담 없이 잡담을 나누거나 부담 없이 신세 한탄을 하거나 부담 없이 도움을 요청할 수 있는 유일무이의 인간이다.

그리고 한세은.

4년 동안 우리는 식물에 대한 정보를 주고받으면서 연인도 아니고 타인도 아닌 사이를 유지하고 있다. 하지만 세은의 말을 빌리면 우리는 썸 타는 사이다. 언젠가 '2H FLOWER'에서 어떤 손님이 나를 가리키며 누구냐고 물었을 때, "썸 타는 사이예요"라고 대답한 적이 있다.

나는 그녀와 통화를 하기 위해 휴대폰 버튼을 누를 때마다 심장이 쿵쾅거리고 손가락이 떨린다. 내게는 핸드폰이 그녀와 통화를 하라고 발명된 문명의 이기에 해당한다. 그녀와의 통화가 사용량의 대부분을 차지한다. 오랜 친구인 박태빈 검사와의 통화량을 훨씬 초월한다. 나머지는 거래처나 정원사나 조리사와의 통화인데 언제나 '용건만 간단히'로 끝난다. 물론 보이스 피싱이나 광고를 목적으로 내게 전화를 거는 부류들도 있다. 외로움에 찌들어 있을 때는 그런 전화라도 반갑기는 하다.

하지만 나는 말을 심하게 더듬는 편이어서 어떤 전화든 최대한 빨리 통화를 끝내 버린다. 그런데도 나는 어디를 가든 항상 휴대폰을 지참한다. 지참하지 않으면 뇌를 장착하지 않고 다니는 인간처럼 허전하고 불안해서 견딜 수가 없다.

만약 정부가 휴대폰 금지령을 내린다면 어떤 현상이 벌어질까. 자살자가 속출하거나 관계 장관을 암살하려는 단체들이 속출할지도 모른다.

검색의 생활화.

나는 알고 싶은 것이 있으면 무조건 휴대폰을 꺼내 검색해 보아야 직성이 풀린다.

휴대폰은 만능이다. 무엇이든 검색만 하면 엄청난 정보들을 쏟아 낸다. 저가의 생필품도 구입할 수 있고 고가의 사치품도 구입할 수 있다. 십 대들은 대부분 자신도 모르는 사이에 휴대폰의 노예로 전락해 있다. 십 대들에게는 부모님보다 높은 신뢰감을 안겨 줄 뿐만 아니라 선생님보다 뛰어난 문제 해결 능력을 보여 주기도 한다. 축구 중계도 볼 수 있고 최신 영화도 볼 수 있다.

지금은 휴대폰으로 대통령을 만들어 내기도 하고 휴대폰으로 국회의원을 만들어 내기도 하는 시대다. 휴대폰 속에서 성직자를 만나 개과천선을 할 수도 있고 휴대폰 속에서 사기꾼을 만나 패가망신을 할 수도 있다. 특별한 이변이 일어나지 않는 한 언젠가는 휴대폰이 세상을 지배하는 시대가 올지도 모른다.

어쩌면, 머지않은 장래에 휴대폰을 신봉하는 종교가 만들어질지도 모른다. 예언컨대, 폰신에 의한 폰신을 위한 폰신의 시대가 오고야 말지도 모른다.

기존의 종교들은 십 대들이 생각할 때 지나친 형식과 도덕을 강요할 뿐만 아니라 내용도 비과학적이고 고리타분하고 모순으로 가득 차 있다. 가령, 첫 인류인 아담과 이브는 선악과를 따 먹은 죄로 에덴동산에서 추방당한다. 아담과 이브를 유혹해서 선악과를 따 먹게 만든 죄 때문에 뱀은 아직도 배로 땅바닥을 기어야 하고 여자는 출산의 고통에 시달려야 하며 남자는 가족을 부양해야 하는 노고를 감내해야 한다.

전 세계를 통틀어 엄청난 숫자의 교인들이 예배를 드리고 기도를 하고 용서를 비는데도 아직 죄는 말끔히 사해지지 않았다. 독생자 예수님이 다녀가셨는데도 여전히 세상에는 살인자가 생기고 사기꾼이 생기고 도둑놈이 생긴다. 슬픔도 생기고 근심도 생기고 고통도 생긴다.

세상은 시간이 흐를수록 하나님이 가르치시는 사랑과 자비로부터 점차 멀어지고 있는 양상이다. 단지 아담과 이브라는 생면부지의 조상들이 하나님께서 따 먹지 말라고 당부한 과일 하나를 따 먹었기 때문이라면 그 과일이 어떻게 생겼는지조차도 모르는 후손들로서는 너무도 가혹하고 억울한 형벌이다. 심지어 일부 사이비 종교 지도자들은 하나님 뒤에 숨어서 교세 확장이나 돈벌이를 일삼는 작태도 서슴지 않는다. 그런데도 벼락 따위는 떨어지지 않는다.

물론 모든 종교의 본질은 자비와 사랑이다. 모략과 배척이 아니다. 하나님께서는 원수까지 사랑하라고 말씀하셨다. 나는 그 가르침에 감동하면서도 도저히 실천할 자신이 없다. 그래서 교회에 다닐 엄두가 나지 않는다. 나는 휴대폰도 하나님의 자비에 의해서 인간에게 주어졌다고 생각하는 사람 중의 하나다. 나 같은 은둔형 외톨이들에게는 휴대폰이 곧 사랑과 자비와 용서의 상징이다. 휴대폰은 절대로 근엄하지 않다. 변기에 빠뜨리거나 함부로 깔고 앉거나 배터리가 끊어지거나 액정이 박살 나도 슬퍼하거나 노하지 않는다. 심지어는 다른 사양으로 교체해도 원망하거나 불평하지 않는다. 끊임없이 새롭고 다양한 정보를 제공해 주고, 끊임없이 새롭고 다양한 재미도 제공해 준다. 아무것도 강요하지 않는다. 강요하더라도 거역하면 그만이다.

음악. 문학. 미술. 공예. 사진. 연극. 영화. 정치. 경제. 사회. 종교. 동물. 식물. 천문. 지리. 뉴스. 쇼핑.

손가락 한 번만 까딱하면 어떤 분야든지 최첨단을 무료로 즐길 수 있다.

십 대들은 거의 모든 시간을 휴대폰에 의지한다. 생로병사를 휴대폰과 함께하고 희로애락을 휴대폰과 함께한다. 휴대폰이 없는 인생은 생각조차 할 수 없다. 불교를 믿는 젊은이라 하더라도 부처님께 의지하는 시간보다는 휴대폰에 의지하는 시간이 훨씬 많고, 기독교를 믿는 젊은이라 하더라도 예수님께 의지하는 시간보다는 휴대폰에 의지하는 시간이 훨씬 많다. 휴대폰이 길이요 진리요 생명이다. 언젠가는, 폰교라는 종교가 생길지도 모른다. 그리고 태초에 휴대폰이 천지를 창조하였느니라, 로 시작되는 경전이 나타날지도 모른다.

까악.

길 건너편에서 갑자기 여자의 비명이 들렸다. 비명에 이어 어떤 물체 하나가 번개처럼, 미친 듯이, 빠르게, 저돌적으로 내 앞을 스치고 지나갔다.

나는 하마터면 그 물체와 충돌할 뻔했다. 그 물체는 분명히 살아 있는 생명체였다. 나는 아주 짧은 순간이었지만 그 생명체에게서 절대적인 공포와 절대적인 충격과 절대적인 위기감을 느꼈다. 그 생명체는 전속력으로 나타나 전속력으로 사라져 버렸다.

고양이였다. 분명히 이마에 긴 대못이 박혀 있었다.

"고양이였지."

"이마에 뭔가 박혀 있었어."

"대못이야."

"어떤 새끼가 그런 짓을 했을까."

"존나 긴 대못이었어."

"어디서 갑자기 나타났지."

"바로 저 골목에서 뛰쳐나왔어."

"기절할 뻔했잖아, 시바."

길 건너편에서 두 명의 여자들이 큰 소리로 떠들어 대고 있었다. 이십 대 초반으로 추정되는 나이였다. 내가 서울에

와 있다는 사실을 실감하는 순간이었다.

나는 화천군 상서면 다목리에 현주소를 두고 있었다. 거기서 소규모의 수목원을 경영하고 있었다. 그래서 수목원에 쓰일 자재나 설비가 필요할 때마다 서울을 드나들었다. 복잡하거나 어려운 일은 없었기 때문에 오래 체류하는 법은 없었다. 대개 하루만 묵었다 화천 다목리로 귀환했다. 서울에 올 때마다 나는 서대문에 소재한 레지던스에 숙소를 정했다.

그날도 나는 예약해 둔 레지던스로 가고 있었다. 비교적 사람들과 차량들의 왕래가 뜸한 지역이었다. 멀지 않은 장소에 경찰청이 자리 잡고 있었다. 그래서인지는 몰라도 불량배들이나 주정뱅이 따위는 얼씬도 하지 않았다. 숙소는 언제나 한적하고 편안했다. 그런데 갑자기 이마에 대못이 박힌 고양이와 마주치다니. 생각지도 못했던 돌발 사태였다.

숙소에 들어와 자리에 누워 눈을 감았지만 잠이 오지 않았다. 계속 가슴이 뛰고 있었다. 다구(茶具)를 꺼내 황차를 달여 마셔 보았지만 아무 소용이 없었다. 친구 놈한테 전화라도 해 볼까 망설이다 이내 포기해 버렸다. 오늘만 벌써 세 번이나 통화를 했었다. 세은에게도 마찬가지였다. 특별한 용무도 없이 벌써 네 번이나 전화를 했었다.

쌍칼.

눈을 감고 잠을 청할 때마다 이마에 대못이 박힌 고양이가 전력 질주하던 장면이 자꾸만 선명하게 떠올라서 도무지 잠을 이룰 수가 없었다.

죽지는 않을까. 도대체 어떤 놈이, 무슨 억하심정이 있어서, 고양이의 이마에 대못을 박았을까. 길고양이일까. 주인이 있는 고양이라면 주인의 가슴은 얼마나 아릴까.

벽에도 천장에도 창문에도 이마에 대못이 박힌 고양이의 환영이 어른거리고 있었다. 세상에는 이해할 수 없을 정도로 나쁜 놈들이 너무 많다. 오늘 밤에도 잠을 자기는 틀렸다는 생각이 들었다.

다목리(多木里).

습관처럼 수목원을 둘러보고 응접실로 돌아왔다. 소파에 드러누워 휴식을 취하고 있는데 휴대폰이 울렸다. 친구 놈이었다.

"밥은 먹었냐."

친구 놈이 건성으로 묻고 있었다.

"밥은 못 먹었고 라면은 먹었다."

나는 진지하게 대답했다.

"니가 손수 끓여 먹었냐."

"당연하지."

"조리사 아주머니는."

"닷새간 휴가 중이다."

오늘이 사흘째다.

"예언컨대 조리사 아주머니 돌아오실 때까지 너는 매일 라면 한 가지로 끼니를 때울 거다."

라면.

은둔형 외톨이들에게는 더없이 은혜로운 음식이다.

'오늘날 우리에게 일용할 양식을 주옵시며.'

나는 라면이 발명되고 나서야 비로소 주기도문의 '일용할 양식'이라는 부분이 진정한 의미를 획득하게 되었다고 생각한다.

나는 아직도 은둔형 외톨이의 껍질에서 완벽하게 탈피하지 못했다.

주침야활(晝寢夜活).

면식수행(麵食修行).

낮에는 자고 밤에는 활동한다. 그리고 끼니는 거의 라면으로 때운다. 항상 집에 라면이 종류별로 박스째 적재되어 있다. 특히 신상은 빼놓지 않고 비치해 둔다. 인터넷 폐인들의 생활 특성이기도 하지만 은둔형 외톨이들의 생활 특성이기도 하다.

나는 조리사 아주머니가 돌아오실 때까지 매일 라면만 먹게 될 것이다. 라면은 정말 거룩한 음식이다. 특히 대한민국의 전통 식품인 김치와 너무나 잘 어울리는 음식이다.

하지만 한 가지는 마음에 걸린다. 어느 날 라면을 최초로 발명한 사람이 누군가 궁금해서 검색해 보았더니 안도라는 이름의 일본인이었다.

제기럴.

그건 정말 나를 갈등에 빠져들게 만드는 사실이었다. 나는 철두철미한 반일주의자다. 특히 친일파에 대해서는 극혐에 가까운 거부 반응을 나타내 보인다.

라면을 먹어야 하나 말아야 하나.

한동안 갈등하다가, 세계가 다 애용하는 음식으로 친일 여부를 따질 수는 없다는 생각에서 먹는 쪽으로 결정을 내리게 되었다.

라면은 조리 시간은 짧지만 유통기한은 길다. 그래서 세계적인 구호 식품으로 널리 활용된다. 딱히 일본 음식이라고 하기에는 너무 일반화되었다.

"일단 그토록 짧은 시간에 그토록 맛있는 음식을 그토록 싼 가격에 먹을 수 있다니 축복인 것은 분명한데 말이야."

"개발하신 분께 경배라도 드리고 싶다는 어투로구나."

"일본 놈한테 경배는 무슨 얼어 죽을 경배냐."

"좌쇅이 발끈하기는."

친구 놈은 내 아킬레스건을 잘 알고 있다. 그래서 은근히 빈정거리는 어투로 내 심기를 건드리기 시작한다.

"라면을 발명하신 분이 일본 분이든 한국 분이든 최소 노벨 평화상, 경제학상 두 개 정도는 몰아서 드려야 하는 거 아닐까."

"너 멀리 스웨덴까지 비행기 타고 날아가서 뺨 맞고 싶은 모양이구나."

"노벨 평화상을 받은 사람들이 얼마나 많냐. 하지만 평화는 개뿔, 인류는 하나도 변하지 않았어. 아직도 지구상에는 총소리가 끊이지 않는 실정이고 아직도 가난한 자들의 굶주림은 계속되고 있는 실정이야. 라면이 발명되지 않았다면 얼마나 많은 사람들이 끼니를 때우지 못했을까를 생각해 봐라. 두 가지를 주기 아깝다면 최소 노벨 평화상 한 가지 정도라도 줘야 한다고 나는 강력하게 주장하는 바이다."

"너 대뇌가 갑자기 바이러스 먹은 거 같다. 정신과 검진 한 번 받아 봐라."

친구 놈이 전할 말이 있다면서 먼저 걸어 온 전화였다. 그런데 친구 놈은 전할 말을 잊어버렸는지 잡담만 늘어놓고 있었다.

"너 그거 아냐."

휴대폰 저쪽에서 친구 놈의 목소리가 갑자기 은밀 모드로 변환되었다.

"하지 마."

나는 황급히 친구 놈의 입을 틀어막는 기분으로 소리쳤다.

너 그거 아냐.

친구 놈이 아재개그를 남발할 때마다 드러내는 습관성 드립이다. 친구 놈은 대한민국 현대 유머를 나름대로 일목요연하게 정리해서 재연할 수 있다.

소외 계층의 애환을 대변하던 참새 시리즈.

참새 한 마리가 전깃줄에 앉아 있다. 포수가 총으로 쏘아 명중시켰다. 떨어지면서 하는 말.

씨발놈 윙크하는 줄 알았더니 쏘구 지랄이야.

참새 시리즈만 15탄까지 있다.

그다음, 인명 경시 풍조를 자조하던 식인종 시리즈.

식인종이 기차를 보고 하는 말.

와아, 줄줄이 김밥이다.

이것도 20탄 정도가 떠돌아다녔다.

비정상적인 세상을 풍자하던 정신병자 시리즈.

정신병동 목욕탕에서 환자가 낚시질을 하고 있다. 의사와 간호사가 지나가다 묻는다.

고기 많이 잡히나요.

환자가 대답한다.

시펄놈아, 목욕탕에 무슨 고기가 있냐.

의사와 간호사가 한 방 먹었다는 표정을 지으며 지나간 다음 환자가 무릎을 치면서 하는 말.

하마터면 좋은 자리 뺏길 뻔했네.

역시 후속탄들이 즐비하게 양산되었다.

실속 없는 인생의 허무감을 헛바람 새는 웃음 한 방으로 날려 버리던 최불암 시리즈.

무능과 무력과 무지를 자탄하는 만득이, 영구 시리즈.

여러 가지 정치적 사회적 병리 현상을 바탕으로 음지 식물처럼 자생해서 서민들의 애환을 대변해 주던 유머들이 한동안 시들해지더니 풍자도 흐리멍덩하고 해학도 흐리멍덩한 허무개그 시리즈를 거쳐, 갑자기 아재개그가 유행하기 시작했다.

친구 놈은 아재개그가 뚜렷한 풍자나 해학적 의미를 중시하지 않는 개그라고 말한다. 문화가 전반에 걸쳐서 정체성을 상실했기 때문에 유머도 정체성을 상실한 양상을 드러낸다는 것이다.

막장.

친구 놈의 정의에 의하면 아재개그는 한마디로 막장이다. 의미와 철학 따위는 과감하게 팽개쳐 버린 유치찬란한 말장난, 그것으로 족하다는 것이다. 웃어도 그만 안 웃어도 그만이라는 것이다.

"너 신사가 자기소개할 때 뭐라고 하는 줄 아냐."

"뭐라고 하는데."

"신사임당."

칼칼칼.

이런 식이다.

친구 놈은 명색이 검사다. 그런데 뻑하면 아재개그를 치고는 재미있어 죽겠다는 듯이 캴캴거린다. 친구 놈이 남발하는 모든 아재개그가 그 정도로 재미있지는 않다. 어떤 것은 맹물에 불어 터진 군용 건빵을 씹는 기분이다. 인터넷에서 얻어들은 복사 개그도 있고 본인이 직접 만든 창작 개그도 있다.

"엄숙하게 사는 것도 싫고 근엄하게 사는 것도 싫다. 하지만 직업이 검사다. 나도 모르게 엄숙해지거나 근엄해진다. 높은 분들 앞에서는 어쩔 수 없이 엄숙한 척해야 하고 용의자들 앞에서는 어쩔 수 없이 근엄한 척해야 한다. 늘 긴장한 상태로 살아야 한다. 그 사실이 지겹다."

물론 나도 이해는 한다. 친구 놈은 잠깐만이라도 자신의 정형화된 일상을 벗어나 보고 싶은 것이다.

"어떤 중학생이 복장이 터져서 죽었는데 학교 이름이 뭘까."

친구 놈의 아재개그가 계속된다.

"모른다."

"복장이 터져서 죽었는데 어떤 중학교인지 모른단 말이냐."

"모른다니까."

"로딩중."

"드러누워서 빵에다 설탕물을 바르면."

오늘도 한두 개로 끝날 태세가 아니다.

"모르겠는데."

"발라당."

"세상에서 가장 긍정적인 소는."

"옳소."

"그럼 세상에서 가장 쪽팔리는 소는."

"그건 무슨 소냐."

"좆소."

친구 놈은 좆이라는 부분을 유난히 강하게 발음했다.

친구 놈의 아재개그의 특징을 말하라면, 공간적으로는 북극을 연상시키고 시간적으로 겨울을 연상시킨다. 한마디로 존나 춥다. 하지만 친구 놈은 나를 만나기만 하면 아재개그를 풀어 놓는다. 그래야 남북통일과 인류 평화가 빨리 도래한다고 생각하는 정신 질환자 같다.

아재개그.

검색창에 네 글자만 치면 인터넷을 떠도는 아재개그를 총망라해서 볼 수가 있을 것이다. 하지만 나는 검색을 자제한다. 친구 놈이 개그를 칠 때마다 처음 듣는 개그처럼 웃어 주는 것도 우정과 의리를 지키는 일이라고 생각하기 때문이다.

"잼있냐."

친구 놈은 아재개그를 치고 나서 수시로 묻는다. 자신의 아재개그가 어느 정도의 호응을 얻고 있는지 확인해 보는 것이다.

"냉장고에 딸기잼 있다."

나는 애매하게 대답한다.

가끔 딸기잼을 사과잼, 오디잼, 망고잼 따위로 교체할 때도 있기는 하지만, 그건 재미있다는 뜻도 아니고 재미없다는 뜻도 아니다. 하지만 친구 놈은 언제나 내가 재미있게 받아들인 것으로 간주한다.

"아까 전할 말이 있어서 전화했다고 하지 않았냐."

"그랬는데 무슨 얘기를 하려고 했는지 잊어버렸다."

"그 머리로 사법 고시는 어떻게 합격했냐."

"공부가 제일 쉬웠어요."

친구 놈은 고등학교 때부터 성적 면에서는 타의 추종을 불허했다. 게다가 운동이면 운동, 예능이면 예능, 무엇을 해도 만능이었다.

"칼국수를 잘 끓이는 놈이 수제비도 잘 끓이는 거 아니겠냐."

남들이 질문을 던질 때마다 친구 놈은 겸손도 떨지 않고 그런 식으로 으쓱거렸다. 여러 방면으로 나와는 너무나 대조적인 인물이었다.

나는 서른이 되기 전까지 모든 합리화와 정당성으로 자신을 변호하기에 급급했는데 서른이 가까워지면서 점차 세상이 역겨워지기 시작했다. 특히 백량금으로부터 심안과 영안으로 세상과 사물을 바라보는 방법을 배우고 난 다음부터 내가 과연 인간답게 살고 있는 것일까 하는 자문에 빠지는 경우가 많았다.

인간은 과연 만물의 영장일까.

나는 아니라고 생각한다.

인간은 생존 경쟁이라는 말을 자주 사용한다. 약육강식이라는 말도 자주 사용한다. 그리고 그것을 당연한 법칙으로 받아들인다.

하지만 그것은 인간에게 당연한 법칙이 되어서는 안 된다. 왜냐하면 그것은 정글의 법칙이기 때문이다. 정글의 법칙은 동물들에게나 통용되는 법칙이다. 인간이 만물의 영장인 이유는 지능이 높아서가 아니다. 만물을 멸살할 수 있는 무기를 보유하고 있어서도 아니다.

지구상에서 오로지 인간만이 만물을 사랑할 수 있는 가슴을 지니고 있기 때문에 인간이 만물의 영장이다. 강자가 약자를 잡아먹는 행위를 당연시한다면, 만물의 영장은 개뿔, 시튼의 동물기에 등장하는 모든 동물들과 파브르의 곤충기에 나오는 모든 곤충들이 좆까네 소리를 연발하다 집단 자살을 감행할 노릇이다.

인간이 정말 만물의 영장이라면 약자가 쓰러져 있을 때 강자가 잡아먹어서는 안 된다. 그러면 인간이 아니라 동물이다. 쓰러져 있는 약자를 보았다면 강자가 손을 내밀어 일으켜 세우고 비록 느리더라도 목적지까지 함께 갈 수 있어야 만물의 영장이다. 그래야 인간이다.

그런데 현실은 어떤가.

나는 지금으로부터 29년 전에 대한민국 서울특별시 강남구에서 태어났다. 당신은 사랑받기 위해서 태어난 사람이라는 노랫말이 있다. 물론 사랑받기 위해서 태어난 사람도 있기는 있을 것이다. 하지만 경험에 비추어 본다면 나는 사랑받기 위해서 태어난 인물은 아니었다. 나는 핍박받기 위해서 태어난 인물이었다.

초등학교 때였다.

"할아버지는 어떤 분이셨어요."

나는 할아버지가 어떤 분이셨는지 정말 궁금했다. 그래서 아버지께 여쭈어보았다.

"독립운동을 하신 분이셨다."

아버지의 대답이었다. 표정도 태연했고 어투도 태연했다. 그래서 조금도 의심하지 않았다. 아버지의 그 대답은 초등학생이었던 내게 엄청난 자부심과 자랑거리로 가슴 깊이 새겨졌다. 할아버지는 안중근 의사나 윤봉길 의사처럼 나라를 구하기 위해 왜놈들과 싸우신 분이셨다. 만인들이 존경해야 마땅한 인물이었다.

나는 독립투사의 후손이므로 모든 면에서 타의 모범이 되어야 한다고 생각했다. 그야말로 품행이 방정하고 학업 성적이 우수한 초딩이 되려고 노력했다. 솔선수범해서 청소를 한

다든가 솔선수범해서 선행을 베풀 때는 언제나 독립투사의 후손이라는 자긍심이 밑바닥에 깔려 있었다.

그런데 중학교 3학년 때였다. 나의 자부심은 한순간에 무너지고 말았다.

"할아버지는 어떤 분이셨어요."

"독립운동을 하신 분이셨다."

하지만 아니었다. 아버지의 대답은 새빨간 거짓말이었다. 할아버지는 『친일인명사전』에 그 이름이 등재되어 있는 인물이었다.

어느 날 할아버지에게 부당한 방법으로 재산을 빼앗겼다는, 진짜 독립투사의 후손이 나타나서는 아버지와 멱살잡이까지 하면서 격렬하게 다투는 바람에 할아버지의 실체가 밝혀지게 되었다. 진짜 독립투사 후손의 말을 빌리면 할아버지는 독립투사들을 왜놈들에게 고발하는 악행도 모자라서 왜놈들을 등에 업고 독립투사들의 토지나 가옥을 몰수해서 자기가 차지하는 악행도 서슴지 않은 위인이었다.

"내 말이 틀렸다고 생각하시면 민족문제연구소에 당신 부친의 행적을 한번 물어 보시오. 물론 그러지 않아도 당신이 잘 알고 계시겠지만."

아버지는 반박하지 않았다. 억울하면 법적으로 해결하라는 말만 되풀이하고 있었다. 그러나 얘기를 들어 보니 독립투사의 후손이라고 주장하는 사람은 재산을 되찾기 위해 소송을 제기했다가 패소한 경력을 가지고 있었다. 오랜 법정 투쟁 끝에 남아 있던 재산까지 다 날려 버리고 가족들이 거리로 나앉게 생겼다는 것이다.

그의 주장에 의하면 할아버지는 왜놈 앞잡이 중에서도 악질 왜놈 앞잡이였다. 아버지도 시인하는 눈치였다. 그러나 언쟁 끝에 기어이 경찰을 불러 독립투사의 후손이라고 주장하는 사람을 쫓아내고야 말았다.

나는 극심한 수치심과 극심한 배반감과 극심한 자괴감에 사로잡혀 있었다. 안중근인 줄 알고 벽에다 사진까지 붙여 놓고 날마다 숭배하고 존경하고 흠모했던 인물이 어느 날 이완용이라는 사실을 알았을 때, 어떤 기분이 들겠는가. 내가 바로 그런 기분이었다.

민족문제연구소에서 『친일인명사전』이 발간되었다. 거기 할아버지의 이름이 분명히 명시되어 있었다. 나는 아버지를 일절 믿지 않게 되었을 뿐만 아니라 세상도 일절 믿지 않게 되었다. 그때부터 나는 자신을 사랑받기 위해서 태어난 사람이 아니라 배반당하기 위해서 태어난 사람이라고 단정하게 되었다.

내가 겪었던 아버지로부터의 배반은 학업 성적이 우수할 뿐만 아니라 행실도 타의 모범이 되었던 나를 정반대로 바꾸어 놓고야 말았다. 학업 성적은 급속도로 떨어졌으며 행실도 조금씩 비뚤어지기 시작했다. 아버지는 내게 부여된 불행이자 비극의 도화선이었다.

나는 중딩 때 이미 심각한 염세주의에 빠졌고 구제 불능의 은둔형 외톨이가 되었으며 교정 불능의 말더듬이가 되었다. 나는 아버지의 거짓말이 탄로 나기 전까지는 세상이 지극히 정상적인 줄 알고 살았다. 어릴 때부터 책을 많이 읽었고 식물들을 유난히 좋아했으며 세상의 모순이나 가식 따위는 보이지 않았다. 그런데 아버지의 거짓말 한마디가 탄로 나면서 너무 많은 세상의 모순들이 눈에 보이기 시작했다. 어쩌면 그때 내 인생의 목표와 방향은 확고하게 결정되었는지도 모른다.

세상은 분명히 잘못 돌아가고 있었다. 몰락해야 할 것들은 번성하고 번성해야 할 것들은 몰락하고 있었다. 우대받아야 할 것들은 천대받고 천대받아야 할 것들이 우대받고 있었다.

최소한 나만이라도 그렇게 살아서는 안 된다는 생각을 했다. 내가 즐겨 읽었던 모든 책들이 나를 그렇게 가르쳤고 내가 친구처럼 여기고 살았던 모든 초목들이 나를 그렇게 가르쳤다. 적어도 아버지의 거짓말이 탄로 나기 전까지 나는 모든 사람들이 나와 같은 생각으로 세상을 살아가고 있는 줄 알았다.

나는 절대로 비굴해서는 안 된다고 생각했다. 나이 들어

가면서 차츰 불의와 부패에 정면으로 맞설 힘을 길러야 한다고 생각했다. 이 나라의 젊은이로 지칭되는 연령층 대부분은 인생의 소중한 것들 세 가지를 포기한 3포 세대를 거쳐 이젠 인생의 소중한 것들 아홉 가지를 포기한 9포 세대로 살고 있다. 젊은 층들은 대한민국을 헬조선이라고 지칭하기를 서슴지 않는다.

나도 예외는 아니다. 이른바 요즘 말하는 금수저, 즉 부유층으로 살고 있기는 하지만 희망 따윈 포기해 버린 지 오래다. 나는 대한민국이라는 나라의 모든 부조리와 악습들의 배면에는 친일파가 도사리고 있다고 생각했다. 그 생각은 나이 들어 가면서 조금씩 부피와 중량과 깊이를 더해 갔다. 그러면서 정의 구현이라는 말이 어떤 의무감으로 내 가슴에 확고하게 자리를 잡게 되었다.

나는 서울에서 볼일을 끝내고 화천 다목리로 돌아와 휴식을 취하고 있는 중이다. 약간 피곤하다. 나는 이 약간 피곤한 상태를 즐기는 편이다. 시간이 달짝지근하다고 해야 할까. 그냥 놀고만 있는 것은 아니라는 안도감이 있는 것이다.

내가 서울에 올라갈 때는 대개 내가 경영하는 수목원에 필요한 시설이나 자재를 보충하기 위해서다. 지금 보유하고 있는 나무들은 다행히 건강 상태가 대체로 양호한 편이다. 하지만 수종은 더 보완할 필요가 있다. 지금 보유하고 있는 수종으로는 수목원이라는 이름을 붙이기도 민망할 정도다.

나는 소파에 드러누워 습관적으로 휴대폰을 만지작거린다. 하지만 통화할 대상이 없다. 세은과도 몇 번 통화를 했고 친구 놈과도 몇 번 통화를 했다. 정체를 알 수 없는 불안과 초조가 슬그머니 고개를 쳐든다. 휴대폰 중독에서 비롯된 금단 현상일지도 모른다.

십 대들이 활발하게 드나드는 커뮤니티에 들러 습관적으로 게시물들을 훑어본다. 웃음을 유발시키는 게시물들도 있고 짜증을 유발시키는 게시물들도 있다. 천재 소리를 들어야 마땅한 유저들도 있고 천치 소리를 들어야 마땅한 유저들도 있다.

휴대폰을 만지기 시작하면 시간 가는 줄을 모르게 된다. 그런데 항상 지뢰가 도사리고 있다. 바로 친일이라는 두 음절의 지뢰다. 이 지뢰를 만나기만 하면 나는 서핑을 중단한다.

그런데 오늘은 다른 지뢰를 만났다. 즐겨 드나들던 커뮤니티에서 게시물들을 훑어보다가 '악마는 있다'라는 제목의 게시물을 클릭하게 되었다. 게시물이 열리는 순간 나는 전율부터 느껴야 했다.

이마에 대못이 박힌 고양이의 사진이었다. 등골이 오싹했다. 게시자는 희생된 고양이의 주인이었다. 다행히 발견 즉시 동물 병원에 가서 대못을 뽑고 치료를 했다. 그래서 고양이는 생명을 건졌다. 하지만 고양이를 볼 때마다 얼마나 미안하고 안쓰러운지 가슴이 미어진다는 글이 적혀 있었다. 물론 그 밑으로 정의감과 증오심을 피력한 유저들의 댓글이 꼬리를 물고 이어지고 있었다. 분노와 저주와 쌍욕들이 난무했다.

사진은 며칠 전에 내가 서울에 갔을 때 숙소 부근에서 목격했던 장면과 흡사했다. 하지만 동일한 고양이는 아니었다. 생김새가 완전히 다른 품종이었다.

잠들기 전에 서핑을 한 것은 잘못이었다. 어차피 이 사진을 목격했으니 오늘 밤에도 쉽게 잠들기는 틀린 노릇이었다. 아니나 다를까, 나는 오래도록 악몽에 시달린 끝에야 가까스로 잠들 수가 있었다.

"거기도 비 오냐."

휴대폰 속에서도 빗소리가 들리는 것일까. 친구 놈이 물었다.

"무지막지하게 쏟아붓는다. 거의 폭포수야. 이대로 두 시간 정도만 더 내리면 방주 하나 축조해야 되지 않을까."

내가 대답해 주었다.

"새퀴. 방주 같은 소리 하고 있네. 너 요즘 나쁜 짓 너무 많이 해서 방주에 오르기도 전에 벼락 먼저 맞을 거다. 조심해라."

"명색이 검사라는 놈이 친구한테 꼭 그따위로 잔혹 드립을 쳐야겠냐."

"안심해라. 건국 이래로 요즘 한반도 지역 벼락 담당관의 명중률이 최하 수준이라더라. 하늘에서도 땅에서도 뇌물이 성행해서 제대로 돌아가는 부서가 하나도 없다는 소문 못 들었냐."

"전혀 위로가 안 된다."

"살인적인 더위가 한풀 꺾였다는 사실만으로 위로를 삼아라."

어제까지만 해도 대기가 온통 찜통같이 후끈거렸다. 밖에만 나가면 숨이 컥컥 막혀서 일 분도 견디기 힘들 지경이었다. 그런 와중에, 느닷없이, 갑자기, 뜬금없이, 예기치 못한 순간에, 발악적으로, 휴대폰이 울어 댔다. 마치 다리미에 엉덩이를 데인 어린애처럼 있는 힘을 다해 울어 대는 바람에 당혹감과 놀라움으로 황급히 휴대폰을 확인해 보았다. 국민안전처에서 발령된 폭염주의보였다.

써글.

써글은 내가 못마땅할 때마다 즐겨 사용하는 감탄사다. 물론 맞춤법대로 쓰면 썩을, 이다. 하지만 나는 국정교과서식 모범 답안 따위를 별로 좋아하지 않는다. 그래서 평소 대화 중간에 추임새로 쌍칼, 개같은, 제기럴, 염병할, 써글 등의 감탄사를 자주 사용한다. 사용하고 나면 왠지 기분이 개운해진다.

대한민국의 날씨는 언제부터인가 온대에서 아열대로 변해 가고 있다. 날마다 쏟아지는 폭염 속에서 불쾌지수가 상승하고 도처에서 예기치 못했던 대형 사고들이 줄을 잇는다.

카뮈의 소설 '이방인'의 주인공 뫼르소. 그는 해변에서 햇빛이 너무 강렬하다는 이유로 살인을 저지른다. 뫼르소가 아열대성 기후로 변해 가고 있는 오늘날의 대한민국에 생존해 있지 않다는 사실은 얼마나 다행스러운 일인가. 만약 생존해 있다면 폭염주의보가 발령되는 날마다 수십 명이 그의 권총에 살해되었을지도 모른다. 가끔 더위는 사람을 미치게 만든다.

그러나 다행스럽게도, 정말 다행스럽게도, 어젯밤부터 주룩주룩 비가 내리기 시작했다. 순식간에 폭염이 진정되고 대기가 서늘해졌다. 조만간 여름이 문을 닫을지도 모른다는 예감. 시간이 회색으로 깊이 함몰하고 있다.

비는 저 망각의 늪 깊숙이 가라앉아 있던 기억들을 선명하게 이따금 되살려서 가슴을 아리게 만드는 특성을 지니고 있다.

보복대행전문주식회사

"너 생일 딱 일주일 남았구나."

친구 놈이 말했다.

"그렇기는 한데."

"생일 선물 뭐 받고 싶냐."

"사 달라는 거 다 사 줄 거처럼 얘기하지 마라. 능력도 없으면서."

"작년 생일에 수목원에 구상나무 열 그루만 보충해 달라고 해서 보충해 준 거 벌써 잊어버렸냐. 구상나무가 그렇게 비싼 나무인 줄 알았더라면 아예 거절했을 텐데 모르고 허락해 버리고는 나중에 가격을 알고 난 다음에 후회막급이었다."

"한 번 사 준 걸로 평생 울궈먹을 작정이구나."

"그럼 올해는 네가 기대한 대로 말로만 때울게. 미리 생일 축하해."

"어떤 언행에서도 영혼이 안 느껴지는 놈일세."

"영혼 같은 거 안드로메다로 보낸 지 오래됐다."

"솔직하구나."

"너 이번 생일에도 라면 먹을 거냐."

"그래야지 별수 있겠냐."

"니가 좋아서 라면 먹으면서 처량한 척 엄살 쓰지 마라."

보편적인 사람들은 생일에 미역국을 먹는다. 하지만 나는 어머니가 돌아가신 뒤로 생일에 미역국을 먹어 본 기억이 전무하다.

"아버지, 내일이 제 생일인데요."

몇 살 때였던가. 아마도 중학생 때였던 것으로 기억된다. 어느 날 아버지께 다음 날이 내 생일이라고 알려 드린 적이 있었다. 나는 소박하게도 전자사전을 생일 선물로 받고 싶었다. 게임도 하고 음악도 들을 수 있는 기능을 가진 전자사전이었다. 그런데 아버지는 무표정한 얼굴로 반문했다.

"그래서."

나는 아버지가 내 말을 못 들으신 줄 알았다. 그래서 다시 명확한 발음과 음성으로 말씀드렸다.

"내일이 제 생일인데요."

"그래서."

아버지는 여전히 냉랭한 어조로 반문했다.

그래서.

그 접속부사는 한겨울의 싸늘한 얼음물처럼 내 가슴 한복판에 왈칵 끼얹어졌다. 그야말로 왈칵이었다. 나는 아무 말도 하지 못했다.

일체의 정감이 배제된 목소리였다. 왜 저놈이 생일이라는 사실을 알리는 것일까 하는 일말의 궁금증조차도 내재되어 있지 않았다. 목소리만으로 판단한다면 아버지가 아니라 남이었다. 형언할 수 없는 설움이 복받쳐 올랐다.

나는 그때부터 더욱더 아버지를 극렬하게 증오하기 시작했다. 나는 어떤 일이 있더라도 아버지처럼은 살지 않겠다는 각오를 다지면서 청소년기를 보냈다. 인간이 가지고 있는 기능 중에서 대단히 은혜로운 기능 하나가 망각의 기능이다. 나는 그 후로 생일을 망각의 동굴 속에다 깊이 파묻어 버렸다. 그런데 공교롭게도 해마다 친구 놈이 기억을 했다가 선물을 보내거나 이벤트를 해 준다.

"니가 진정한 내 친구라면 아무리 바빠도 만사 제치고 달려와서 미역국 정도는 손수 끓여 줘야 하는 거 아니냐."

"다목리 들어가서 나무들을 키우는 게 아니라 과대망상을 키우는 모양이로구나."

54

"나도 너처럼 빨리 장가를 들어야 라면 신세를 면할 텐데."

결혼에 관한 얘기만 나오면 친구 놈은 신경질적인 반응을 나타내는 버릇이 있다.

"됐다. 다음 말은 안 들어 봐도 뻔할 뻔 자다."

"너는 언제 까처가 신세를 벗어날 거냐."

까처가. 마누라 그림자만 보아도 까무러치는 남자를 지칭하는 용어다.

"또 그 소리냐. 듣기 싫다. 끊어라."

친구 놈이 일언지하에 전화를 끊어 버렸다. 성질머리하고는. 얘기가 집안 쪽으로만 기울어지면 친구 놈은 서둘러 전화를 끊어 버리는 습관을 가지고 있다.

검사 박태빈.

대한민국에 남아 있는 유일한 친구다. 그리고 지구상에서 내 생일을 기억해 주는 유일한 인간이다.

할아버지가 『친일인명사전』에 등재되어 있다는 사실은 박태빈도 마찬가지다. 외아들이라는 사실도 나와 똑같다. 아버지가 막대한 재산을 물려받았다는 사실도 나와 똑같고 조상에 대해서라면 열등감과 수치심과 혐오감을 느낀다는 사실도 나와 똑같다.

다만 박태빈의 아버지는 생존해 계신다. 법조계에서 막강한 영향력을 행사하는 인물이다. 처가도 만만치 않다. 장인은 대기업 회장이다. 아버지도 장인도 권력과 금력의 노예나 다름이 없다. 박태빈은 스물여덟에 일찌감치 정략결혼으로 청춘의 중심부를 팔아넘겼다. 그래서 우리는 가급적이면 집안에 대한 이야기를 회피한다.

우리는 혐오스러운 조상을 두었다는 사실에서 유래한 트라우마를 공통적으로 소유하고 있었기 때문에 최대한 겸손하게 살려고 노력했다. 하지만 세상에 대해서는 지극히 냉소적이고 비관적인 견해를 가지고 있었다.

나는 상당 기간을 은둔형 외톨이로 살았다. 당연히 대인관계 면에서는 빵점이다. 그래도 아쉽거나 불편하지는 않다. 다른 친구 놈들도 모두 아버지가 고위층으로 분류되는 인물들이었고 권력이나 금력이 막강한 편이었다.

하지만 박태빈을 제외하면 특별히 친한 놈이 없었다. 거의 다 병무청에서 영장을 발급하기 전에 유학을 빙자하여 외국 국적을 취득하는 수순을 밟았고 당연지사인 듯 병역을 기피했다. 그러나 박태빈만은 아버지가 막강한 권력과 재력을 겸비한 고위직인데도 육군 말단 소총수로 군 복무를 마쳤다. 부모들은 기피를 종용했다. 그러나 박태빈은 자원입대했다.

나는 박태빈과 고등학교 3년 내내 같은 반에서 청소년기를 보냈다. 친구 놈도 나도 국사 선생님을 존경했다.

노정건(盧正乾) 선생님.

음악 선생님보다 대중음악을 많이 알고 계셨으며 국어 선생님보다 시조를 많이 외우고 계시는 분이셨다.

영등포 어딘가에서 건달들과 7 대 1로 붙었을 때 건달들을 죽사발이 되도록 두들겨 패셨다는 노정건 선생님. 영등포 일대로 외출하시면 건달들이 구십 도로 허리를 굽히고 형님으로 모신다는 노정건 선생님. 전설이 인근 여자 고등학교의 여학생들에게까지 파다하게 알려져 있던 분이셨다. 얼굴도 영화배우 뺨치게 잘생기셨고, 키도 훤칠하게 크시고, 당연히 국사 실력은 빵빵하셨고, 운동이면 운동, 노래면 노래, 못하는 게 없으셨다.

국사 시간에 딴전을 피우거나 잠을 자는 학생은 아무도 없었다. 뛰어난 화술도 겸비하고 계셨다. 삼 분에 한 번씩 폭소를 터뜨리게 만드셨고 삼 분에 한 번씩 울분을 터뜨리게 만드셨다.

자주 진실과 정의와 양심과 도덕을 강조하셨다. 현실적으로 매국매족하는 놈들이 겉으로는 애국애족하는 놈들처럼 살아가는 모습들을 실례를 들어 적나라하게 열거하면서 학생들이 투철한 국가관과 역사관을 가지고 열심히 공부해야 한다는 사실을 강조하셨다.

학문을 갈고 닦는 책상머리 교육도 중요하지만 인성을 갈고 닦는 밥상머리 교육도 중요하다고 말씀하셨다. 수업 시간에도 나쁜 놈들을 표현할 때는 간에 옴이 올라 긁지도 못하고 죽을 놈이라든가, 오뉴월에 마른벼락을 쫓아가서 맞아 죽을 놈 따위의 드립을 자주 사용하시던 분이셨다. 내가 다닌 고등학교는 사립이었는데 결국 노정건 선생님은 이사진들의 미움을 받아 학교에서 퇴출당하고 말았다.

친구 놈과 내가 병역을 필하게 된 이유도 순전히 노정건 선생님의 영향 때문이었다. 노정건 선생님은 대한민국에서 태어나 정당한 사유 없이 병역을 필하지 않은 놈들을 망국자라고 단정하셨다. 친구 놈과 나의 우애는 병역을 필하고 난 다음부터 더욱 돈독해졌다. 대한민국에서 결격 사유를 억지로 만들어서 병역을 기피한 놈들은 얼마나 비열하고 한심한 놈들인가. 특히 우애 면에서는 기대할 가치가 전혀 없다고 해도 과언이 아니다. 그놈들과의 우애를 밥으로 비유하자면 생쌀 그대로다.

그렇다. 태빈이와의 우애가 집밥이라면 그놈들과의 우애는 생쌀이나 다름이 없다. 다른 놈들은 같은 소재를 가지고 대화를 해도 언제나 생쌀을 씹는 듯한 느낌이다. 점성이나 온기가 전혀 느껴지지 않는다. 특히 군대에 관해서라면 외계인이나 다름이 없다. 경험도 전무하지만 상식마저도 전무하다.

대한민국에서 살아갈 자격조차 없는 새퀴들.

나는 면전에서 노골적으로 그놈들을 경멸해 주곤 한다. 하지만 그놈들은 개의치 않는다. 그놈들은 보라는 듯이 외국에 나가 탱자탱자하면서 나름대로 잘 살고 있다.

물론 나도 돈을 쓰고 빽을 쓴다면 병역 미필 정도야 식은 죽 먹기다. 하지만 정당한 사유도 없이 병역을 기피하는 짓거리는 비열하다. 그리고 비열한 것은 내 스타일이 아니다. 비열하거나, 쪼잔하거나, 지리멸렬한 것은 죽기보다 싫다. 인간이라면 인간답게, 사나이라면 사나이답게 살아야 한다.

그런데 나는 어떠냐.

나는 가문에 대해서라면 아, 씨팔, 고개를 들지 못하는 상태로 살고 있다. 그 부분에 대해서만은 늘 극심한 열등감과 수치심을 느끼면서 살아야 한다.

나의 할아버지는 이른바 골수 친일파다. 더 나쁘게 말하면 왜놈 앞잡이다. 주변 사람들에게 들은 풍월만으로도 얼마나 나쁜 짓을 많이 했는지, 차마 고개를 들지 못할 지경이다. 그래서 독립군이 등장하는 영화나 드라마, 친일파가 등장하는 영화나 드라마는 절대로 보지 않는다. 언제나 매국노로 손가락질을 받고 살아가는 기분이다.

나의 아버지도 마찬가지다. 할아버지로부터 어마어마한 재산을 물려받았지만 인간성을 칭찬하는 사람은 거의 전무하다. 한마디로 돈밖에 모르는 사람으로 표현된다. 아버지는 모든 사람들에게 몹시 인색하셨지만 특히 친인척들에게는 더 인색하셨다. 눈앞에 나타나기만 하면 당신의 돈을 갈취하러

나타났다고 단정하셨다.

어머니는 내가 고2 때 대장암으로 돌아가셨다. 아버지는 여자를 그다지 좋아하지 않는 성품을 가지고 있었다. 그래서 재혼하지 않았다. 그리고 5년 전에 아버지마저 심장마비로 돌아가시고 말았다. 아버지가 온갖 손가락질을 받아 가면서 축적하신 재산은 우여곡절 끝에 외아들인 내게로 상속되었다. 하지만 나는 그 어마어마한 재산이 별로 달갑지 않았다. 나는 모범이라는 말을 싫어하지만 내게 상속된 재산을 가급적이면 좋은 일에 쓰기로 결심했다.

3년 전.
나는 전국을 답사한 끝에 강원도 화천군 상서면 다목리에 거처를 마련하고 상당량의 부지를 매입하여 수목원을 조성하는 일에 주력했다.
다목리는 많을 다(多) 자에 나무 목(木) 자와 마을 리(里) 자를 마을 이름으로 쓰고 있었다. 조선 시대에 대궐의 서까래를 이 마을 나무로 만들었기 때문에 붙여진 이름이라는 설이 있었다. 인근에 수피령이라는 고개도 있었다. 나무 수(樹) 자에 가죽 피(皮) 자, 고개 령(嶺) 자를 써서 수피령이었다. 서까래를 만들 목재의 껍질을 쌓아 두던 곳으로 전해지고 있었다. 내가 다목리에 주거지를 정한 이유도 그런 역사적 사실 때문이었다.

나는 식물들의 생태를 존중한다. 식물들은 다리가 없다. 날개도 없다. 간혹 움직이는 식물들도 있기는 하지만 일반적으로는 동물들처럼 자유롭게 이동하지는 못한다. 사시사철 한자리에 붙박인 채 생존을 유지한다. 맹수들처럼 먹잇감을 향해 전력 질주도 하지 않는다. 먹잇감을 제압하고 목덜미에 이빨을 깊이 박지도 않는다. 자기 외의 생명체를 능동적으로 공격해서 피를 흘리게 만들거나 목숨을 잃게 만들지도 않는다. 물론 예민한 촉수나 분비물을 이용해서 곤충을 잡아먹는 식충 식물들이 있기는 하다.

그러나 그것들은 일반 식물들과 성정이 너무 달라서 관계 형성을 이루기가 불가능하다. 채널링을 이루려면 의식의 유사성이 있어야 하는데 식충 식물들은 이기적인 면이 지나치게 두드러져서 채널링을 하면 비교적 대화가 매끄럽지 않을 경우가 많다.

"파리도 맛있고 노린재도 맛있는데 인간은 왜 파리도 못 먹고 노린재도 못 먹는 거야. 도대체 밥 따위를 무슨 맛으로 먹는지 모르겠어."

식충 식물들은 대부분 입장을 바꾸어 생각하는 방법에 익숙지 않다. 그래서 대화가 매끄럽지 못할 경우가 많다.

하지만 식충 식물들보다 더 대화가 매끄럽지 않은 부류가 분재목들이다. 분재목들은 거의 인간들에 의해 철두철미하게 조작된 형태와 의식을 간직하고 살아간다. 극단적으로 말하면 자연으로서의 나무가 아니다. 환경 면에서나 신분 면에서는 시쳇말로 금수저급 나무들이다. 그들은 오랜 역사를 거듭하는 동안 상류층과의 친화력에 매우 익숙한 유전자를 형성하게 되었다.

그래서 식물들을 이해하는 쪽보다는 상류층 인간들을 이해하는 쪽으로 의식이 기울어져 있다. 채널링을 하면 나와 의견 충돌을 일으키는 경우가 많다.

"물질의 풍요가 반드시 행복을 가져다주는 것은 아닙니다."

언젠가 내가 그런 말을 했을 때,

"그렇다고 물질의 빈곤이 반드시 행복을 가져다주는 것도 아니잖나."

하고 핀잔을 주신 거수(巨樹)님이 계셨다. 수령이 105세나 되시는 향나무 분재 거수님으로, 유명한 서예가의 응접실에 모셔져 있었다. 수령이 100세가 넘으면 나는 거수님이라는 호칭을 붙인다. 물질의 빈곤이 반드시 행복을 가져다주는 것도 아니라는 향나무 거수님의 발언에 대한 해명이나 반박은 하지 않았다. 얘기가 길어질 것 같아서였다.

때로 자신의 꽃이나 꿀을 보호하기 위해 가시라는 무기를 개발해서 소유하고 있는 식물들도 있다. 하지만 가시는 공격용이 아니라 방어용이다. 식충 식물들과는 근본적으로 다른 성정과 의식을 가지고 있다. 위해를 가하지 않으면 절대로 먼저 공격적 성향을 드러내는 법이 없다. 더러는 다른 생명체가 그 식물에게 위해를 가하려다 실수로 가시에 찔려서 피를 흘리는 경우는 있다. 하지만 그건 가시를 가진 식물의 자기 보호를 위한 정당방위다.

"다목리에 와서 우리와 함께 산단 말이지."

"수목원을 경영할 거라는데."

"나무를 이용해서 돈을 벌겠다는 수작 아닐까."

"저 친구는 식물들하고 대화가 가능한 친구로 알려져 있어."

"설마."

"벌써 소문이 파다하게 퍼졌는데 모르고 있었나."

"초목들과 대화를 할 수 있는 인간으로 알려져 있다니까."

"별난 인간이네."

"외로움에 찌든 표정인데."

"어쩐지 인간들한테 따돌림깨나 당하고 살아온 행색이야."

"그런 경우에 인간들은 왕따라는 말을 쓴다네."

"사람이나 나무나 겉모습으로 평가하면 안 되지."

"방금 저 친구 말하는 소리 들었나."

"뭐라고 했는데."

"앞으로 우리하고 공조해서 인간쓰레기들을 모조리 쓸어버릴 계획이래."

"얼쑤야."

"겉으로 보기에는 별로 강해 보이지 않는데."

"그러게 말야."

"발산하는 기운은 온화하고 부드럽구먼."

"인간쓰레기들을 쓸어버리기에는 마음이 너무 여리지 않을까."

"두고 보면 알겠지."

"우리가 도와만 주면 그다지 어려운 일은 아닐 거야."

"그렇기는 하지."

처음 다목리에 들어섰을 때 나는 초목들이 자기들끼리 술렁거리는 소리를 들었다.

가끔씩 싱그러운 바람이 불어왔고, 짙푸른 초목들이 머리카락을 산발한 채 흔들리고 있었으며, 상큼한 풀 비린내가 코끝을 스치고 지나갔다.

초목들은 외형적으로 인간들과 판이하게 다른 모습을 가지고 있다. 그러나 내면적으로는 인간들과 크게 다르지 않다. 흔히 인간을 정기신(精氣神) 삼합체(三合體)라고 한다. 물질적 요소인 정(精)과, 정신적 요소인 기(氣)와, 영적 요소인 신(神)이 합쳐진 존재라는 의미다.

초목들도 마찬가지다. 물질적인 요소와 정신적인 요소와 영적인 요소로 이루어져 있다. 그들은 끊임없이 하늘을 향해 자라 오르면서 가지를 폭넓게 뻗어 나간다. 그들이 하늘을 향해 자라 오르는 것은 이상을 중시하기 때문이다. 비록 뿌리는 땅에 깊이 붙박여 있으나 가지만은 끊임없이 하늘로 뻗어 오른다. 육신이 땅에 뿌리를 내리고 사는 것은 육신을 이루고 있는 물질적 요소들이 모두 땅에서 비롯되었기 때문이다. 아울러 가지를 끊임없이 하늘로 뻗는 것은 정신적 요소와 영적 요소들이 모두 하늘에서 비롯되었기 때문이다. 하늘은 곧 우주를 상징한다.

선사들은 말한다. 나무들은 현재 우리가 어디에 있는가를 깨닫게 도와주는 스승일 뿐만 아니라 우리가 어디서 왔으며 어디로 갈 것인가를 깨닫게 도와주는 스승이라고.

"요즘 젊은이치고는 제법 예절이 바르구먼."

"저보다 훨씬 연세가 많으시니까요."

"인간들은 대개 나무들이 자기들보다 하등하다고 생각지 않나."

"저는 오히려 존경심을 가지고 있습니다."

"아무튼 기특허이."

나는 나무들한테도 깍듯이 예의를 지킨다. 특히 수령이 몇백 년씩 되는 나무들을 만나면 땅바닥에 넙죽 엎드려 큰절을 올리기도 한다. 그들의 침묵, 그들의 인내, 그들의 성품, 그

들의 사상을 나는 존경해 마지않는다. 그들은 모든 면에서
나보다 월등하다.

"자네는 왜 애인이 없나."

수령이 오래된 나무들에게 자주 받는 질문이다. 나와 관계
가 형성된 나무들은 거의 내 여자 문제에 지대한 관심들을
표명한다. 그들이 가장 중요하게 생각하는 것이 사랑이다. 당
연히 그들의 사랑은 이성 간의 사랑이 아니다. 그들 역시 신
의 뜻을 따른다. 우주 어디서나 통용되는 만존재에 대한 사
랑을 표방한다. 믿음과 사랑과 소망은 기독교인들만의 전유
물이 아니다. 초목들도 믿음과 사랑과 소망을 키우면서 살아
간다. 그래서 그들은 다른 존재들을 위해 자신들이 가지고
있는 것들을 아낌없이 베푼다.

물론 그들에게도 생로병사가 있고 희로애락이 있다.

그들은 바람이 불면 흔들린다. 그리움의 또 다른 표현이다.
그들은 그리움의 농도가 사랑의 농도라고 생각한다. 그리움
이 있어 꽃을 피우고 그리움이 있어 열매를 맺는다. 그리움
이 있어 단풍이 들고 그리움이 있어 낙엽이 진다. 가을은 특
히 그리움이 짙어지는 계절이다. 그래서 목이 긴 꽃들은 모
두 가을에 핀다. 그리움이 키를 자라게 만들고 그리움이 가
지를 뻗게 만든다.

하지만 나는 아직 그리워할 만한 대상을 만나지 못했다.

그래서 키가 자라지 않는다. 여자들은 자신들에게 필요한 것들이 모두 높은 나무에 매달려 있다고 생각하는 모양이다. 대체로 키 큰 남자들을 선호한다. 어떤 설문 조사에 의하면, 여자들이 함께 걷고 싶어 하는 남자들의 키가 173센티미터라고 한다. 나는 무려 3센티나 부족하다.

초목들이 드러내 보이는 것들은 모두 아름답다. 꽃도 아름답고 열매도 아름답고 잎도 아름답다. 부분도 아름답고 전체도 아름답다.

그들은 말한다.

"생명을 가진 모든 것들은 사랑을 위해서 태어났다. 사랑을 받기 위해서 태어났고 사랑을 주기 위해서 태어났다. 그러나 어떤 경우에도 생명 있는 것들은 아름답지 않은 것을 사랑할 수는 없다."

가끔 인간들은, 돈이 되는 일이라면 동물이나 벌레에 비견될 정도로 천박한 행동을 서슴지 않는다. 뿐만 아니라 식욕 본능이나 생식 본능 앞에서도 이성을 잃어버리고 짐승을 무색게 하는 언행들을 서슴지 않는다. 하지만 초목들은 어떤가. 매사에 초연하다. 그들은 모두 이상주의자들이며 박애주의자들이다.

다목리.

마을 이름이 말해 주듯이 나무들이 울창하다. 마을을 둘러싸고 있는 산들은 비교적 능선들이 부드럽다. 덕스러운 성품을 지니고 있다는 증거다. 풍수지리를 공부하지 않은 사람도 다목리의 산들을 마주 대하면 그런 기운을 느낄 수 있다. 산들이 다른 생명체들을 키우기 위해 자신의 살과 뼈를 곰삭이는 일을 몇 번씩 반복해야만 그런 부드러운 능선이 형성된다. 거기에 오래도록 뿌리를 내리고 살아온 초목들도 같은 성품을 가질 수밖에 없다.

사람도 마찬가지다. 그런 기운을 품고 살아갈 수밖에 없다. 내가 흔쾌히 다목리에 거처를 마련한 이유와도 무관하지 않다.

은둔형 외톨이에게도 꿈은 있다. 일반 사람들보다 몇 배나 야무진 꿈일지도 모른다.

비웃지 마라.

나는 나무들의 힘을 빌려 썩어서 악취를 풍기는 세상을 청소해 나가겠다는 꿈을 키우고 있다. 그래서 수목원 입구에 이런 간판을 내걸었다.

報復代行專門株式會社

보복대행전문주식회사

정사각형의 작은 목판에 한문으로만 새긴 간판이었다. 대외적으로 널리 알리고 싶지는 않았다. 다만 형식만은 갖추고 싶어서 내건 간판이었다. 별로 눈에 띄지 않는 크기와 장소 때문인지 지금까지 관심을 가졌던 사람은 아무도 없었다.

그렇다. 나는 먼저 억울한 일을 당한 사람들의 앙갚음을 대행해 주는 전문회사를 설립했다. 내가 가끔 들르는 인터넷 커뮤니티에서 그런 회사를 설립하면 어떻겠느냐는 뜻을 비쳤을 때, 현실은 만화나 영화와는 판이하게 다르다고, 한 달도 못 버티고 말아먹기 딱 좋은 사업이라고 조소를 던지는 사람들이 대부분이었다.

하지만 타인의 조소 따위에 일절 신경을 쓰지 않는 것도 은둔형 외톨이들의 특징이다. 그래도 유일한 친구인 박태빈 검사와 세은은 개원식까지 참석해서 진심 어린 표정으로 격려와 축하를 해 주었다.

내가 설립한 보복대행전문주식회사는 나무들과 공조해서 여러 가지 억울한 사례들을 수집한다. 그리고 보복 여부를 숙고한다. 동물들의 억울함도 수집하고 식물들의 억울함도 수집한다. 물론 사람들의 억울함도 수집한다.

제반 정보를 수집하는 일에는 나무들의 역할이 절대적이다.

식물들은 서로 정보를 공유하는 특질을 가지고 있다. 예를 들면, 한 나무가 어떤 약품에 노출되었을 때, 거의 동시에 세상의 모든 나무들이 그 정보를 공유한다. 그리고 가장 빠른 시간에 그 독성의 특질과 해독 방법을 알아낸다. 나무들의 정보 처리 능력은 가히 상상을 초월하는 수준이다. 이 세상에 얼마나 많은 풀들과 나무들이 산재해 있는가를 생각해 보라. 풀잎 한 장에 책 한 권이 들어 있다고 해도 과언이 아니다.

이 세상에 산재해 있는 풀과 나무들의 시야를 벗어날 수 있는 인간은 아무도 없다. 한 사람을 지정하면 하루 종일 그의 일거수일투족을 철두철미하게 감시할 수도 있다.

나는 무상으로 그들의 능력과 정보를 얻어 쓴다. 그들은 손익을 계산하지 않는다. 그들과의 관계는 한번 형성되면 지구가 멸망해도 불변하는 특성을 가지고 있다.

보복대행전문주식회사.

간판을 그렇게 내걸기는 했지만 주식을 발행하지는 않는다. 하지만 주주들은 존재한다. 주주들은 이른바 간부들이다. 대개 수령이 수백 년씩 되는 나무들이 그 역할을 담당하고 있다. 모두 지혜가 충만하고 자비가 넘친다. 보상을 주고받지는 않는다. 모든 업무들이 상호 존경과 사랑 속에서 이루어진다.

보복은 주로 식물들의 신고로 이루어진다. 화분에 심겨 있는 화초가 신고를 할 때도 있고 마당에 심겨 있는 나무가 신고할 때도 있다. 신고가 들어오면 철두철미하게 사실 확인이 선행된다. 그리고 억울함이 규명되면 용의주도하게 보복이 이루어진다. 더러는 각종 커뮤니티를 통해 의뢰자를 물색할 때도 있다. 물론 법적인 문제가 발생하면 박태빈의 도움이 절대적이다. 사실을 확인한 다음 성공적으로 보복을 수행하더라도 대가를 요구하지는 않는다. 소요되는 제반 경비 일체를 회사가 충당한다.

"가진 건 돈하고 시간밖에 없어요."

가끔 여자들 앞에서 이런 말로 허세를 떨어 대는 남자들이 있다. 하지만 대부분의 여자들은 믿지 않는다. 정신이 똑바로 박힌 여자라면 허세에 불과하다는 사실을 익히 간파하고 있기 때문이다. 하지만 나는 똑같이 말한다. 가진 건 돈하고 시간밖에 없어요. 절대로 허세가 아니다. 나는 허세를 떠는 남자들을 경멸한다. 가식을 떨어 대는 남자들도 경멸한다. 적어도 남자라면 진실해야 한다고 생각한다.

잠결이었다. 미간에 자디잔 물비늘이 달빛같이 반짝거리면서 쓸려 가는 듯한 진동이 느껴지고 있었다. 식물들이 채널링을 요청할 때 전달되는 진동이다. 진동을 말로 표현하기는 어렵지만, 식물들이 소통을 시도할 때 감지되는 신호다.

미간에 자디잔 물비늘이 달빛같이 반짝거리면서 쓸려 가는 듯한 진동.

수종(樹種)에 따라 약간 다르기는 하지만 대체로 청량감이 느껴지고 기분이 좋아지는 자극이다. 내가 마음으로 수락만 하면 자연스럽게 채널링이 이루어진다.

"안녕하세요."

채널링을 신청한 나무는 서울 외곽의 공원에 심겨 있는 회화나무였다.

회화나무는 낙엽 활엽수에 해당하는 나무로 은행나무, 느티나무, 팽나무, 왕버들과 함께 우리나라 5대 거목에 속하며 현재 수령이 500세에서 1,000세로 추정되는 노거수 10여 분들이 보호수로 지정되어 있었다. 과거에 합격했을 때 기념하여 심는 나무라하여 출세수, 행복을 가져다주는 나무라하여 행복수, 양반들의 전유물을 다 가졌다는 뜻으로 양반수라는 이름으로도 알려져 있었다. 영어로는 차이니스 스칼라 트리, 그래서 학자수라는 이름도 가지고 있었다.

좋은 것들을 모두 상징한다는 길상목.

한자로는 괴화(槐花)나무로 표기하고 중국 발음과 유사한 회화나무라고 부르게 되었다.

창덕궁 입구에 이 나무 한 그루가 심겨 있는데 천연기념물로 지정되어 있다. 천 원짜리 지폐 뒷면에도 회화나무가 그려져 있다. 꽃을 차로 꾸준히 마시면 고혈압을 예방하고 노화를 방지하며 뇌를 맑게 하는 성분을 가지고 있는 나무다. 열매는 껍질과 더불어 치질 치료에 쓰인다. 토심이 깊고 비옥한 땅에서 잘 자라며 추위나 병충해에 강해서 기르기도 어렵지 않다.

성장이 빠르고 수형이 아름답다. 조경수나 가로수로도 인기가 있는 편이다. 예로부터 집 안에 심으면 잡귀를 쫓아 주고 인재가 태어나며 행복이 온다는 설이 전해지는 민속 나무였다. 최근 서울에서는 가로수나 공원수로도 한창 각광을 받고 있는 중이다.

채널링을 요청하는 나무의 진동은 여리면서도 조심스러운 일면을 가지고 있었다. 외형을 염사해 보니 무척 어린 나무였다. 사람으로 따지면 중학생 정도였다.

"처음 뵙겠습니다. 회화나무라고 합니다."

"길상목으로 널리 알려진 나무를 직접 만나게 되어 저도 무척 반가워요. 멋진 외형을 가지고 계시네요. 몇 살이세요."

"열세 살입니다."

"채널링을 신청하셨는데 무슨 일이신가요."

"고양이가 불쌍해서요."

나는 그 말을 듣는 순간, 내가 서울에서 숙소로 가던 중에 목격했던 장면 하나를 떠올렸다. 어쩌면 동일범의 소행일지도 모른다는 생각이 들었다.

"우리가 사는 공원에서 한 남자가 고양이의 이마에 대못을 쏘았어요. 네 마리나 희생당했는데 그중의 한 마리는 죽었어요. 내버려 두면 더 많은 고양이를 죽일지도 몰라요."

내가 서울에서 숙소로 가던 길에 목격했던 장면이 더욱 선명하게 떠오르고 있었다.

"고양이를 괴롭힌 남자를 응징해야 한다는 풀과 나무들이 많아서 채널링을 신청했어요."

"나도 서울에서 이마에 대못이 박힌 고양이를 목격한 적이 있는데 어쩌면 동일범일지도 모른다는 생각이 드는군요. 자세하게 한번 말씀해 보세요."

"고자질을 하기는 싫었지만 제가 가장 가까운 장소에서 목격했기 때문에 선발되었어요."

"고자질이 반드시 나쁘지만은 않아요."

"이번에는 좋은 거라는 말씀인가요."

"그럼요. 고양이의 목숨을 살리는 일이니까 좋은 일이지요."

"고맙습니다."

어린 회화나무의 목소리가 갑자기 밝아졌다.

"목격한 사람은 없었나요."

내가 물었다.

"사람들이 모두 집으로 돌아간 시간이었어요."

"알겠습니다. 일단 접수해 둘게요. 날이 밝으면 거수님들과 상의해 본 다음에 결과를 알려 드리겠습니다."

"감사합니다. 채널링이라는 거 처음 해 봤는데 정말 신기하네요. 안녕히 계세요."

어린 회화나무는 인사를 남기고 마치 영화의 한 장면처럼 희미한 모습으로 사라졌다.

"안녕히 가세요."

그날 밤 나는 또 이마에 대못이 박힌 고양이 때문에 새벽까지 불면으로 뒤척여야 했다.

굿바이, 은둔형 외톨이

아침이다. 아직 식전이다. 오늘은 내 서른 번째 생일이다. 조리사 아주머니가 일찍 출근해서 미역국을 끓이고 계신다. 온 집 안에 미역국 끓이는 냄새가 진동한다. 오늘은 세은이 오기로 한 날이다. 나는 세은이 오기로 한 날은 일찍 잠에서 깨어난다. 왜 그런지는 설명할 길이 없다. 저절로 잠에서 일찍 깨게 된다. 심지어는 아예 한잠도 안 자는 경우까지 있다. 그래도 전혀 피곤하지 않다. 나는 오늘 아침에도 꼭두새벽에 기상했다. 시간이 희끄무레하게 불어 터진 채로 널브러져 있었다. 지구가 자전을 멈추어 버린 느낌이었다. 군대에서 보초 근무를 설 때보다 더 더디게 시간이 흐르고 있었다.

백량금 때문에 알게 된 여자. 서울에서 '2H FLOWER'라
는 화원을 경영하는 여자. 언제나 발랄상큼한 여자.

나는 그녀가 내 앞에서 얼굴을 찌푸리는 모습을 한번도
본 적이 없다. 내가 다치거나 곤경에 처했을 때 그녀는 과연
어떤 표정을 지을지 궁금하다. 내게는 언제나 상큼발랄한 표
정만 보여 왔기 때문에 그녀의 우울한 표정이나 비감한 표정
은 상상할 수가 없다.

떵동
떵동

두 번 울렸으니까 외부인이다. 내부인은 초인종을 세 번 울
리기로 약속되어 있다.

조리사 1명. 정원사 3명.

정원사 3명은 모두 내가 채널러라는 사실을 알고 있다. 그
러나 조리사 아주머니는 모르고 있다. 모두 다목리 주민으
로 오전 10시에 출근하고 오후 5시에 퇴근한다.

"누구세요."

나는 인터폰으로 묻는다. 하지만 몰라서 물어본 것은 아니
다. 초인종을 울린 사람이 세은이라는 사실을 진작에 알고
있었다.

생일 추우카 합니다

생일 추우카 합니다

쏴룅하는 캐앱틴님

생일 추우카 합니다

노랫소리가 들린다. 세은의 목소리가 확실하다. 이미 두 번째로 듣는 노랫소리다. 첫 번째는 0시를 기해서 휴대폰으로 이미 들었다. 축하 이모티콘과 축하 문자까지 받았다. 물론 세은이 보낸 것이다.

현관문을 열었다. 역시 세은이었다. 서울에서 일찍부터 서둘러 손수 차를 몰고 화천으로 달려온 것이다.

그녀는 작고 예쁜 강아지 한 마리를 안고 있었다. 나는 그제야 박태빈 검사가 생일 선물로 세은이 편에 강아지 한 마리를 보내겠다는 전화를 했다는 사실을 기억해 냈다. 작년에는 식물을 선물했으니 올해는 동물을 선물하겠다는 의도였다.

세은은 강아지를 내려놓은 다음 팔을 활짝 벌려 나를 가볍게 끌어안았다. 나는 그 짧은 순간에 심장이 폭발해 버리는 줄 알았다. 다리가 휘청거려서 걸음을 걷지 못할 지경이었다.

세은의 설명에 의하면 강아지는 혈통서까지 있는 몰티즈 순종이었다. 눈부실 정도로 새하얀 털이 비단결같이 드리워져 있었다. 귀족적이면서도 우아한 자태를 뽐내고 있었다.

"몰티즈라는 품종인데요. 박 검사님의 말씀으로는 지구상에서 가장 오래된 애완견 품종이래요. 발생지가 지중해의 몰타 섬이기 때문에 몰티즈라는 이름을 갖게 되었대요. 성격이 활발하고 붙임성이 좋은 데다 애교까지 많아서 사람들한테 사랑을 많이 받는가 봐요. 의외로 털이 잘 안 빠지는 편이라 좁은 실내에서도 키우기 적합한가 봐요. 박 검사님은 보기보다 무척 자상하신 데가 있는 것 같아요."

세은의 설명이었다.

애완견의 목에는 핑크빛 리본이 감겨 있었다. 핑크빛 리본에는 '하늘 아래 둘도 없는 내 친구, 정동언의 생일을 축하합니다'라는 글자들이 붓글씨로 적혀 있었다. 박태빈은 사료와 개집과 개 껌과 목줄 따위까지 챙겨 보낼 정도로 자상한 친구였다.

"이 시기에 필요한 예방 주사는 다 맞혔고요, 광견병 주사는 좀 더 큰 다음에 맞히시는 게 좋대요. 그리고 암컷이래요."

세은은 강아지를 응접실 방바닥에 조심스럽게 내려놓았다. 강아지는 잠시 주위를 두리번거리다 몇 걸음을 옮겨 놓더니 방바닥에 오줌을 질펀하게 싸질러 놓았다.

"니가 예의를 아는 강아지다 얘. 내가 껴안고 있을 때는 오줌을 꾹 참고 있다가 방바닥에 내려놓으니까 그제야 싸는구나. 우쭈쭈, 너는 동방예의지국의 강아지로 살 자격이 충분해. 기특해, 기특해."

세은은 휴지를 가져와서 오줌을 닦아 준 다음 강아지를 번쩍 들어 올리더니 뽀뽀 세례를 퍼붓고 있었다.

"먼저 애 이름부터 지어 줄까요."

"글쎄, 어떤 이름이 좋을까요."

"다몽이 어때요."

"다목리의 다몽이. 좋네요. 꿈이 많다는 뜻도 내포되어 있고. 세은 씨는 애견 작명소 차려도 성공했을 겁니다."

"투잡을 뛰어야 하나."

"이참에 나도 개명이나 해 볼까요."

"저는 캡틴 이름이 마음에 드는데요."

"나는 별롭니다."

정동언(鄭東彥).

삼십 년 동안 소유하고 있었던 내 이름이다. 동녘 동 자에 선비 언 자. 동녘의 선비로 살라는 뜻일까. 그토록 돈 쓰는 일을 꺼려하던 아버지가 유명한 작명가에게 거금을 주고 지은 이름이라고 한다. 하지만 나는 좋은 이름인 줄 모르겠다.

동녘의 선비라니, 작명가는 어떤 의미를 담았을까. 아버지는 왜 그 이름을 그대로 두셨을까. 다시 개명하려면 또 돈이 들 테니 마음에 들지 않아도 그냥 내버려 두신 건 아닐까.

선비는 청렴하다. 청렴이라는 단어 속에는 돈을 밝히지 않는다는 의미도 내포되어 있다. 가까운 친인척들이 나타났을 때 당신의 돈을 갈취하려고 나타나지 않았을까 의심하는 위인이라면 당연히 아들까지 경계의 대상으로 삼을 수밖에 없다. 동녘의 선비라니 당신의 재산을 탐하지 않는 이름이라서 그냥 내버려 두었는지도 모른다. 아버지는 재산을 온전하게 지킬 수만 있다면 불효 따위는 상관없다고 생각하는 위인이 분명했다. 그러니 아마도 그랬을 것이다.

어쨌거나 오늘은 내 서른 번째 생일이다. 나는 서른 번째 생일을 기해 지금까지 걸치고 있던 은둔형 외톨이라는 이름의 외투를 과감하게 벗어던지려고 한다.

나는 정말 은둔형 외톨이인가.

사회 부적응, 불규칙적인 생활 패턴, 인터넷 중독, 현실 도피증 등을 은둔형 외톨이의 특성으로 본다면, 나는 틀림없는 은둔형 외톨이에 해당한다.

나는 중학교 때부터 그런 현상들을 끌어안고 살았다. 정확하게 말하면 나의 할아버지가 독립투사가 아니라 친일파였다는 사실이 밝혀지면서 내가 소유하고 있던 희망과 긍지와 기대와 자부심들은 무참하게 무너지고 말았다.

친일파.

그 세 음절의 단어가 내게는 단두대와 같았다. 세상은 어둠과 절망뿐이었고 모든 사람들이 나를 비웃는 듯했으며 나는 어떤 일에도 흥미를 느낄 수가 없었다.

하지만 내 나이 서른 살. 언제까지나 은둔형 외톨이로 살아갈 수는 없었다. 나는 하늘 아래 둘도 없는 친구도 있고 썸 타는 사이라고 말하는 여자도 있고 인생의 동반자인 백량금 도 있고 넉넉한 재산도 있고 다몽이라는 이름의 반려견까지 있다. 그리고 식물들과의 채널링까지 가능하다.

더 이상 열등감에 찌들어 있을 필요가 없다. 세상에는 나 보다 몇 배나 쓸모없는 인간쓰레기들이 판을 치고 살아간다. 오늘부로 내가 그놈들보다 무가치하다는 생각을 버리겠다. 나는 이 세상이 맑아지기를 소망한다. 그것만으로도 나는 이 세상을 살아갈 가치가 있다.

나는 오늘부터 은둔형 외톨이가 아니다. 가능하다면 국민 안전처에 연락해서 내가 오늘부로 은둔형 외톨이라는 이름 의 외투를 과감하게 벗어던졌다는 사실을 온 국민에게 알려 달라고 부탁하고 싶다.

"캡틴님, 기쁜 소식이 있습니다."

미간에 채널링을 알리는 진동이 느껴지면서 백량금이 속 삭이는 소리가 들렸다.

"기쁜 소식이라니."

"방금 전국 각지에서 거수님들이 캡틴님의 서른 번째 생일 을 축하하는 염사를 한 장면씩 보내 드리겠다는 연락이 왔 습니다. 각 거수님들께서 자신의 가장 아름다운 모습들을 간 직해 두셨다가 염사로 보내 드리는 거랍니다. 감상하시지요."

백량금이 말했다.

갑자기 응접실에 심상치 않은 긴장감이 감돌기 시작했다. 이어 내 미간에 달빛이 반짝거리면서 물비늘처럼 스쳐 가는 듯한 진동이 느껴졌다. 나는 진동의 강약만으로도 거수님들이라는 사실을 감지할 수가 있었다.

"울릉도 도동항의 향나무일세. 생일을 축하하네. 향기로운 서른으로 사시기를 바라네."

우렁우렁하는 목소리와 함께 수령 2,000세로 추정되는 향나무 거수님께서 모습을 나타내셨다. 별빛이 영롱하게 반짝거리는 밤하늘을 배경으로 우람한 자태의 향나무 거수님이 서 계셨다. 한 폭의 수묵화를 연상시키는 장면이었다. 그 염사 속에는 너무나 많은 시간의 의미와, 너무나 많은 공간의 의미와, 너무나 많은 생명의 의미가 농축되어 담겨 있는 것 같았다.

하지만 내 나이는 겨우 서른. 수령 2,000세의 향나무 거수님에 비하면 나는 씨앗이나 다름이 없었다. 나는 너무도 황송해서 몸 둘 바를 모르는 상태로 마냥 엎드려 머리만 조아리고 있었다.

"양평 용문사 은행나무일세. 생일을 축하하네. 생명을 가진 모든 것들은 생로병사 희로애락을 제 식성대로 골라 먹을 수가 없네. 그저 오는 대로 받아들여야 하네. 매 순간이 모두 축복이라고 생각하면서 살아가시면 그게 바로 득도의 경지

일세."

살과 뼈에 문신으로 아로새겨지는 설법 같았다.

은행 거수님의 모습이 흐리게 지워지면서 다시 다른 영상이 나타나기 시작했다. 영상이 나타나기 전에 쏴아 하는 바람 소리가 먼저 들렸다. 그리고 갑자기 공간 전체가 눈부신 황금빛으로 일렁거리기 시작했다. 이어 바람 소리와 함께 수령 500세로 추정되는 양평 용문사 은행 거수님께서 자태를 드러내셨다. 자디잔 금빛 이파리들이 눈부시게 바람에 나부끼고 있었다. 사방이 온통 황홀한 금빛 물결로 일렁거리고 있었다. 육신과 의식이 한꺼번에 청량하게 세척되는 기분이었다.

"감사합니다. 감사합니다."

나는 엎드린 채로 머리를 조아리면서 감사하다는 말만 되풀이하는 수밖에 없었다.

"순천 선암사 매화나무일세. 꽃 피는 시절이 따로 있고 열매 맺는 시절이 따로 있으니 매사 서두르지 말고 순리를 잘 따르면서 살아가도록 하시게. 매화는 살을 에는 추위를 견디고 피어나기 때문에 더욱 눈부신 법이고 해바라기는 찌는 듯한 더위를 견디고 피어나기 때문에 더욱 눈부신 법이라네."

"명심하겠습니다."

수령 몇백 세가 되시는 거수님들이 차례로 염사를 보내 주고 계셨다. 꽃을 보여 주신 거수님들도 계셨고 단풍을 보여 주신 거수님들도 계셨고 열매를 보여 주신 거수님들도 계셨다. 헐벗은 모습으로 혹한의 겨울을 의연하게 견디는 모습을 보여 주신 거수님들도 계셨다.

모든 장면들이 아름답기 그지없었다. 거수님들은 자신의 가장 아름다운 모습들을 담아서 생일을 축하해 주셨고 진심 어린 덕담까지 한마디씩 얹어 주셨다. 거수님들이 나타날 때마다 감동으로 가슴이 터질 것 같았다.

나는 가까스로 가슴을 진정시킨 다음 세은에게 모든 장면들을 소상하게 설명해 주기 시작했다.

"너무너무 감동적이에요. 수령이 수천 수백 년씩 되는 나무들한테 생일 축하 메시지를 받아 본 사람은 아마 지구상에 캡틴 한 명뿐일 거예요."

세은은 감동을 주체하기 힘들다는 표정이었다.

"생일을 맞이한 남자한테 칭찬을 많이 하면 피부가 좋아진다는 소리를 어디서 들으신 거 아닙니까."

"저는 사실대로 말씀드린 건데요."

"쥐구멍이 어디 있을까."

나는 짐짓 방 안을 두리번거리며 가까스로 쑥스러움을 참아 내는 시늉을 해 보였다.

점심때였다.

채널링을 요청하는 진동이 미간을 자극하고 있었다. 특별히 거절할 이유가 없었다. 채널링을 신청하신 분은 교육계의 거물급 최득경 선생 댁에 기거하시는 수령 102세의 단풍 분재 거수님이셨다.

"긴히 부탁이 있어 채널링을 요청했네."

분재 거수님들이 먼저 내게 채널링을 요청한 적이 있었던가. 내 기억으로는 없었다. 나는 약간 긴장할 수밖에 없었다.

"무슨 부탁입니까."

"그동안 나를 지극정성으로 보살펴 주시던 최득경 선생이 석 달 전에 치매에 걸리셨다네. 지금 요양원에 계시는데 툭하면 행방불명이 되어 버리는 바람에 요양원 직원들과 가족들이 수시로 난리 법석을 떨어야 한다네. 캡틴께서 좀 도와주셨으면 좋겠네."

의외였다. 분재 거수님들은 대부분 자기중심적이고 현실 중심적인 사고방식을 고수하는 인습을 가지신 분들이었다. 이타적인 일에 앞장을 서는 사례를 보이는 경우가 드물었다. 오로지 자신만 잘되면 그만이라고 생각하는 분재님들이 대부분이었다. 언제나 주인이 먼저가 아니라 자신이 먼저였다.

"캡틴님 생각은 어떠신가."

"글쎄요. 제가 무슨 힘이 있어야지요."

"내 얘기를 한번 들어 보시겠나."

"말씀하십시오."

단풍 분재 거수님께 들은 이야기를 그대로 옮기면 이러했다.

독일에는 요양원 및 치매 시설 가까이에 노인들을 위한 가짜 버스 정류장이 설치되어 있다. 버스만 왕래하지 않을 뿐 외형적으로는 진짜 버스 정류장과 똑같다. 치매를 앓는 노인들이 시설을 뛰쳐나와 길을 잃고 헤매는 불상사를 방지하기 위해서 만들어 놓은 가짜 버스 정류장이다. 최근 이를 계기로 착한 거짓말 현상이 독일뿐만 아니라 유럽 전역에 전염병처럼 확산되고 있다.

독일 뒤셀도르프의 한 노인 요양 시설은 한때 치매를 앓는 입주자들의 실종 때문에 골머리를 앓았다. 치매 노인들은 이미 없어져 버린 옛집이나 죽은 가족들에게로 돌아가기 위해 시설을 뛰쳐나온다. 그러나 치매 때문에 뛰쳐나온 이유를 까마득히 잊어버리고 만다. 그때마다 직원들은 경찰에 신고를 해야 했고 그때마다 경찰들은 수색을 해야 하는 수고로움을 겪어야 했다. 그러다 시설 측은 지역 간호 협회와 공조하여 해결책을 모색했고 버스 운영 회사와 협상, 대중교통 노선에 없는 짝퉁 버스 정류장을 탄생시키게 되었다.

그리고 이 정류장은 기대 이상의 효과를 나타내 보이기 시작했다. 시설을 뛰쳐나온 치매 노인들은 대부분 집으로 돌아가기 위해 버스나 전철 등 대중교통을 이용하려는 특성을 가지고 있다. 그래서 짝퉁 버스 정류장을 보면 일단 자리에 앉아 하염없이 버스를 기다리게 된다. 그러나 채 5분도 되지 않아 자신이 거기 앉아 있는 이유를 잊어버리고 만다. 어느 정도 시간이 지났을 때 시설 직원이 다가가 버스가 늦어지고 있으니 커피나 한잔하시자고 치매 노인을 시설로 유인한다.

지나친 정직의 노예로 살아가는 사람들은 치매에 걸린 불쌍한 노인들을 속이는 것은 옳지 않다고 항변하기도 하지만 그렇다고 치매에 걸린 노인들을 한정 없이 떠돌게 내버려 둘 수도 없는 노릇이다.

"나를 너무도 아껴 주시던 분이신데 치매에 걸리셨다고 소홀히 할 수는 없다는 생각이 들었네. 시설에서 사라지실 때마다 온 가족이 난리 법석을 피우는 모습이 너무도 안타까워서 캡틴한테 부탁을 해 보기로 마음먹었네. 못 들은 척하셔도 상관은 없네."

하지만 나는 짝퉁 버스 정류장에 열렬한 찬성표를 던지기로 결심했다.

"제가 무엇을 도와 드리면 될까요."

"캡틴님이 앞장을 서서 가짜 버스 정류장을 만드는 운동을 벌여 주면 어떨까 부탁드리러 왔네."

귀가 번쩍 뜨이는 제의였다. 그러지 않아도 은둔형 외톨이라는 이름의 외투를 벗어던지려던 참이었다. 세상을 맑고 밝게 만드는 일이라면 무슨 일이든지 하고 싶었다. 나로서는 마다할 이유가 없었다.

목격자들

　다시 서울. 서대문에 위치한 레지던스에 숙소를 정했다. 서울에만 오면 묵게 되는 숙소였다. 시설 면에서나 교통 면에서나 내게는 편리하고 쾌적한 숙소였다.

　나는 친구 놈한테 전화부터 걸었다. 동물보호법에 대해서 알아보기 위해서였다.

　"이 싸가지가 바가지로 없는 놈아. 친구가 생일 선물을 보냈으면 고맙다는 인사라도 있어야지 혓바닥이 썩어 문드러지기라도 했냐, 아니면 아가리를 재봉틀로 꿰매기라도 했냐. 왜 찍소리도 안 하냐."

　친구 놈은 전화를 받자마자 핀잔부터 늘어놓았다. 예상하고 있던 대로였다.

"생색내고 싶어 보낸 거 아니잖아."

"선물로 친구가 사랑스럽기 짝이 없는 강아지 한 마리를 보냈는데 일언반구도 없다니, 너무한 거 아니냐."

"코끼리라도 한 마리 보냈으면 난리 났겠구나. 세은 씨가 이름 지어 주었다."

"뭐라고 지었냐."

"다몽이."

"좋네."

"세은 씨 지금 같이 있냐."

"집에까지 모셔다드렸다."

"좋을 때다."

"작자 미상의 세계 명언집 구십팔 페이지 셋째 줄에 부러우면 지는 거라는 말이 명기되어 있다."

"이 양반, 아직 쓰지도 않은 연애 소설에 노벨 문학상을 달라고 떼를 쓰는 격이네. 조만간 서로 가까워질 가능성이 보이기는 하지만 가까워져 봤자 흔해 빠진 범국민 모태 닭살 유발 커플에 불과할 거야. 내가 부러워할 리가 없지."

"진도 더 나가면 너는 인간성이 안 좋으니까 틀림없이 악담이 나오겠지. 그만두자."

"왜 전화했냐."

"물어볼 게 있어서 걸었다."

"뭐냐."

"동물보호법에 관한 건데."

"뜬금없이 동물보호법은 왜."

"요새 이마에 못 박힌 고양이 사진 인터넷에 올라온 거 본 적 있냐."

"있어."

"혹시 그새 범인 잡힌 거 아니겠지."

"잡혔다는 소식 못 들었는데."

"잡히면 어떤 처벌을 받게 되냐."

"니가 한 일이냐."

"미쳤니."

"그럼 왜 묻는데."

"채널링에 접수된 사안인데 응징해 주기로 결정했거든."

커튼이 걷혀 있는 창문 밖으로 빌딩들이 빼곡하게 들어차 있었다. 하늘은 보이지 않았다. 당연히 태양도 보이지 않았고 구름도 보이지 않았다. 아래로는 드넓은 도로가 보였고 도로를 가득 메운 차량들이 보였다. 끊임없는 소음이 도시를 가득 채우고 있었다. 서울에 와서야 새삼 다목리가 평화롭기 그지없는 마을이라는 사실을 절감하고 있었다.

"범인은 알아냈냐."

친구 놈이 물었다.

"그건 당분간 비밀이다."

아직 구체적인 채널링을 실행하지 않은 상태였기 때문에 모든 것이 확실치 않았다. 확실치 않은 사실을 친구 놈에게 발설할 수는 없었다.

"이 새끼는 그놈의 채널링에 관련된 것들만 물어보면 비밀이래. 비밀은 무슨 얼어 죽을 비밀. 며칠만 지나면 다 불어 버릴 거면서."

"그러니까 궁금해도 보복 끝날 때까지만 참아라."

경험에 의하면 경찰이나 검찰이 나설 경우 보복은 지연되거나 무산될 가능성이 농후했다.

"지금 어디냐."

"서울이야. 서대문 근처."

"새꺄. 서울에 출두했으면 사무실로 와야지 버르장머리 없이 전화질이냐."

"중요한 일이 있어서 오늘은 못 만난다. 묻는 말에나 빨리 대답해라."

"내가 무슨 종합대법전이라도 되는 줄 아냐. 어떻게 묻는 말에 즉시 대답을 하냐."

"그 정도면 검사한테는 일반 상식 아니냐."

"일반 상식이면 너 같은 백수가 알고 있어야지 나같이 지엄하신 검사님이 알고 있어야 하냐."

"빨리 법전 찾아보든지 잘 아시는 분들한테 물어보든지 해라."

친구 놈은 구시렁거리면서도 책을 뒤적거리고 있으니 잠시만 기다리라고 말해 주었다.

"여깄다."

"읊어라."

"미국은 애완견을 잔혹 살해했을 경우에는 종신형이네. 애완견이 종신형이면 애완묘도 종신형이겠지."

"우리나라는."

"거기에 비하면 우리나라는 무척 가벼운 편이야."

"설마 훈방은 아니겠지."

"물론 훈방은 아니지. 길고양이 수십 마리의 이마에 대못을 박은 놈을 훈방해 버리다니. 동네 할배들한테 재판을 맡긴다 해도 그 정도로 자비롭지는 않을 거다."

"빵깐에서 몇 년이나 살 거 같냐."

"빵깐행은 아닐 거야."

"무슨 소리야, 빵깐행이 아니라면."

"부산에서 길고양이 육백 마리를 잔혹하게 죽인 인간이 있었는데."

"헉, 육백 마리나."

"길고양이 육백 마리를 모두 끓는 물에 넣고 도살해서 건강원에 팔아넘겼어. 판사가 팔십 시간 사회봉사를 명했다는 판례가 있다. 방금 판례집에서 찾아본 거야."

쓰펄, 욕은 이럴 때 하라고 생긴 게 아닐까. 하지만 나는 입 밖으로 발설하지는 못했다.

고양이 고기가 신경통에 특효라는 둥 고양이 모피가 고가에 팔린다는 둥 하는 낭설들 때문에 요즘 길고양이 사냥에 혈안이 되어 있는 사람들이 많다는 소문을 들은 적이 있었다. 하지만 이번 사건은 이마에 못이 박힌 고양이들이 살아서 돌아다닌 것으로 미루어 그런 소문들과 연관성이 없는 듯이 보였다.

"동물보호법 제 사십육 조에 명기된 내용을 필요로 하는 것 같은데 내가 스캔해서 메일로 보내 줄 테니까 참고해라."

"아무튼 고맙다."

나는 전화를 끊었다. 속이 몹시 더부룩한 기분이었다.

동물보호법 제46조(벌칙)

① 다음 각 호의 어느 하나에 해당하는 자는 2년 이하의 징역 또는 2천만원 이하의 벌금에 처한다.

1. 제8조 제1항부터 제3항까지를 위반하여 동물을 학대한 자

(중략)

동물보호법 제8조(동물학대 등의 금지)

① 누구든지 동물에 대하여 다음 각 호의 행위를 하여서는 아니 된다.

1. 목을 매다는 등의 잔인한 방법으로 죽음에 이르게 하는 행위

2. 노상 등 공개된 장소에서 죽이거나 같은 종류의 다른 동물이 보는 앞에서 죽음에 이르게 하는 행위

3. 고의로 사료 또는 물을 주지 아니하는 행위로 인하여 동물을 죽음에 이르게 하는 행위

4. 그 밖에 수의학적 처치의 필요, 동물로 인한 사람의 생명·신체·재산의 피해 등 농림축산식품부령으로 정하는 정당한 사유 없이 죽음에 이르게 하는 행위

② 누구든지 동물에 대하여 다음 각 호의 학대행위를 하여서는 아니 된다.

1. 도구·약물 등 물리적·화학적 방법을 사용하여 상해를 입히는 행위. 다만, 질병의 예방이나 치료 등 농림축산식품부령으로 정하는 경우는 제외한다.

2. 살아 있는 상태에서 동물의 신체를 손상하거나 체액을 채취하거나 체액을 채취하기 위한 장치를 설치하는 행위. 다만, 질병의 치료 및 동물실험 등 농림축산식품부령으로 정하는 경우는 제외한다.

3. 도박·광고·오락·유흥 등의 목적으로 동물에게 상해를 입히는 행위. 다만, 민속경기 등 농림축산식품부령으로 정하는 경우는 제외한다.

4. 그 밖에 수의학적 처치의 필요, 동물로 인한 사람의 생명·신체·재산의 피해 등 농림축산식품부령으로 정하는 정

당한 사유 없이 신체적 고통을 주거나 상해를 입히는 행위

③ 누구든지 다음 각 호에 해당하는 동물에 대하여 포획하여 판매하거나 죽이는 행위, 판매하거나 죽일 목적으로 포획하는 행위 또는 다음 각 호에 해당하는 동물임을 알면서도 알선·구매하는 행위를 하여서는 아니 된다.

1. 유실·유기동물

2. 피학대 동물 중 소유자를 알 수 없는 동물

④ 소유자 등은 동물을 유기(遺棄)하여서는 아니 된다.

⑤ 누구든지 다음 각 호의 행위를 하여서는 아니 된다.

1. 제1항부터 제3항까지에 해당하는 행위를 촬영한 사진 또는 영상물을 판매·전시·전달·상영하거나 인터넷에 게재하는 행위. 다만, 동물보호 의식을 고양시키기 위한 목적이 표시된 홍보 활동 등 농림축산식품부령으로 정하는 경우에는 그러하지 아니하다.

(중략)

모든 조항이 동물을 보호하려는 의도가 충분히 내포되어 있다는 사실을 인정할 수는 있겠으나 지켜질 가능성은 희박했다. 가령, 소유자 등은 동물을 유기(遺棄)하여서는 아니 된

다. 이 조항도 현실적으로는 개무시되고 있는 실정이다. 처음에는 반려동물의 귀여움 때문에 키우다가 병이 들거나 성격이 나빠지거나 귀찮다는 이유로 멀리 내다 버리는 사례들이 허다하다.

모든 조항에 처벌이 강화되지 않으면 개선은 기대하기 힘들 것이다. 농작물을 해치는 벼멸구나 전염병을 옮기는 똥파리도 아니고 사람이 애지중지 기르는 반려동물이다. 고양이를 600마리나 잔혹하게 도살했는데 고작 80시간 사회봉사라니, 동물보호법이 아니라 동물멸시법이라는 생각까지 들게 만드는 판례다.

내가 정한 숙소에서 채널링이 진행되고 있다. 지금 숙소에서 채널링에 동참하고 있는 동업자들은 느티나무, 자귀나무, 은행나무, 소나무, 왕버들, 은백양나무 등이고 메신저 역할은 백량금이 담당하고 있다. 그중에서 느티나무와 은행나무와 소나무는 수령이 백 년을 넘긴 원로들이다. 당연히 나는 그들의 의식이 숙소로 들어설 때 방바닥에 넙죽 엎드려 큰절을 올렸다.

채널링은 동참자들에 의해서만 진행되는 것이 아니다. 모든 내용들이 전체 수목들에게 전해진다. 수목들은 선천적으로 시공을 초월해서 다른 존재들의 의식을 염사할 수 있는 능력을 가지고 있다. 그리고 염사를 통해서 마치 비디오 화면을 보듯이 상황을 아주 소상하게 들여다볼 수도 있다. 빠르게 보기도 가능하고 느리게 보기도 가능하다. 정지 화면도 가능하고 확대 축소도 가능하다. 동참하지 않는 수목들도 채널링 도중에 의견을 피력하거나 이의를 제기할 수 있다.

"첫 발사 장면을 염사하고 싶습니다."

내가 말했다.

에어타카로 고양이를 저격하는 첫 장면을 목격한 나무는 어느 아파트 주차장 부근에 있는 회양목이었다.

"제가 염사해서 전송해 드리겠습니다."

첫 발사 장면을 목격한 회양목의 의식을 백량금이 염사해서 내게 전송하기 시작했다.

아파트. 해가 질 무렵이다. 공구 가방을 멘 사내 하나가 주차장으로 걸어가고 있다. 회양목은 키가 작은 수종이기 때문에 사내의 키가 유난히 커 보인다.

어디서 나타났을까. 길고양이 한 마리가 조심스럽게 사내의 뒤를 따라가고 있다. 연갈색 줄무늬의 치즈태비. 흔히 코리안 쇼트헤어라고 지칭되기도 한다.

사내는 짐짓 고양이에게 관심이 없다는 듯 태연히 담배 한 대를 꺼내 물고 불을 붙인다. 이때 고양이가 몇 번 울음을 토해 낸다. 사내가 고양이를 돌아본다. 그러자 이번에는 고양이가 시선을 돌려 딴 곳을 응시한다. 사내는 조심스럽게 주위를 둘러보기 시작한다. 아무도 보이지 않는다. 고양이는 사내를 외면한 채 웅크린 자세로 자신의 털을 핥아 내기 시작한다. 사내는 조심스럽게 공구 상자의 뚜껑을 연다.

"씨발놈, 너까지 나를 본체만체하냐."

사내는 휴대용 에어 컴프레서가 부착되어 있는 에어타카를 꺼낸다. 그리고 안전장치를 풀고 고양이를 겨냥한다. 별로 진지해 보이지 않는다. 그냥 시늉만 하다 말 것처럼 보인다. 에어타카로 명중시키기에는 거리가 너무 멀다. 그 장면을 목격한다면 누구나, 저러다 말겠지, 정말 방아쇠를 당기지는 않겠지, 하고 생각했을 것이다. 고양이도 완전히 경계심을 풀고 있는 것 같았다.

"나비야, 밥 먹자."

사내가 말한다. 갑자기 목소리가 부드러워져 있다.

"나비야 이리 와 밥 먹자."

사내가 바지 주머니에서 무엇인가를 꺼낸다. 육포 조각이다. 고양이를 유혹하기 위해 미리 계획적으로 준비해 가지고 다니는 육포 조각인지도 모른다.

사내는 그것을 고양이에게 내밀어 보이며 친절한 목소리로,

"나비야 이리 와 밥 먹자."

"나비야 이리 와 밥 먹자."

반복해서 고양이를 유혹하고 있다.

그러자 고양이가 사내를 호기심 어린 눈으로 쳐다보다가 마치 최면에라도 걸린 듯 슬그머니 일어선다. 그리고 사내에게로 조심스럽게 다가간다.

"그래, 착하지."

사내는 신중한 동작으로 에어타카의 발사구를 고양이의 이마와 일직선이 되도록 조준한다.

시간이 멈춘다. 박살 난 햇빛만 아스팔트 바닥에 흩어져 번뜩거리고 있다. 오래도록 침묵이 흐른다.

팍.

일순, 침묵을 깨뜨리며 못이 발사되는 소리. 아파트 주변의 모든 수목들이 전율한다.

캬악, 비명과 동시에 이마에 못이 박힌 채 고양이가 높이 솟구쳐 오른다. 그리고 땅바닥으로 털썩 떨어지더니 번개 같은 동작으로 일어나 미친 듯이 아파트 화단의 울창한 수목 속으로 사라져 버린다. 한동안 고양이의 처절한 울음소리가 아파트 주변의 공기를 찢어발긴다.

"씨발놈. 맛이 어떠냐."

사내는 한 마디를 내뱉고는 차를 타고 유유히 사라져 버린다. 목격한 사람은 아무도 없다.

같은 사건이 때로는 이틀 건너 한 번씩 또 때로는 사흘 건너 한 번씩 발생했다. 그리고 마침내 희생당한 고양이는 열여

100

넓 마리로 늘어났다. 사고 지역은 일정하지 않았다.

"희생된 고양이의 주인 몇 명이 경찰에 신고는 해 둔 상태지만 범인은 아직 오리무중입니다."

피해 고양이들을 목격한 수목들이 계속적으로 백량금에게 채널링을 요청하기 시작했다. 빨리 손을 쓰지 않으면 고양이가 더 희생될 가능성이 있어서 긴급히 요청한다는 내용이었다.

수목들은 전부 천성이 평화주의자들이며 박애주의자들이다. 그들이 가장 싫어하는 인간쓰레기가 다른 생명체를 하찮게 여기는 인간들이다. 인간은 만물의 영장이 아니다. 자기들끼리 터무니없이 높은 평가를 만들어 내고 자기들끼리 터무니없는 우월감에 빠져 다른 생명체에게 끔찍한 만행을 저지르면서 살아가기도 한다. 한마디로 꼴불견이다.

이번 고양이 사건으로 진단해 보아도 인간은 만물의 영장이 아니라 만물의 쓰레기에 해당한다. 적어도 인간이라면 한 생명이 얼마나 많은 의미와 가치를 지니고 있는가를 생각해 보아야 한다. 하지만 그 정도 철학적 소양은 갖추지 못했다 하더라도 최소한 이마에 못을 박으면 얼마나 고통스러울까 정도는 생각해 볼 수 있지 않을까.

수목들은 다른 생명체의 고통이나 기쁨을 함께 느끼는 특성을 지니고 있다. 아무런 죄책감도 느끼지 않고 다른 생명체를 함부로 죽이거나 괴롭히는 인간들을 무조건 쓰레기로 간주하는 것은 수목들의 입장에서 생각하면 당연할 수밖에 없다. 수목들은 자신이 동물의 먹이로 쓰이거나 약재로 쓰이거나 땔감으로 쓰이는 경우에는 큰 의미와 기쁨을 느끼지만, 자신과 특별한 유대도 없이 위해를 가할 경우에는 극심한 고통에 시달리는 특성을 가진다.

하지만 진심을 담아 미안하다는 말 한마디만 건네면 자신을 뿌리째 뽑아도 용서가 가능한 생명체들이다. 수령이 다해서 죽어 가는 그날까지 희생하고 충성한다. 심지어는 지극히 이기주의적인 성향을 가진 분재들조차도 자신을 헌신적으로 돌보아 준 주인이나 가족들에 대해서는, 특별한 신뢰와 사랑을 표명한다.

하지만 안타깝게도 대부분의 인간들이 그 마음을 헤아릴 줄 아는 지혜나 능력이 부족하다. 그 점에서 인간은 더 진화해야 한다.

"범인은 일정한 직업이 없습니다."

나는 나무들이 제공하는 정보를 노트에 기록 정리하고 있다.

"아파트 내부를 리모델링하는 디자이너들이 불러다 쓰는 잡부입니다."

"고양이하고 무슨 원한 관계라도 있나요."

내가 묻는다.

"사회적 소외감을 고양이한테 전가시켜 스트레스를 해소하는 것 같습니다."

범행 현장을 목격한 나무의 추측이다.

"저 공구가 명중률이 높은 건가요. 아니면 쏜 놈이 명중률이 높은 건가요."

"에어타카라는 공구인데 아주 가까운 거리가 아니면 위력이 떨어집니다. 멀리서는 박히지 않을 수도 있어요. 아마도 가까이서 격발한 것 같습니다."

소나무의 말이다. 소나무는 수목들 중에서는 목수에 대한 정보를 가장 많이 소유하고 있다. 대부분의 수목들은 인간이 사용하는 공구들에 대해 끔찍한 기억이나 정보들을 공포심과 함께 간직하고 살아간다. 그리고 인간은 끊임없이 새로운 공구들을 발명해서 잔디를 깎거나 벌목을 하거나 산천을 초토화한다. 수목들은 특히 전기를 이용한 최신식 공구들에 대해 진저리를 친다.

대부분의 인간들은, 돈만 벌 수 있다면 어떤 끔찍한 짓이라도 저지를 수 있는 후안무치한 존재들이다. 어쩌면 인간은 지구상에 존재하는 모든 생명체들의 천적일지도 모른다.

"길고양이만 희생당했나요."

"범인은 길고양이 집고양이를 가리지 않았습니다."

"죽이지는 않았겠지요."

"현장에서 즉사한 고양이도 있고 눈에 못이 박힌 채 돌아다니는 고양이도 있습니다."

"잔인하군요."

"새끼를 밴 길고양이가 옆구리에 못이 박힌 채로 돌아다니다가 병에 걸려 죽어 버린 사례도 있습니다."

"인간이라는 사실이 새삼 부끄러워집니다."

"집고양이들은 발견 즉시 주인들이 동물 병원으로 데리고 가서 치료를 해 주었지만 길고양이들은 이마에 못이 박힌 채로 애처롭게 울면서 돌아다니고 있습니다."

이마에 못이 박힌 고양이 사진 한 장이 어느 커뮤니티에 게재되면서 다른 사진들도 올라오기 시작했는데 대부분의 네티즌들이 이구동성으로 분노를 표출하고 있다. 하지만 악플을 남발하는 놈들도 적지 않다.

"연발식 에어타카는 없냐. 있다면 못을 수없이 발사해서 고양이를 고슴도치로 만들어 버리고 싶다. 고양이는 개에 비하면 너무 건방져."

"고양이 고기 못 먹어 봤는데 도대체 어떤 맛이냐. 먹어 본 새퀴들 있으면 상세히 보고해라."

"고양이는 항상 눈깔에 독기를 품고 있는 것 같지 않냐. 나는 보기만 하면 사정없이 배때기에 하이킥을 날려 주고 싶더라."

희생당한 고양이의 가족들 중에서 특히 어린이들이 감당

하기 어려운 충격과 고통에 시달리고 있다는 게시물도 있다.

폭염의 영향 때문인지 최근 들어 끔찍한 사건들이 연쇄적으로 발생하고 있었다. 잔소리가 심한 50대 아버지를 회칼로 찔러 죽인 고등학생. 8살 의붓딸이 거짓말을 했다는 이유로 심한 매질 끝에 숨지게 한 계모. 외딴 마을 다리 밑에서 발견된 신원 불명의 토막 시체. 10대 친딸을 3년 동안이나 성폭행한 아버지. 도처에서 터지는 폭행 사건, 사기 사건, 보이스피싱.

경찰은 고양이 따위에 신경을 쓸 겨를이 없는지도 모른다. 범인도 그 사실을 잘 알고 있는 것 같다. 동일한 사건들이 계속해서 발생하고 있다. 피해 고양이가 발견된 관할 경찰서 홈페이지 게시판은 대부분 쑤셔 놓은 벌집을 방불케 할 정도였다.

"빨리 범인 안 잡고 뭐 하십니까. 상부로부터 대한민국 고양이들의 씨가 마를 때까지 부동자세를 고수하라는 명령이라도 떨어진 겁니까, 씨바."

"일계급 특진감이 아닌 사건이니까 신경 쓸 필요가 없겠지요."

"나태한 민중의 곰팡이들께 고함. 고양이의 생명도 당신들 생명만큼 고귀하다는 사실을 자각하는 인격체가 될 때까지 본관의 책임 추궁은 계속될 것임."

별의별 게시물들이 게시판을 어지럽히고 있었다. 만약 수목들이 컴퓨터를 사용할 줄 안다면 당연히 경찰서 게시판에 범인의 주소와 성명과 사건 경위를 소상하게 올렸을 것이다. 하지만 나무들의 이름으로 올리면 경찰들은 절대로 믿지 않을 것이다.

만약 내 이름으로 올린다면 어떨까. 경찰은 조사해 보기도 전에 나를 미친놈으로 간주해 버리고 말 것이다.

"최종적으로 범인이 용서받을 여지가 있는지 한번 알아봅시다."

자귀나무가 여러 수목들에게 정보를 타진해 보고 있었다. 범인이 여러 사람에게 사랑을 많이 베풀었다면 정상을 참작할 수도 있었다. 사람에게가 아니라 동물이나 식물들에게라도 사랑을 많이 베풀었다면 보복을 당하지 않을 수도 있었다.

하지만 타진해 본 결과 이번 범인은 용서받을 여지가 전혀 없다는 결론에 도달했다. 수목들은 만장일치로 철저한 보복이 필요하다는 의견에 동의했다. 이제 보복의 방법을 결정하는 일만 남아 있었다.

"더 이상 쓰레기들을 방치해 두면 악취만 심해질 뿐입니다."

"청소해야 합니다."

"어떤 방법이 좋을까요."

"이번에도 자신이 저지른 그대로 고통을 되돌려 주는 것이

공평할 것 같습니다."

일단 보복이 결정되면 수목들은 냉엄하다. 용서도 고려하지 않고 자비도 고려하지 않는다. 오로지 응징하는 것만이 용서이며 자비라고 생각한다. 처음부터 끝까지 철저하게 응징하는 것, 수목들에게는 그것이 곧 사랑의 실천이다. 범인이 반성할 때까지 기다리거나 속죄할 때까지 기다리는 방식은 조선 시대에나 통하던 방식이다.

"시대가 아무리 변해도 진리는 달라지지 않습니다."

"진리는 영원불변하는 것이지요."

"변하는 것은 모두 현상입니다."

"현상 탐구를 진리 탐구로 착각하면서 살고 있는 인간들도 많지요."

"인간들은 끊임없이 학교나 학원을 지어 대고 거기서 박터지게 공부를 하는데 갈수록 좋아지기는커녕 갈수록 나빠지고 있으니 참으로 불가사의합니다."

"욕망이 제어가 안 되는 동물이기 때문입니다."

수목들은 인간이 발전을 빙자해서 퇴보에 박차를 가하고 있다고 지적했다.

"지구상에서 인간만큼 잘못된 가치관을 신봉하는 생명체는 존재하지 않습니다."

"조선 시대 인간들은 물질보다 정신을 중시하는 성향을 가지고 있었지요."

"하지만 지금의 인간들은 정신보다 물질을 중시하는 성향이 두드러집니다."

조선 시대에는 용서나 자비를 베푸는 사람을 은혜롭게 생각했다. 하지만 지금은 용서나 자비를 베푸는 사람을 바보로 취급한다. 어쩌면 인간은 시간이 흐를수록 진리와 멀어져 가고 있는 것은 아닐까. 지금 세상에 용서나 자비로 세상을 바꾸려 들면 시간만 오래 걸리고 시행착오만 거듭하게 된다. 용서와 자비로 세상을 바꾸려 들다니, 한마디로 두부 썹다 어금니 부러지는 소리다. 나도 나무들의 의견에 동조한다.

"지금은 짝퉁이 진품 행세를 하고 진품이 짝퉁 취급을 받는 세상입니다."

내가 말했다.

"길바닥에 똥을 싸갈기는 놈이 있다면 자신이 싸갈긴 똥을 제 손으로 치우게 만들든지 제 입으로 삼키게 만들어 주어야 합니다."

플라타너스가 말했다. 플라타너스는 예전에 가로수 역할을 많이 담당했던 나무다. 하지만 요즘은 이파리와 가지가 너무 무성해서 간판을 잘 안 보이게 만든다는 결함 때문에 가지를 잘리는 수난을 겪거나 가로수로 선택되지 않고 있다.

"악은 더 자랄 수 있는 여지를 주면 안 되지요."

자귀나무가 말했다. 자귀나무는 인간들 중에서도 가정주부들이 가장 좋아하는 나무로 알려져 있다. 연분홍 빛깔의 꽃을 피우는 나무인데 솜털같이 부드러운 갈기를 활짝 펴고 화사한 모습으로 피어난다. 그러나 오후 6시쯤이 되면 꽃들은 모두 오므라진다. 꽃이 오므라지는 시간은 남편이 퇴근하는 시간이다. 남편의 퇴근 시간을 알려 주는 나무라는 이유로 주부들의 사랑을 많이 받게 된 나무다. 자귀나무는 가정의 흥망성쇠를 가장 가까이서 지켜본 목격자이기도 하다.

유익현(劉翼賢).

고양이의 이마에 못을 박은 사내의 이름이다.

물론 수목들이 수집한 정보들이다. 이름 그대로를 풀이하면 어진 날개를 달았다는 뜻인데 이름과는 정반대의 인생을 살고 있다.

34세. 결혼에 한 번 실패한 경력을 가지고 있다. 감정 조절이 전혀 안 되는 성격을 가지고 있다. 뻑하면 폭력을 휘두른다. 이종격투기 도장을 다니고 있다. 물론 실력은 어설프다. 경력이 동일한 관원들과 대련을 해도 감정 조절이 전혀 안 되는 성격 때문에 얻어터지는 경우가 허다하다. 지위 고하를 가리지 않고 전후좌우도 가리지 않는다.

하지만 일을 저질러 놓고도 후회하거나 반성하는 법이 없다. 후회하거나 반성하는 법이 없는 사람은 사과하거나 속죄하는 법도 없다. 어떤 구실을 붙여서라도 자신의 행위를 정당화시킨다. 자기밖에 모르는 성향이 두드러져서 친구가 생기더라도 오래 곁에 있어 주지 않는다. 사회가 자신의 능력과 존재를 무시한다고 생각한다. 특별히 남보다 뛰어난 점이 없는데도 열등감보다는 자만심이 강하다.

충북 보은에서 초, 중, 고등학교를 졸업했다. 아버지는 막걸리 공장을 운영하는 사람으로 정치적 영향력을 가진 인물들에게 뒷돈을 공급하는 것을 처세의 방편으로 삼는다. 슬하에 2남 1녀를 거느리고 있는데 어릴 때부터 절대로 남에게 져서는 안 된다는 사실을 귀에 딱지가 앉을 정도로 강조했다. 간혹 형제 중의 하나가 동네 아이와 주먹다짐이라도 벌이다 맞고 들어온 날에는 겨울에도 발가벗겨져 내쫓기는 형벌을 감내해야 했다.

그 점에서는 어머니도 마찬가지였다. 어떤 승부에서도 패배를 용납하지 않는 성미였다. 반칙을 해서라도 이겨야만 직성이 풀렸다.

형은 인근 소도시 양아치들의 형님 노릇을 하다가 폭력 사건에 연루되어 수감 중이고 동생인 유익현은 반려동물들이나 괴롭히면서 돌아다니고 있다. 다행인지 불행인지는 몰라도 유익현은 아직 전과가 없다.

"겉보기에는 촌스럽고 어리숙해 보이지만 의외로 교활하고 영리한 편이지요."

"그렇습니다. 시시티브이에 노출되는 각도에서나 목격자들에게 포착될 가능성이 있는 장소에서는 범행을 저지른 적이 없습니다."

"그토록 빈번하게 범행을 저질렀는데도 증거가 될 만한 것을 남긴 적이 한 번도 없습니다."

"캡틴은 아까부터 왜 입을 다물고 있습니까."

캡틴. 나는 그 애칭이 마음에 들기는 하지만 자격 미달이라고 생각한다. 이번 사건 같은 경우에는 인간으로 존재한다는 사실이 매우 부끄럽다. 그래서 자격 미달이라는 생각을 떨쳐 버릴 수가 없다.

나는 수목들의 정보력과 판단력과 도덕성을 신뢰하고 존중하는 편이다. 그들이 고양이를 괴롭힌 유익현을 응징하겠다는 결정에 대해서는 이의를 제기할 여지가 없다. 다만 같은 인간으로서 느끼는 부끄러움과 안타까움이 체증처럼 의식을 거북하게 만든다.

물론 내 잘못이 아니다. 하지만 타인의 잘못이라고 해서 나와 무관한 것은 아니다. 삼라만상은 모두 보이지 않는 인연의 끈으로 연결되어 있다. 나와 무관한 사건이나 현상은 일어날 수가 없다. 전부 나와 불가분의 관계를 형성하고 있다. 그러나 선명하게 그 인과관계를 자각할 수가 없다.

제기럴.

나는 이럴 때 수시로 도를 닦아야 할 필요성을 느낀다.

"캡틴, 안녕하세요."

세은의 전화였다.

"안녕하지 못합니다."

"왜요."

"세은 씨가 곁에 없을 때는 언제나 안녕하지 못합니다."

"접대용 멘트가 많이 느셨네요."

"다 세은 씨 덕분입니다."

"뭐 하나 여쭤보려고 전화드렸어요."

"뭔데요."

"밤에는 곤충들도 활동을 중지하지 않나요."

"대부분의 곤충들이 활동을 중지합니다."

"그러면 밤에 피는 꽃들은 어떻게 꽃가루받이를 하나요."

"곤충들도 야행성이 있거든요."

"그렇군요."

"박각시나방이라는 곤충이 있습니다. 저물 무렵부터 활동하지요. 박꽃이나 달맞이꽃처럼 밤에 피는 꽃들은 대개 박각시나방이라는 곤충들이 꽃가루를 나릅니다."

우리는 상당히 가까운 사이기는 하지만 서로 존댓말을 쓴다. 세은은 반말을 하셔도 괜찮다고 말했지만 나는 아직도 그녀에게 깍듯이 존댓말을 쓴다.

그녀와 나는 식물을 존중하고 사랑한다는 공통점을 가지고 있다. 그러나 나는 식물들과 대화를 통해서 많은 지식을 습득하는 반면 그녀는 대화를 하지 않고도 식물들의 상태를 읽어 내는 능력을 가지고 있다.

"이 나무는 거름을 너무 많이 주었기 때문에 영양 과다로 몹시 괴로움을 겪고 있어요."

"이 식물은 애정결핍증을 앓고 있어요."

"이 나무는 다른 나무들과의 간격이 너무 비좁아서 스트레스를 받고 있는 중이에요."

"이 나무는 아직 화천의 기후에 적응하지 못했어요."

만약 어떤 식물이 문제점을 드러냈을 때 그녀는 그것이 어디서 기인하는 것인지를 정확하게 진단해 낼 수 있었다. 그리고 그녀의 처방을 따르면 신기하게도 문제점을 해결할 수가 있었다.

"식물한테 물어보지도 않고 어떻게 그걸 알 수가 있어요."

"직감으로요."

"놀랍네."

"저는 채널링을 하는 캡틴이 훨씬 놀라워요."

세은은 하루에도 몇 번씩 전화를 건다. 때로는 그날 만난 진상 손님들이나 그날 일어난 해프닝들에 대해 명랑쾌활한 목소리로 수다를 늘어놓는다. 나는 예쁜 여자로부터 날마다 전화를 받는다는 사실에 자부심과 행복감을 느낀다. 가능하다면, 그녀를 처음 만난 날을 국경일로 지정해 달라고 관계 부처에 건의해 보고 싶을 정도다. 물론 당치도 않은 생각이라는 거 나도 안다. 단지 그 정도로 내가 세은에게 빠져 있다는 얘기다.

"바쁘지 않으신가요."

"아무리 바빠도 세은 씨 전화는 받을 수 있습니다."

"제가 지금 일이 밀려서 그러는데요, 잠깐만 도와주시겠어요."

"충성."

나는 세은이 나에게 도움을 요청할 때가 가장 뿌듯하다. 세은이 도움을 요청하면 앞뒤 가리지 않고 일단 큰소리부터 치고 본다. 채널링이나 인터넷 검색을 지나치게 신봉하기 때문에 생기는 현상일지도 모른다. 고쳐야지 하면서도 통화를 하다 보면 오버하고 있는 자신을 발견한다. 물론 무조건 큰소리를 쳤다가 낭패를 당하는 경우도 있다.

"며칠 전에 새로 구입한 관상식물 한 그루가 있는데 운반하는 도중에 그만 플라스틱 이름표를 분실했어요. 그 식물의 이름을 알 수 있는 방법이 없을까요."

"이름 정도 알아내는 건 별로 어렵지 않아요."

하지만 인터넷을 검색해 보아도 알 수 없거나 백량금에게 물어보아도 알 수 없는 경우가 있는 것이다.

"수고스러우시겠지만 일단 휴대폰으로 그 식물을 사진으로 찍어서 저한테 전송해 주세요."

어쩔 수 없이 채널링을 개설해서 공개적으로 그 식물의 사진을 염사해서 정보를 의뢰하는 방법을 쓰는 수밖에 없었다.

"크로톤이라는 식물이군요. 변엽목이라고도 합니다. 잎의 모양이나 빛깔이 다양하지요. 유난히 변종이 많은 식물입니다."

크로톤 사건 이후로 나는 섣불리 큰소리를 치지 않게 되었지만 식물에 관해서라면 거의 모든 일을 해결할 자신이 있었다.

"지금 제가 바빠서 그러는데 죄송하지만 남아프리카 공화국의 국화가 무엇인지 알 수 있을까요."

"한번 알아보지요."

"사흘 후에 남아프리카 공화국과 관련된 행사가 있거든요. 그때 남아프리카 공화국 국화를 보낼 수 있다면 짱이겠는데."

"잠시만 기다려 보세요."

"제발."

"남아프리카 공화국의 국화는 킹프로테아라는 꽃이네요. 그리스 신화에 나오는 해신 프로테우스의 이름에서 유래되었어요. 마포 공덕동에 있는 플라워 숍에서 구할 수 있군요."

"대애박."

통화를 끝내고 나는 무슨 큰일이라도 해결한 듯한 기분이었다. 아무도 보는 사람이 없는데도 어깨를 한 번 으쓱 올려 보였을 정도였다.

"캡틴님, 높이가 있는 받침대를 제작해서 저를 거기다 보관해 주세요."

어느 날 백량금이 내게 말했다.

"왜 갑자기 그런 생각을 했을까."

"캡틴님이 안 보실 때 다몽이가 와서 자꾸만 제 이파리를 떼어 내 잘근잘근 씹어요."

"미안해. 몰랐어."

다몽이는 소파 위에서 낮잠을 자고 있었다.

"이파리가 상하면 염사를 할 때 영상이 깨지는 수가 있어요."

"다몽이는 무엇 때문에 네 이파리를 깨무는 걸까. 맛있어서 그러는 걸까."

"짜식이 질투하는 거예요."

"설마."

"짜식은 캡틴님이 자기보다 저를 더 좋아한다고 생각해요."

"웃기는 개새끼네."

그때 다몽이가 깨어났다. 깨어나 자기 얘기를 하는 거 알고 있다는 듯 나를 응시하면서 꼬리를 살랑살랑 흔들고 있었다.

"얌마, 백량금은 왜 물어뜯냐."

자기는 모르는 일이라는 표정으로 계속 꼬리만 살랑살랑. 귀엽다. 하지만 백량금도 깨물면 아픔을 느낀다. 다몽이가 그것을 알 턱이 없다. 나는 그날로 목공소를 찾아가 목재 화분 받침대 하나를 주문해서 다몽이의 키가 닿지 않는 높이에 백량금을 옮겨 주었다.

경고

"유익현이 지금 신촌에 있는 라이브 카페에서 어떤 여자를 만나고 있어요."

백량금의 제보였다.

"그럼 현장으로 한번 출동해 볼까."

그러지 않아도 조만간 유익현을 직접 대면할 생각이었다. 적어도 자신이 무엇 때문에 응징의 대상으로 지목되었는지 정도는 알게 해 주고 싶었다.

유익현은 문자 그대로 독 안에 든 쥐나 다름 없었다. 이미 수목들이 그의 일거수일투족을 감시하고 있었다. 수목들은 대한민국 전역에 존재한다. 일단 감시 대상으로 선정되면 그

누구도 수목들의 감시망을 벗어날 수가 없다.

나무들은 끊임없이 하늘을 향해 가지를 뻗는다. 그리고 해를 거듭할수록 가지는 얼기설기 무성해진다. 가지들은 모두 안테나가 된다. 만물의 정·기·신을 넘나들 수 있는 안테나가 된다. 장담컨대 세월이 아무리 흘러도 지구상의 모든 생명체가 나무들의 저 정보망을 벗어날 수 있는 시대는 절대로 도래하지 않을 것이다.

백미러. 신촌에 있는 라이브 카페다. 나는 백량금이 제보한 카페로 들어선다. 시끄러운 음악이 고막을 찢어발긴다. 손님들이 그리 많은 편은 아니다. 여기저기 빈 테이블이 눈에 뜨인다. 구석진 테이블에서 서로 부둥켜안고 키스에 몰두해 있는 커플들도 보인다.

나는 유익현과 여자가 앉아 있는 테이블 가까이에 자리를 잡는다. 벽시계가 밤 10시 12분을 가리키고 있다. 유익현 앞에는 20대 중반으로 추정되는 여자가 앉아 있다. 끈나시에 반바지 차림이다. 탁자 위에는 맥주병 네 개와 마른안주 한 접시가 놓여 있다. 맥주병 세 개는 비어 있다. 라이브 카페의 특성대로 음악 때문에 얘기 소리가 잘 들리지 않는다.

세상이 비틀거려
세월도 비틀거려.

젊음도 비틀거려
사랑도 비틀거려.

내 젊음은 어디 갔나
내 꿈들은 어디 갔나.

교육도 썩었고
종교도 썩었고

예술도 썩었고
영혼도 썩었네.

사대강은 녹조라떼
죽을 사 자 사대강.

방부제마저 썩어서
온 세상이 악취를 풍기네.

이 세상 모든 물들 바다로 흘러야 제격이고
이 세상 모든 산들 웅크리고 있어야 제격이지.

그런데 왜 세상만사 비틀비틀,

에블바디 비틀비틀.

제발 씨발.
씨발 제발.

쏴리 질러.
쏴리 질러.

행복하게 살고 싶은데 비틀비틀.
에블바디 비틀비틀.

물론 실내에 비치되어 있는 식물들에게 협조를 구하면 무슨 얘기를 나누는지 알 수도 있겠지만 굳이 그럴 필요는 없다는 생각이 들었다.

오늘은 유익현의 실물만 확인하면 된다. 실물을 보지 않은 상태에서 응징하면 왜 그럴까, 계획대로 응징이 완결되어도 어쩐지 뒤끝이 개운치 못하다는 사실을 나는 경험을 통해 잘 알고 있다. 마치 어떤 기록만을 응징한 느낌이 든다. 그래서 오늘은 실물을 확인하러 온 것이다.

그런데, 갑자기 분위기가 심상치 않다. 여자가 벌떡 일어나더니 유익현에게 삿대질을 해 대기 시작한다. 유익현도 질세라 손바닥을 높이 쳐들어 보인다. 따귀라도 한 대 올려붙일

기세다. 여자의 언성이 높아지면서 원나이트, 성희롱 등의 단어들이 토막토막 허공을 날아다닌다.

새꺄, 씨발.

욕지거리 같은 단어들도 돌출된다.

숫처녀, 지랄, 걸레년.

유익현이 이죽거리는 표정으로 몇 마디를 더 응수하는 것 같았다. 여자가 잔을 집어 든다. 잔에는 맥주가 반쯤 남아 있다. 여자가 싸늘한 냉소를 머금고 유익현의 얼굴에 맥주를 확 끼얹는다. 사람들의 시선이 그쪽으로 쏠리기 시작한다.

종업원 하나가 달려와 두 사람을 중재하는 듯한 분위기가 연출된다. 여자는 이런 몰상식한 놈하고 얘기하는 건 시간 낭비라는 듯 핸드백을 어깨에 둘러멘다. 그리고 분이 안 풀리는 표정으로 서둘러 카페를 떠나 버린다.

유익현은 잠시 뭐 이런 개 같은 경우가 다 있느냐는 듯한 표정으로 여자가 사라진 쪽을 바라보다가 맥주병 하나를 집어 들더니 벌컥벌컥 병나발을 불기 시작한다.

세상이 비틀거려
세월도 비틀거려.

젊음도 비틀거려
사랑도 비틀거려.

내 젊음은 어디 갔나
내 꿈들은 어디 갔나.

교육도 썩었고
종교도 썩었고

예술도 썩었고
영혼도 썩었네.

사대강은 녹조라떼
죽을 사 자 사대강.

방부제마저 썩어서
온 세상이 악취를 풍기네.

이 세상 모든 물들 바다로 흘러야 제격이고
이 세상 모든 산들 웅크리고 있어야 제격이지.

그런데 왜 세상만사 비틀비틀,
에블바디 비틀비틀.

제발 씨발.

씨발 제발.

쏴리 질러.
쏴리 질러.

행복하게 살고 싶은데 비틀비틀.
에블바디 비틀비틀.

실내는 여전히 음악 소리로 시끄럽다. 내 나이 서른. 이 분위기에서 그리 먼 나이라고 생각되지는 않는다. 그런데도 음악 소리를 조금 줄이고 싶다. 어느새 내가 아재의 반열에 발을 들여놓았다는 생각을 한다.

유익현이 공구 가방을 어깨에 둘러메고 원룸을 나섰을 때는 새벽 1시가 조금 넘어서였다.

수목들이 제공해 준 정보에 의하면 그는 여자에게 모텔행을 제의했다가 성희롱범으로 몰리는 처지가 되었다. 다섯 번째 만나는 여자였다. 처음 만났을 때 합의하에 모텔로 갔었다. 그 후로 몇 번 성관계가 있었다. 유익현의 항변을 들어 보면 모텔행 제의가 새삼스러울 턱이 없었으며 그렇게 화를 낼 만한 제의도 아니었다. 유익현은 여자가 이유 없이 자기를 차 버렸다고 단정하는 것 같았다.

그는 화가 머리끝까지 치밀어 오른 표정으로 화풀이를 위해 또 한 마리의 길고양이를 찾아다니고 있었다. 하지만 나는 이쯤에서 제지가 필요하다는 판단을 내렸다.

"유, 유, 유익현 씨."

나는 그의 이름을 불렀다. 너무 심하게 말을 더듬었기 때문에 그가 자기 이름을 못 알아들었을지도 모른다는 생각이 들었다. 하지만 다행히 그가 알아들었는지 우뚝 걸음을 멈추고 뒤를 돌아다보았다. 의아한 표정이었다. 당황하거나 경계하는 기색은 아니었다. 대범한 성격을 가지고 있는 것 같았다.

"누구세요."

"그, 그건 아, 아실 피, 필요 어, 없습니다."

"무슨 용건이슈."

불쑥 묻는 어투에서 호전성이 역력히 드러나고 있었다.

"이, 이젠 고, 고양이를 그, 그만 괴, 괴롭히시라고 마, 말씀 드리려구요."

"이 양반이 무슨 소리를 하고 있는 거야 지금."

"다, 당신은 지금까지 여, 열여덟 마리의 고, 고양이를 지, 지금 메, 메고 계시는 에어타카로 쏘, 쏘아서 고, 고통을 안겨 주었어요. 뿌, 뿐만 아니라 두, 두 마리의 개도 또, 똑같은 바, 방법으로 괴, 괴롭혔습니다. 그리고 오, 오늘 또 다, 다른 고, 고양이를 괴롭힐 계획으로 고, 공구 상자를 챙겨 들고 나섰습니다. 하, 하지만 이제 그, 그만두셔야 합니다."

"당신 정체가 뭐야."

"나, 나무들이 저, 저를 캐, 캡틴이라고 부릅니다."

일순, 유익현의 입가에 가느다란 미소가 번지고 있었다. 어디서 이런 바보 새끼가 나타났지, 라고 생각하면서 나를 얕잡아 보고 있는 기색이 역력했다.

나는 긴장한 나머지 극도로 심하게 말을 더듬고 있었다. 특히 말이 잘 통하지 않을 듯한 인간들 앞에서는 말을 더듬는 증세가 더욱 심해지는 편이었다. 유익현은 메고 있던 공구 가방의 멜빵을 만지작거리고 있었다. 기분 같아서는 당장이라도 에어타카를 꺼내 나의 이마에 못을 깊이 박아 버리고 싶다는 표정이었다.

유익현은 스무 번의 범죄 현장에 증거 하나 남기지 않을 정도로 치밀하고도 교활한 놈이다. 도처에 CCTV가 설치되어 있고 차마다 블랙박스가 설치되어 있다. 그런데도 이놈은 교묘하게 사각지대를 이용하거나 그런 기기들이 설치되어 있지 않은 장소를 선택해서 범죄를 자행하는 용의주도함을 보였다.

"겨, 겨, 경찰이나 거, 거, 검찰에 신고는 안 하겠지만 재, 재발 바, 방지와 사, 사회 정화 차원에서 다, 당신에게 바, 반려동물들이 당했던 고, 고통과 또, 똑같은 고, 고통을 아, 안겨드릴 예, 예정입니다."

"이봐, 형씨. 말을 더듬어도 너무 심하게 더듬잖아. 통역관이라도 데리고 다니지 않으면 형씨 말 아무도 못 알아듣겠어. 알기는 하셔. 이 븅신 같은 새퀴야."

마지막 드립, 알기는 하셔 이 븅신 같은 새퀴야, 는 분명히 한판 붙자는 선전포고였다. 나는 상대가 폭력을 휘두를지도 모른다는 불안감을 느끼며 평소보다 더욱 심하게 말을 더듬고 있었다. 하지만 원룸이 밀집해 있는 지역이었고 행인들의 왕래도 잦은 편이라는 사실이 나를 어느 정도는 안심시키고 있었다.

참아라. 유익현. 참는 자에게 복이 있다. 성경에도 있는 말씀이다. 폭력은 너를 빵깐으로 인도할 뿐이다. 하지만 아무리 참아도 너한테는 당분간 복이 오지 않을지도 모른다. 너를 향해 전속력으로 직진하던 복도 네가 저지른 만행을 알면 황급히 유턴해 버릴 것이다.

나는 마음속으로 유익현을 향해 주문을 외우듯 중얼거리고 있었다.

콩을 심었는데 팥이 나고 팥을 심었는데 콩이 나서는 안 된다. 콩을 심은 자리에서는 콩이 나야 하고 팥을 심은 자리에서는 팥이 나야 한다. 그것이 상식이다. 그런데 요즘은 콩을 심고 수박이 열리기를 바라거나 팥을 심고 멜론이 열리기를 바라는 놈들이 너무 많다.

"오, 오늘 이후로 저저저, 저를 보, 보실 기회는 어어어, 없으실 겁니다. 처, 처음이자 마, 마지막으로 경고해 드, 드리려고 여기까지 오오, 온 겁니다."

나는 심하게 말을 더듬거리면서 그에게 용건을 말해 주고 돌아섰다. 돌아서면서 나는 그가 오늘만이라도 계획했던 고양이 죽이기를 철회해 주었으면 싶었다. 그러나 뻐꾸기가 뻐꾹뻐꾹 울지 않고 개굴개굴 하고 울기를 바라거나, 개구리가 개굴개굴 울지 않고 뻐꾹뻐꾹 하고 울기를 바라는 편이 나을 뻔했다.

2시간 정도 시간이 경과했을 때, 백량금으로부터 또 한 마리의 길고양이가 희생당했다는 보고가 들어왔다. 이번 고양이도 생명은 건졌으나 이마에 못이 깊이 박힌 채로 고통스러운 울음을 토해 내며 골목을 배회하고 있다는 보고였다.

빙의목(憑依木)

짚으로 만든 사람의 형상을 제웅이라고 한다. 제웅의 일반
적인 모습은 여자 아이들이 가지고 노는 인형이나 논밭을 지
키는 허수아비와 흡사하다. 음력 정월 대보름 전날 액막이를
하려고 제웅을 만들거나 무당이 병을 고치기 위해 제웅을
만들기도 한다. 남을 죽이고 싶거나 고통을 주고 싶을 때도
제웅을 만들어 이용한다.

특정한 인물의 이름과 생년월일을 적어 제웅의 몸에 붙이
고 화살을 쏘거나 비수를 꽂거나 주문을 외워서 소기의 목
적을 달성하는 것이다. 흙을 구워서 만들면 토우(土偶), 나무
를 깎아서 만들면 목우(木偶), 돌을 다듬어서 만들면 석우

(石偶)라고 하며 모두 같은 효과를 기대할 수 있다.

유사한 방법으로 나무를 선택하여 제웅의 역할을 대신할 경우 그 효과가 한결 빠르고 확실하다. 목우나 토우나 석우는 의식과 생명이 없는 사물이지만 빙의목은 의식과 생명을 가진 생물이기 때문이다.

빙의목.

제웅과 같은 역할을 담당하는 나무를 지칭하는 용어다.

생명의 소중함을 모르고 다른 생명체를 잔인하게 괴롭힌 유익현을, 보복대행전문주식회사는 인간쓰레기로 간주했다. 단지 자신의 사회적 소외감에 의한 스트레스를 풀기 위해 살아 있는 고양이의 이마에 못을 박다니, 도저히 납득이 되지 않는다. 이제 분리수거하는 일만 남았다. 생명의 소중함을 일깨우고 악행에 대한 잘못을 깨닫게 하여 재발을 방지하는 것이 목적이다.

하지만 생명의 소중함을 일깨우는 일도 어렵고 악행에 대한 잘못을 깨닫게 하는 일도 어렵다. 물론 그 두 가지 일이 이루어지면 재발은 당연히 일어나지 않는다.

하지만 유익현을 응징하기 전에 빙의목을 선발하는 일이 급선무다. 빙의목은 응징당할 사람, 즉 유익현의 신체와 의식을 대신하는 존재다. 이름과 생년월일을 써 붙이고 위해를 가하기도 하지만 그냥 위해를 가해도 고통의 차이는 생기지 않는다. 빙의목이 고통을 받는 순간 유익현도 똑같은 고통을 받는다. 빙의목은 세상을 정화시킨다는 대의명분 아래 고통과 희생을 기꺼이 감내한다.

식물들은 정말 거룩한 정신의 소유자들이다. 모집만 하면 아무 보상도 없이 수행하겠다는 수목들이 부지기수다. 만약 빙의목의 가지 하나를 자르면 유익현도 팔 하나를 잘라 내는 듯한 고통에 시달리게 된다. 응징당해야 할 대상이 얼마나 악독한가에 따라 죽음에 직면하는 고통을 감내해야 하는 경우도 있다. 그래도 나무들은 아무 조건 없이 빙의목을 지원하는 경우가 대부분이다. 심지어는 죽음도 불사하는 빙의목들까지 있을 정도다.

"유익현의 팔을 잘라 버리실 건가요."

"그 정도는 아니야."

"팔을 잘라 버리면 고양이를 다시는 괴롭힐 수 없지 말입니다."

"그 말투 어디서 배운 거야."

"왜요."

"군인들이 쓰는 말투거든."

"다목리에 군부대가 많아서 저도 따라해 봤지 말입니다."

"나무들도 전쟁을 하는 경우가 있나."

"한 자리에 가만히 서서 전쟁이 가능할까요."

나무들끼리 전쟁을 하는 경우는 없다는 것이다. 동물들이 이파리나 가지를 뜯어 먹을 때는 고통보다 기쁨을 느끼는 성정을 가지고 있다는 것이다.

"가끔 인간들이 숲 전체를 망칠 목적으로 끔찍한 연장들을 들이댈 경우에는 나무들이 인체에 해로운 기를 모아 쏘아 대기도 하지요."

대부분의 나무들이 평소에는 모든 생명체를 건강하게 만드는 기운을 발산하지만 위기에 처하면 해로운 기운을 발산하기도 한다는 것이다. 특히 고령의 나무들에게 도끼나 톱을 들이댈 경우에는 무엇 때문에 위해가 불가피한지를 설명하고 반드시 고마움을 표할 필요가 있다는 것이다.

"무조건 톱이나 도끼를 들이대면 독기나 살기를 맞을 수도 있어요."

백량금의 설명에 의하면 고령의 나무가 쏘는 살기나 독기를 맞게 되면 혈액순환이 원활하지 못해서 온몸이 결리거나 무력감에 시달리거나 원인 불명의 고통에 시달리게 된다. 병원에 가 보아도 아무 소용이 없다. 진단도 불가능하고 처방도 불가능하다. 심하면 시름시름 앓다가 사망에 이르기도 한다.

초목들에게 위해를 가할 경우에는 무엇보다 양해를 구하는 것이 중요하다. 양해를 구하면 대부분의 초목들은 희생을 감내한다.

"유익현은 어떤 방법으로 응징하실 건가요."

백량금이 물었다.

"에어타카를 준비했어."

내가 대답했다.

"고양이가 당했던 고통과 똑같은 고통을 안겨 주실 계획이로군요."

"그러면 되지 않을까."

"빙의목은 선발하셨나요."

"때마침 자기가 빙의목을 담당하겠다고 지원한 대추나무가 있어."

"잘됐군요. 그런데 그 기특한 대추나무는 경상도나 전라도에 살지는 않겠지요."

"경상도나 전라도면 어때서."

"제가 캡틴과 떨어져서 혼자 집에 남아 있게 되잖아요."

"충북 보은에 살고 있는 나무인데 내가 직접 내려가지는 않고 김상현 정원사를 보낼 거야."

"다행이네요. 그런데 충북 보은이면 유익현의 고향 아닌가요. 대추나무가 무슨 사연으로 빙의목을 지원했을까요."

"거수님들도 그 점을 궁금해하셨는데 응징이 끝난 다음에 말씀드리겠다고 대답하더라."

"다른 나무들의 정보에 의하면 충북 보은에서는 대추나무를 가로수로 심기도 한대요."

"처음 듣는 얘기네."

대추나무는 열매인 대추 때문에 사람들에게는 아주 친근한 나무로 알려져 있다. 학생 국어사전에서 대추를 찾아보면 대추나무에서 열리는 열매라고 풀이되어 있다. 그런데 대추나무를 찾아보면 어떻게 풀이되어 있을까. 대추가 열리는 나무라고 풀이되어 있다. 참 맛대가리 없는 풀이다.

한방에서는 대추가 자양, 강장, 진해, 진통, 해독 등의 효능이 있어 약재로 사용되기도 한다. 기력 부족, 전신 통증, 근육 경련, 약물중독 등에도 쓰인다.

유난히 열매가 많이 열리기 때문에 다산을 기원하는 의미로 결혼식 폐백 때 자손을 많이 낳으라는 뜻을 담아 신부의 치마폭에 한 움큼씩 던져 주는 열매로도 유명하다.

보통의 대추나무는 물에 뜨는데 벼락을 맞은 대추나무는 물에 가라앉는 특성을 가지고 있다. 그래서 옛날부터 벼락을 맞은 대추나무로 도장을 새기면 행운이 온다는 설이 있다. 행운이 온다는데 누가 마다하랴. 벼락을 맞은 대추나무로 새긴 도장은 당연히 비싼 가격에 팔린다.

갑자기 발악적으로 휴대폰 벨 소리가 울렸다. 국민안전처에서 발령한 폭염 경보였다.

아, 시발. 깜짝 놀랐잖아.

나흘 전에 처서가 지났다. 처서는 더위를 처분한다는 뜻을 내포하고 있는 절기다. 하지만 더위는 처분되지 않았다. 이제

대한민국은 절기조차 맞지 않는다. 도대체 온대 지방인지 열대 지방인지 구분이 되지 않는다. 남쪽 지방에서만 자라던 식물들도 기온이 변하면서 점차 북쪽 지방으로 이동하고 있는 추세다.

종일토록 매미가 발악적으로 울어 대고 있다. 끊임없이 하늘로 교신을 보내고 있는데 응답이 없다. 매미는 캄캄한 땅속에서 굼벵이로 7년을 살다가 바깥으로 나온다. 나오면 날개를 가진다. 하지만 날개만으로는 보상이 되지 않는 것일까. 날이면 날마다 폭염 속에서 발악적으로 울어 댄다. 억울함을 알아 달라는 소리로 들린다. 7년을 땅속에서 기다렸는데 겨우 7일을 살다가 죽어야 하다니 너무 억울하지 않느냐는 항변으로 들린다.

"칠 년을 기다렸다가 겨우 칠 일을 살다 죽어야 한다면 너무 억울하지 않을까."

내가 백량금에게 물어보았다.

"비 오는 날 태어난 하루살이도 있는데요 뭐."

백량금의 대답이었다.

인간쓰레기로 지목된 유익현. 그가 거처하는 원룸에는 공기 정화 식물로 알려져 있는 스투키 한 포기가 화분에 심어져 있다. 공간을 많이 차지하는 식물이 아니고 기온의 변화에도 강한 식물이다. 성격이 까다롭지 않고 생명력이 강해서 아무나 잘 키울 수 있다는 장점을 지니고 있다. 스투키는 유익현의 의식과 행동을 모두 염사하고 있으며 그 영상을 백량금이 복제해서 내게 전달하고 있다.

유익현은 원룸 의자에 앉아 어떤 커뮤니티에 올라온 고양이 사진을 들여다보고 있다. 고양이의 이마에는 뚜렷하게 못이 박혀 있다. 그 밑으로 즐비하게 이어지는 리플들.

고양이가 네 자지를 잘라 먹었다면 그럴 수도 있겠다.

십쉐이. 너무 했어.

너의 잔인함에 저주 있으라.

이 새끼는 인간도 아니다.

말 못하는 고양이가 불쌍하지도 않나요.

너는 어느 별에서 살다 온 벌레 새끼냐.

씨뱅놈.

이 새끼 때문에 대한민국에서 살기 싫어졌다.

악마에게 뇌를 정복당한 새끼.

분노 조절 장애가 만들어 낸 참사.

재밌냐. 동업하자.

이래서 헬조선.

유익현은 끝없이 이어지는 리플을 마치 땅콩처럼 맛있게 까먹으면서 클릭을 계속한다. 더러는 혼잣소리로 소감을 내뱉을 때도 있다.

"이 병신 새끼들이 뭐라는 거야."

"지랄하고 자빠졌네."

"얘들아, 경찰 아저씨들도 돈 안 되는 짓에 대해서는 도통 관심이 없단다."

유익현은 사진 밑에 달린 리플들을 보며 낄낄거리거나 화를 내거나 비아냥거림을 계속하고 있다. 컴퓨터 옆에는 감자칩 한 봉지가 놓여 있다. 방 안은 문자 그대로 쓰레기장이다. 쓰레기 아닌 놈 일 보 앞으로, 라고 명령하면 앞으로 나올 사물이 한 놈도 없을 것 같아 보인다. 아무리 새 물건을 사다 비치해도 쓰레기로 보일 것 같은 분위기다.

아무렇게나 흩어져 있는 라면 봉지들. 소주병. 다 먹은 치킨 상자. 휴지들. 빈 과자 봉지들. 걸레와 빗자루와 파리채. 여기저기 쑤셔 박혀 있는 양말과 수건과 옷가지들.

한쪽 벽면에는 이종격투기 대전 포스터가 붙어 있다. 그 옆에는 고양이 사진들이 붙어 있고 고양이 몸에는 여기저기 못 자국이 보인다. 평소에도 에어타카로 고양이를 괴롭히는 연습을 했던 것 같다.

다른 벽면에는 바다를 배경으로 이름을 알 수 없는 서양 여자 하나가 약간 어깨를 뒤로 젖히며 활짝 웃고 있다. 젖가슴이 유난히 크다. 젖가슴 여기저기에도 못 자국이 보인다. 유익현이 언젠가는 사람에게 에어타카를 겨눌지도 모른다는 예감이 서려 있다. 책은 한 권도 보이지 않는다.

유익현은 가끔 감자칩을 입에 넣고 우물거리면서 조까, 개

136

병신, 관종새끼, 씹쉐 등의 단어들을 뱉어 낸다.

"아주 지랄 염병들을 하고 자빠졌구나."

그는 쉴 새 없이 욕을 하면서도 얼굴 가득 즐거움이 넘치고 있다. 모든 리플을 즐기고 있는 기색이 역력하다. 심지어는 지탄과 욕설까지도 자신에 대한 관심과 애정으로 받아들이고 있다. 자긍심이 하늘을 찌르고 영웅심이 땅을 깨뜨리는 상태에까지 도달해 있는 것 같다. 고양이의 고통이나 고양이를 기르던 가족의 아픔 따위는 생각조차 해 본 적이 없다는 표정이다.

충북 보은의 어떤 시골집.

마을 전체를 대추나무들이 장악하고 있는 형국이다. 가지마다 굵고 탐스러운 풋대추가 주렁주렁 매달려 있다. 여기저기서 시끄럽게 매미들이 울어 대고 있다. 귀가 먹먹해진다. 대추가 열리는 대추나무가 아니라 매미가 열리는 매미나무 같다. 매미들은 그리움과 원망과 통한으로 사무친 울음을 쏟아 내고 있다. 지칠 기색이 아니다. 어쩌면 땅속에서 살아야 하는 7년을 3년 정도로 단축해 달라는 교신을 줄기차게 하늘로 보내고 있는 중인지도 모른다. 하지만 나는 알고 있다. 하나님께서는 여름이 끝날 때까지 들은 척도 하지 않으실 것이다.

오늘은 응징의 날.

김상현 정원사는 다소 긴장한 표정으로 빙의목 앞에 서 있다. 주변의 대추나무들이 모든 상황을 염사해서 전송하고 있다.

"기분이 어떠세요."

내가 염려스러운 목소리로 빙의목에게 묻는다.

"괜찮습니다."

빙의목이 대답한다.

"고통이 심할 텐데요."

"각오하고 있습니다."

"지금부터 제 말을 귀담아들어 주세요."

"그러겠습니다."

"당신의 육신은 지금부터 인간 유익현의 육신을 대신합니다."

"알고 있습니다."

"당신의 육신에 가해지는 고통은 그대로 인간 유익현에게 생생하게 전달됩니다. 당신의 희생을 통해 세상이 조금이라도 평화롭고 아름답게 정화될 거라는 사실을 우리는 믿습니다. 튼실한 가지 몇 개를 잘라 내야 할지도 모릅니다. 괜찮겠습니까."

"괜찮습니다."

"빙의목을 자청하신 당신께, 그리고 동참해 주신 여러 거수님들과 수목님들께 깊은 감사와 존경을 표합니다."

"부끄럽습니다."

나는 핸드폰으로 김상현 정원사에게 지시한다.

"에어타카."

"준비됐습니다."

"대못 일발 장전."

"대못 일발 장전."

일순, 매미들이 심상치 않은 낌새를 눈치챘는지 일제히 울음을 딱 멈춘다. 잠깐 동안 무서운 적막이 흐른다.

"이마 부분이라고 생각되는 지점을 포착하세요."

"포착했습니다."

"발사."

"발사."

팍.

날카로운 발사음이 정적을 깨뜨린다. 빙의목의 상단에 대못 하나가 깊이 박혀 있다.

유익현의 방이다.

"아악, 씨팔. 이게 뭐야."

컴퓨터를 켜고 자신에 대한 리플을 읽는 일에 몰두해 있던 유익현이 갑자기 용수철이 튕겨지듯 의자에서 솟구쳐 방바닥으로 굴러떨어진다. 그는 손바닥으로 황급히 이마를 감싸 쥔다. 방 안의 정경은 유익현이 기르고 있는 스투키가 염사해서 전송하고 있다.

아아악.

아아악.

상당히 오래도록 그의 비명 소리가 원룸촌을 뒤흔들고 있다.

"씨팔, 아파 죽겠네, 어떤 씹새끼야. 어떤 씹새끼가 비비탄을 쏜 거야."

유익현은 방바닥에서 새우처럼 몸을 웅크린 자세로 이마를 감싸 쥔 채 고통을 못 참겠다는 듯 몸부림을 치고 있다.

"어떤 씹새긴지 잡히면 죽는다. 씨팔."

그는 비명을 지르다 황급히 거울을 찾아 얼굴을 들여다본다. 이마 한복판에 붉은 반점 하나가 찍혀 있다. 그는 누군가 자기를 겨냥해서 비비탄을 쏘았다고 생각하는 모양이다. 그러나 에어컨이 작동되고 있었기 때문에 문들은 모두 닫혀 있다. 비비탄 따위가 날아 들어올 만한 흔적은 어디에도 보이지 않는다.

"독충한테 물렸나."

유익현은 이럴 때가 아니라는 듯 손바닥으로 이마를 감싸 쥔 채 허겁지겁 밖으로 나간다. 그리고 병원을 향해 달려가기 시작한다. 수시로 이마를 손으로 만져 보지만 확실한 원인과 결과를 짐작할 만한 점은 발견되지 않는다. 병원에서도 원인은 밝혀지지 않는다. 의사도 처음 보는 사례이니 일단 경과를 지켜보자고 말한다. 유익현이 너무 아프다고 말하니까 진통제를 처방해 주겠다고 대답한다.

열아홉 마리. 유익현이 괴롭힌 고양이는 열아홉 마리다. 그리고 개는 두 마리. 그는 고양이와 개가 당했던 고통을 그대로 되돌려 받게 될 것이다. 에누리는 없다. 앞으로 스무 번이 더 남았다.

여름이 끝나고 두 번쯤 비가 내렸다. 그러더니 날씨가 갑자기 서늘해졌다. 그토록 영악스럽게 울어 대던 매미들도 순식간에 사라져 버렸다. 하늘에서 뭉게구름도 사라져 버렸다. 확연한 가을이다.

그동안 빙의목에는 도합 다섯 개의 못이 박혔고, 백량금으로부터 전달된 보고에 의하면, 그때마다 유익현은 극심한 고통으로 몸부림을 치는 모습을 보였다. 다섯 번째 못이 박히고 나서야 유익현은 비로소 기억 하나를 떠올린 것 같았다. 그리고 몸서리를 치면서 소리쳤다.

"그 새끼다. 말을 심하게 더듬던 그 새끼. 그래, 왜 이제야 그 새끼를 생각해 냈을까. 그 새끼가 경고했었어. 고양이가 받은 고통을 그대로 받게 될 거라고. 씨팔. 대한민국을 다 뒤져서라도 그 새끼를 찾아야 해. 그 말더듬이 새끼. 잡기만 하면 내 손으로 죽여 버릴 거야."

그러나 나는 당분간 유익현 앞에 나타나지 않을 것이다. 독이 오를 대로 오른 놈은 나를 보면 정말로 죽이려 들지도 모른다. 나타나지 않는 것이 상책이다. 물론 나머지 응징은 계속될 것이다. 앞으로 열여섯 번의 못질이 남아 있다. 아무리 악독한 놈이라도 극심한 고통에 시달리다 보면 반성과 후회가 뒤따르게 된다. 나는 그러기를 빌겠다. 놈이 두려워서가 아니다. 반성과 후회는 놈의 개과천선을 뜻한다. 본인을 위해서도 세상을 위해서도 박수를 쳐 주어야 마땅하다. 하지만 유익현은 아직 반성을 모른다.

새벽 2시경. 유익현이 공구 가방을 메고 원룸을 나선다. 장비를 점검하고 원룸을 나선 것으로 미루어 또 한 마리의 고양이가 희생될 가능성이 짙다. 거리의 나무들이 유익현의 일거수일투족을 모두 추적, 실시간으로 염사해서 전송하고 있다. 유익현의 고양이 학대 사건을 알고 있는 나무들이 모두 그 장면을 들여다보고 있다. 빙의목인 대추나무도 그 장면을 들여다보고 있다.

유익현은 인적이 드문 변두리 주택가를 배회하면서 길고양이를 물색하고 있다. 그는 증거를 남기지 않기 위해 CCTV나 블랙박스가 없는 장소를 물색하고 있는 눈치다. CCTV나 블랙박스에 포착되지 않는 장소를 물색했다 하더라도 고양이가 없으면 유익현의 계획은 무산될 수밖에 없다. 그래서 주변의 수목들은 고양이가 나타나지 않기만을 빌고 있다. 하지만

142

유익현은 길고양이들이 많은 지역과 사고를 칠 장소를 미리 답사해 두었음이 분명하다.

어디선가 발정 난 고양이 울음소리가 들린다. 마치 어린애가 잠투정을 연발하는 소리 같다. 유익현의 입가에 회심의 미소가 떠오른다. 그는 용의주도하면서도 능수능란하다. 미리 준비한 육포로 길고양이를 유인하고, 에어타카로 길고양이의 이마에 대못을 박기까지 그리 오랜 시간이 걸리지는 않았다.

"아파도 참으세요."

내가 말했다.

"저는 괜찮습니다."

빙의목이 대답했다.

나는 다시 휴대폰으로 김상현 정원사에게 다음 단계를 전달했다.

"톱을 준비하세요."

"준비했습니다."

"자르세요."

"알겠습니다."

감상현 정원사는 침착하게 톱질을 하기 시작한다. 옛날에 유익현이 살았던 집은 이제 아무도 살지 않는 폐가로 변해 있다. 대추나무만 무성하다.

빙의목.

대추나무의 잘 뻗은 가지 속으로 조금씩 톱날이 파고든다.

대추나무의 무릎 아래로 하얀 톱밥이 떨어진다.

"괜찮습니까."

내가 빙의목에게 묻는다.

"괜찮습니다."

빙의목이 대답한다.

"톱질 계속하세요."

"톱질 계속합니다."

유익현의 원룸.

으아아악.

유익현이 숨이 넘어갈 듯 비명을 질러 대기 시작한다.

처절하다.

"무슨 일이야."

"저러다 사람 하나 죽는 거 아냐."

"어디서 들리는 소리야."

"고문당하는 소리 같은데."

"지금이 어떤 시댄데 고문 같은 소리를 하나."

"옛날이나 지금이나 크게 달라진 건 없잖아."

"하긴."

사람들이 깨어나 술렁거리고 있다. 나무들도 깨어나 술렁거리고 있다. 길고양이나 유기견들도 어둠이 짙게 누적된 장소에 몸을 숨긴 채 공포에 사로잡힌 표정으로 오들오들 몸을 떨고 있다.

유익현은 자신의 손목을 부여잡고 비명을 지르면서 데굴데굴 땅바닥을 굴러다니고 있는 중이다. 동공은 공포로 확장되어 있고 미간은 고통으로 일그러져 있다.

"빙의목을 자청하게 된 특별한 사연이라도 있나요."

내가 조심스럽게 대추나무에게 물었다.

"우리 동네는 언제부터인지 몰라도 집집마다 대추나무를 키우지요. 익현이는 저와 나이가 같아요. 자라면서 유난히 대추를 잘 먹었고 그 때문인지 몰라도 저를 유난히 좋아하기도 했어요. 학교에서 아이들과 싸우거나 집에서 부모님한테 야단이라도 맞으면 언제나 저를 찾아왔어요. 때로는 제게 등을 기대고 울기도 했어요. 여동생이 하나 있었는데 아버지가 지나칠 정도로 편애했어요. 형과 익현이는 매질로 키운 천덕꾸러기였고 여동생은 칭찬으로 키운 공주님이었어요. 여동생은 고양이 한 마리를 키우고 있었어요. 하지만 건강 상태가 좋지 않은 고양이었어요. 어느 날 고양이는 시름시름 앓다가 죽고 말았지요. 그런데 여동생이 익현이가 죽였다고 아버지한테 거짓말을 했어요. 당연히 아버지는 익현이를 죽도록 두들겨 팼지요."

"그때부터 고양이를 증오하게 되었겠군요."

"저도 그렇게 생각해요."

"왜 응징하기 전에 그 사실을 말해 주지 않았나요."

"저지른 죗값은 치러야 한다고 생각했거든요. 하지만 고통
은 함께하고 싶었어요."

대추나무 가지를 완벽하게 절단하지 않기를 잘했다. 완벽
하게 절단했더라면 유익현도 한쪽 팔을 영원히 쓸 수 없는
처지로 전락할 수도 있었기 때문이다. 그것은 너무 가혹하다
는 생각이 들어서 반만 자르고 사태의 추이를 관망하기로 했
다. 거수님들과 상의해서 결정한 일이다. 개인적 감정이나 소
견으로 도중에 용서하거나 징벌을 추가할 사안은 아니다. 물
론 유익현의 태도 여하에 따라서 얼마든지 경중이 달라질
가능성도 있기는 하지만 지금으로서는 기대를 하지 않는 편
이 타당할 것이다.

유익현은 원인 불명의 고통에 시달리기 시작하면서부터 비
교적 착실하게 일기를 쓰기 시작했다. 나무들이 판독한 일기
에 의하면, 그는 통증이 거듭될 때마다 병원을 찾았다. 하지
만 별다른 처방이나 치료를 받을 수가 없었다. 병원 측에서
는 내과적인 결함도 발견할 수가 없고 외과적인 결함도 발견
할 수 없다는 소견이었다. 그래서 조심스럽게 정신과 쪽으로
한번 진단을 받아 보는 것이 어떻겠느냐는 제의를 하기에 이

르렀다.

"날도둑놈들."

유익현은 병원을 드나들 때마다 생돈만 날렸다는 생각을 떨쳐 버릴 수가 없었다. 아무것도 나아진 것은 없었다. 수시로 통증에 시달렸고 그때마다 공포감이 엄습했고 아무 일도 손에 잡히지 않았다. 마침내 그는 자신이 귀신에 씌었을지도 모른다는 망상에 사로잡히기 시작했다.

어느 날 내 앞에 느닷없이 나타나 고양이들이 당했던 것과 똑같은 고통을 당하게 되리라고 경고했던 말더듬이가 수상하다. 그놈이다. 그놈이 바로 귀신이다.

그는 귀신을 쫓기 위해 가까운 교회를 찾아가게 되었다. 그리고 목사님께 자초지종을 소상하게 털어놓게 되었다. 목사님은 당연히 예배가 있을 때마다 신도들 앞에서 열심히 안수기도를 시전하게 되었다.

"사탄아, 물러가라."

"사탄아, 물러가라."

목사님은 안수기도를 하면서 손바닥으로 사정없이 유익현의 등짝과 어깨를 구타했다. 그런데 견디기 힘든 것은 기도 소리가 높아지면서 손바닥이 주먹으로 바뀌는 경우였다. 아마도 목사님은 귀신을 패서 죽여 버리거나 매질을 못 견뎌서 도망치게 만들 심산인 것 같았다. 유익현은 안수기도를 받을 때마다, 말더듬이 귀신한테 시달리다 죽는 쪽보다 목사님 주먹에 맞아 죽는 쪽이 먼저일지도 모른다는 생각이 들었다.

하지만 안수기도를 시전한 지 한 달이 지났는데도 달라지는 점은 없었다. 안수기도는 별다른 효과를 가져오지 않았다. 때로는 이마에, 때로는 옆구리에, 때로는 눈알에 대못이 박히는 고통이 유익현을 괴롭히고 있었다. 유익현은 그럴 때마다 발악적으로 비명을 지르면서 교회 바닥에 나뒹굴었다.

"사탄아, 물러가라."

목사님은 큰 소리로 외치곤 했지만 유익현은 목사님의 주먹이 어찌나 무지막지한지 차라리 '목사야, 물러가라'라고 외치고 싶은 심정이었다.

공든 탑도 무너진다

"별고 없었지."

친구 놈이 전화로 안부를 물었다.

"안 바쁘냐."

"부탁이 하나 있어서 전화했다."

"뭔데."

"혼내 줄 인간 하나가 있어서."

"니가 혼내 주면 되잖아."

"내가 공식적으로 혼내 주기 전에 니가 비공식적으로 먼저 혼내 달라는 거야. 법대로 해결하면 법망을 빠져나가거나 솜 방망이 처벌을 받을 확률이 높아서 다른 방법으로 응징하는 편이 좋은 인간이야."

"어떤 놈이냐."

"졸렬하고, 야비하고, 뻔뻔하고, 그러면서도 잔인한 놈이다."

"상류층이구나."

"어떻게 알았냐."

"바닷물을 다 퍼 마셔야 짠 줄 알겠냐."

"담 너머로 지나가는 뿔만 봐도 염소인지 사슴인지 알 수 있겠지. 첩첩산중 다목리에 몇 년 사시더니 도사 다 되셨네. 서울 와서 돗자리 깔고 앉아야겠다."

"혼내 줄 놈 나이는 몇 살이냐."

"그건 차차 얘기하자. 그런데 너 그거 아냐."

"내 그럴 줄 알았다. 왜 니 입에서 그 말이 안 나오나 싶었다."

이놈은 언제나 용건을 말하기 전에 아재개그부터 시작한다. 통과의례다. 나는 들어 주는 수밖에 없다. 지금까지 늘 했던 대로, 재미가 있으면 탄성을 발해 주고 재미가 없으면 탄식을 발해 주어야 한다. 아재개그는 친구 놈의 취미 생활이다. 그래도 대한민국에 남아 있는 유일한 친구 놈인데 취미 생활을 나 몰라라 할 수는 없는 노릇이다. 물론 기분이 별로 좋지 않을 때는 듣고 싶지 않다고 말할 수도 있지만 오늘은 기분이 그런대로 괜찮은 날이다.

"신상 아니면 안 듣는다."

"내가 언제 구닥다리 개그 친 적 있냐."

"니가 친 개그 절반 이상이 재미없었다는 사실만 알아 둬라."

"개그를 받아들이는 니 감각이 둔감해서 그럴 거다."

친구 놈은 아재개그를 칠 때 절대로 서두르지 않는다. 듣는 쪽이 솔깃해할 때까지 천천히 불을 지피고 솥을 달구고 뜸을 들이는 버릇이 있다.

"오늘은 또 어떤 하품 유발제를 준비했냐."

"먼저 네 둔탁한 감각을 고려해서 가벼운 걸로 하나 던져 볼게."

"재미없으면 전화 끊는다."

"일 탄만 들어도 전화 못 끊을 거다."

"자만이 하늘을 찌르는구나."

"일본, 프랑스, 러시아를 합해서 부르는 말은."

"외국."

"아직도 유치원 다니냐."

"내가 생각하기에도 좀 유치했다. 정답은 뭐냐."

"왜불러."

"그런대로 괜찮네."

"아름다운 비늘을 가진 용이 죽었다를 세 글자로 줄이면."

"뭐냐."

"미용사."

"창작이냐."

"재미있으면 창작이고 재미없으면 표절이다."

"잼있다."

"개그 감각 살아나는구나."

"오므라진 꽃은."

"모르겠다."

"다문화."

"헐."

"심청이의 시신을 냉동 보관하면."

"작품 훼손."

"지랄."

"심청이가 물에 빠진 다음에는 용궁으로 직행해야지 왜 시신으로 냉동 보관되냐. 그건 원작을 무지막지하게 훼손하는 행위 아니냐."

"그러니까 개그 아니냐."

"그래서, 심청이의 시신을 냉동 보관하면 뭐가 되는데."

"심청이의 시신을 냉동 보관하면 언청이가 된다."

심청이의 시신이 얼 테니까 언청이가 된다는 얘기였다. 세종 대왕께는 면목이 없지만 아재개그에서는 띄어쓰기나, 맞춤법이나, 음운법칙 따위가 개무시될 수도 있다. 언청이. 반론의 여지가 없다.

"젠장."

"서비스로 한 개만 더 쏜다."

"부디 유종의 미를 거두어 다오."

"섹스하면서 먹는 고기를 뭐라고 하겠냐."

나는 잠깐 생각에 잠겨 있었다. 답이 떠오르지 않았다. 지금까지 친구 놈이 낸 문제 중에서 내가 답을 알아낸 적은 거의 없다. 나는 모른다고 대답한다.

"성교육."

제기럴.

말장난이기는 하지만 섹스를 뜻하는 성교와 고기를 뜻하는 육 자가 만나서 성교육이 되었으니 어쨌든 인정하는 수밖에 없다.

아재개그에서 학문과 논리와 철학을 기대할 수는 없다. 피식 웃는 걸로 아재개그는 소임과 효용을 다했다고 보아야 한다. 더 이상을 기대하는 것은 학교 앞 문방구에서 파는 불량식품을 대상으로 충분한 비타민과 영양소를 기대하는 것과 흡사하다.

"이제 용건을 말할 시간이다."

"내가 좋아하는 만화가 알지."

"나약한 씨 말이냐."

필명으로 알려져 있는 만화가다. 인기가 폭발적으로 상승하고 있었는데 한 여자의 고소로 브레이크가 걸렸다. 대부분 필명은 알고 있는데 본명은 모르고 있다. 하지만 친구 놈은 나약한 씨의 본명을 알고 있다. 그만큼 나약한 씨를 좋아한다. 한마디로 골수팬이다.

나약한 씨의 본명은 국창환(國昌煥)이다. 평생 소외 계층의 목소리를 대변하는 만화를 그려 왔다. 무려 삼십 년 남짓 무명 시절을 겪었고 최근 「닭의 모가지를 비틀다」라는 시리즈물이 폭발적인 인기를 끌면서 티브이, 잡지, 신문 곳곳에 이름과 얼굴이 부각되기 시작했다. 정치 풍자로 유명하다. 이제는 남녀노소 지위 고하를 막론하고 모르는 사람이 없을 정도다.

하지만 모두가 필명인 나약한 씨는 알고 있어도 본명인 국창환 씨는 모르고 있다. 친구 놈은 그가 무명으로 지내던 시절부터 광팬이었다. 창작에 대한 열정만은 타의 추종을 불허하는 만화가였다. 끊임없이 부정부패를 향해 신랄한 돌직구를 날리고 끊임없이 약자의 아픔을 대변하는 만화를 그려 온 전력을 가진 인물이었다.

마흔일곱 살. 슬하에 자녀는 없고 부인과 단촐하게 살고 있다. 적어도 「닭의 모가지를 비틀다」라는 시리즈물이 나오기 전까지 나약한 씨는 궁핍함을 면할 수가 없었다. 하지만 궁핍함 속에서도 독거노인들이나 불우 청소년들을 돕는 일을 게을리하지 않았다.

친구 놈은 자신의 개그 감각이 나약한 씨의 영향을 받아서 나날이 발전하고 있다고 믿는다. 하지만 내가 생각하기에 친구 놈의 개그 감각은 발전하지 않고 있었다. 형식 면에서나 소재 면에서나 새로울 것이 전혀 없었다. 발전은커녕 거의 제자리걸음이나 다름이 없었다. 물론 아재개그라 해도 창작은 그리 쉽지 않을 것이다. 전화를 할 때마다 대여섯 개씩 아재개그를 친다는 사실에 탄복을 금치 못할 때가 없지는 않다. 하지만 냉정하게 말하면, 양적으로는 발전했는데 질적으로는 제자리걸음이다. 그래도 나는 친구 놈이 치는 아재개그의 충실한 청중이 되려고 노력한다.

"나약한 씨 성폭행으로 신문에 대서특필된 거 봤냐."

"봤다."

"나약한 씨 별명이 페황인 거 알고 있냐."

"그럼."

페황은 페북의 황제라는 뜻이다. 그는 SNS를 가장 다양하게 활용하는 만화가다. 트위터, 인스타그램, 페이스북 등을 활용하여 부정, 부패, 비리를 신랄하게 풍자하고 정치인들의 양심 회복을 소리 높여 외치는 일에 앞장서고 있다.

정치 풍자에 주력하기 시작하면서 차츰 인기가 상승하다가 어느 웹진에 「닭의 모가지를 비틀다」를 연재하면서 횟수를 거듭할수록 인기가 상승하기 시작했다. 팔로워들 또한 폭발적으로 증가하기 시작했다. 세제, 세탁기, 공기청정기 등의 광고가 줄을 이었고 그의 만화들이 영화화되거나 드라마화되기도 했다. 한마디로 나약한 씨의 전성시대라 해도 과언이 아닐 정도였다.

부정부패에 연루된 정치인들이나, 부정부패를 은근슬쩍 덮어 주거나 두둔해 주던 언론인들은 그의 만화 속에서 짐승이나 벌레로 분류되어 박멸 대상으로 간주되었다. 나약한 씨는 총선이나 대선 때는 청렴결백한 정치인들에게는 표를 몰아주는 존재로 인식되었고 사리사욕에 사로잡힌 정치인들에게는 표를 깎아 먹는 존재로 인식되었다.

친구 놈의 추론에 의하면 결국 사리사욕에 사로잡힌 정치인들은 나약한 죽이기 작전이 불가피하다는 결론에 도달하게 되었을 거라는 얘기였다.

인기 만화가 나약한, 단골 노래방에서 여자를 성폭행.

미모의 노래방 지배인, 인기 만화가 나약한 씨를 성폭행으로 고소하다.

성폭행 혐의 나약한, 피의자 신분으로 경찰 출석.

성폭행 혐의 나약한, 경찰 조사에 성실히 임하겠다.

인기 만화가 나약한, 30대 초반 노래방 지배인, 변태 행위 강요하고 죽여 버리겠다 협박까지.

신문과 방송들은 연일 인기 만화가 나약한 씨의 성폭행 사건을 대서특필하기에 여념이 없었지만 친구 놈은 어쩐지 조작의 냄새가 짙다는 결론이었다. 해프닝으로 밝혀진다고 하더라도 나약한 씨는 치명적인 피해를 입을 수밖에 없었다.

공든 탑이 무너지랴, 라는 속담이 있다. 하지만 때로는 공든 탑도 무너진다. 공든 탑이 출세에 방해가 되거나 그 밑에 값진 보석이 있거나 또는 정치적으로 불편을 초래한다면 무슨 수를 써서라도 무너뜨리는 놈들이 있다. 그것이 세상이다. 수많은 난관을 극복하고 가까스로 이룩한 업적도 시기와 질투와 음모에 의해 하루아침에 허물어지고 만다.

인기 만화가 나약한 씨가 지금 그런 위기에 처해 있다. 나약한 씨는 경찰 조사에서 노래방 여자의 주장이 모두 사실무근이라고 진술하고 있었다. 하지만 나약한 씨의 진술대로 사실무근으로 밝혀진다고 하더라도 기사회생이 불가능할 정도로 이미지는 실추되고 말았다. 기사들마다 입에 담지도 못할 악플들이 난무하고 있다. 수사도 종결되지 않았는데 기정사실인 양 떠들어 대는 사람들이 태반이다.

"니가 동업자들과 협조해서 정보를 좀 수집해 보고 조작이 밝혀지면 연루된 놈들을 비공식적으로 응징해야 되지 않겠냐. 나중에 확실한 증거가 확보되면 내가 공식적으로 응징할 계획이다."

친구 놈은 나약한 씨의 결백을 거의 확신하고 있는 눈치였다.

치킨 대첩

　사건의 전모를 밝히기 위해 전국에 분포되어 있는 모든 수목들에게 정보를 요청하는 협조전이 발령되었다. 수목들은 일사불란하게 정보를 수집, 분석하기 시작했고 사건의 전모가 드러나는 데는 그리 오랜 시간이 걸리지 않았다.

　"사건의 배후에 치맥이 있었군요."

　수목들의 정보를 종합 분석해 본 백량금이 말했다. 뜬금없이 무슨 치맥이 사건의 배후에 있었다는 얘기일까. 나는 의아하기 짝이 없었다. 그러나 나는 백량금의 얘기를 듣고 나서 이번 사건의 주모자야 말로 반드시 응징해야 할 인간쓰레기라는 사실을 통감하게 되었다.

그렇다. 사건은 치맥으로부터 시작된다.

대한민국은 치맥 공화국이라고 해도 과언이 아닐 정도로 다양한 치맥들이 군웅할거하는 나라다. 치맥은 치킨과 맥주를 의미한다. 젊은 층이 가장 좋아하는 음식과 음료의 조합이다. 맥주 중에서 젊은 층에게 가장 인기가 있는 맥주는 소울이라는 맥주다. 젊은 층을 겨냥해서 가장 많은 광고비를 투자한다.

몸도 쌈박, 정신도 쌈박, 영혼도 쌈박.

소울이 광고할 때마다 외치는 캐치프레이즈다. 풍류국(風流國)이라는 주조 회사에서 생산된다. 탁주, 약주, 소주, 맥주 등 거의 모든 주종을 생산하는데 대한민국 주조 회사들 중에서 술꾼들이 가장 좋아하는 회사로 알려져 있다. 술꾼들을 위해 기발하고 즐거운 이벤트를 자주 창안해서 유행을 주도하는 회사로도 유명하다.

그런데 풍류국에서 생산되는 소울과 치킨을 세트로 생산, 판매하자는 아이디어가 제기되었고 그 아이디어는 여러 번의 회의와 검토를 거쳐 실행에 옮기는 전략으로 채택되었다. 그러니까 술과 안주를 동시 판매하자는 전략이었다.

국회의원 조평달(趙平達). 64세.

여당에 소속된 국회의원이다. 서울에서도 부유층들이 가장 많이 살고 있다는 동네를 지역구로 4선의 자리를 고수하고 있으며 정계와 재계에 엄청난 영향력을 행사하고 있는 인물이다.

그는 초호화 고가 주택을 소유하고 있으며 정원에도 다양한 정원수와 화초들이 자라고 있다. 하지만 감성은 메말라 있는 인간이다. 정원에서 자라는 수목이나 화초에 관심 어린 눈길 한번 주는 적이 없다. 따라서 수목이나 화초를 관리하는 정원사가 따로 있다.

그의 정원에 뿌리를 내리고 있는 수목들의 평가에 의하면 그는 한마디로 인면수심, 인간이라기보다는 짐승에 가깝다. 그가 가장 자주 입에 올리는 말이 약육강식이다.

"출세를 위해서라면 물불을 가리지 않는 성품을 가지고 있습니다."

"겉으로는 소외 계층을 위해 노심초사 물심양면으로 분주한 나날을 보내고 있는 듯이 행동하지만 정작 그들을 위해 이루어 놓은 업적은 하나도 없습니다."

"업적을 논하자면 한마디로 거품투성이입니다."

"그런데도 언론들은 그를 부각시키는 일에 필력을 아끼지 않습니다."

"《태양일보》 논설위원 출신입니다."

"언론의 생태를 누구보다 잘 알고 있는 정치인입니다."

"정치적 영향력으로 언론을 무력화하고 혹세무민을 일삼는 장본인입니다. 표면적으로는 민주주의의 부활과 정의 구현을 가장 큰 목소리로 외치는 인물로 부각되고 있습니다."

"사실은 표리부동과 사리사욕을 인생의 기본 지침으로 알고 살아가는 사람입니다."

"거액의 돈이 생기는 일이라면 물불을 가리지 않는 성품이지요."

"세상에는 악한 사람들보다는 착한 사람들이 더 많다고 말하지만 이런 놈들이 벌을 받지 않고 승승장구하는 모습을 보면 착한 사람도 금방 악한 사람 흉내를 내면서 살고 싶어집니다."

요즘은 어른이 없는 시대라고 말한다. 헌법도 제구실을 못할 때가 많고 법관도 제구실을 못할 때가 많다. 대한민국의 건국 이념과 교육 이념은 홍익인간이다. 널리 인간을 이롭게한다는 뜻이다. 그런데 홍익인간을 고위층만 널리 이롭게 한다는 뜻으로 받아들이는 부류들이 부지기수다. 조평달도 같은 부류에 속한다.

갈수록 세상이 척박해지고 있다. 갈수록 조평달 같은 부류들이 판을 치고 살아간다는 의미가 된다. 대형 사고가 속출해도 언제나 책임자는 나타나지 않는다. 부정부패가 만연해도 그때마다 연루자들은 솜방망이 처벌로 구제를 받는다. 도처에서 양심과 정신이 썩어 문드러진 놈들이 제 세상인 양판을 치고 살아간다.

"악행을 열거하자면 이루 헤아릴 수가 없을 지경이어서 동해물과 백두산이 마르고 닳도록 두들겨 패도 한이 풀리지 않을 정도로 나쁜 놈들이 많습니다. 조평달도 그런 사람 중의 하나입니다. 백 번을 죽었다 다시 깨어나도 천국에 가기는 틀린 사람이지요."

"이대로 방치해 두면 대한민국은 민주공화국이 아니라 오물 공화국이 될지도 모릅니다."

"대청소가 필요합니다."

수목들이 내린 결론이었다. 조평달 역시 응징이 불가피한 인물이었다.

6개월 전. 나약한 씨의 작업실. 부인이 조심스럽게 방문을 노크한다.

"들어오셔도 됩니다."

나약한 씨가 대답한다.

작업실 한편에 뱅갈고무나무 화분 하나가 놓여 있다. 반양지, 반음지식물로 햇빛을 받으면 좋아한다. 다행히 나약한 씨의 작업실은 통유리문이다. 충분한 햇빛이 쏟아져 들어온다. 사랑을 많이 받아서 잎이 유난히 무성하다.

"오전에 날다치킨 본사 영업부장한테서 전화가 왔었는데요, 한 달에 만화 한 컷만 에스엔에스 계정에 광고해 주시면 천만 원을 드리겠다는 제의가 들어왔어요. 소재는 자유

고요, 하단에 조그맣게 날다치킨 제공이라고만 명시해 달래요. 어떠세요."

부인이 날다치킨이라는 브랜드에 대해 나약한 씨에게 부연 설명을 해 준다. 날다치킨은 국산 닭만을 재료로 올리브유에 튀겨서 요리한 치킨으로 맛과 향에서 다른 치킨들과 차별화된다. 프라이드치킨, 간장치킨, 양념치킨, 마늘치킨, 파닭치킨 등을 주요 상품으로 판매하고 있으며 파닭치킨과 마늘치킨을 제일 먼저 개발한 회사로도 유명하다. 뛰어난 맛, 뛰어난 고객, 뛰어난 광고를 경영전략으로 외국까지 진출해서 300여 군데의 점포를 확보, 가장 왕성한 성장세를 나타내 보이는 치킨 업체다.

다 듣고 나서 나약한 씨가 대답한다.

"괜찮은 제의네요."

"업무량이 전보다 몇 배로 늘었는데 해내실 수 있겠어요."

"내가 조금만 더 수고하면 될 일이니까 걱정하지 말아요."

"그럼 허락하셨다고 연락드릴게요."

"그러세요."

"그런데."

부인이 무슨 말인가 하려다 말고 말꼬리를 거두어 버린다.

"무슨 말인지 해 보세요."

"아니에요."

부인은 쉽게 말을 꺼내지 못하겠다는 표정이다.

"괜찮아요. 무슨 말이든지 해 보세요."

비로소 부인이 결심한 듯 말을 털어놓기 시작한다.

"이제 우리도 형편이 말도 못하게 좋아진 입장이잖아요."

"다 당신이 내조를 잘해 준 덕분입니다."

"제가 뭐 제대로 한 일이 있나요. 모두 당신이 밤잠 못 자고 수고해 주신 덕분이지요."

"하고 싶은 얘기를 해 보세요."

"한 달에 천만 원 받으시면 돈 없어 학업 중단한 농촌 청소년들한테 전액 장학금으로 기증하는 게 어떨까요."

"오오, 그거 썩 괜찮은 생각이오."

나약한 씨가 오른쪽 손바닥을 높이 쳐들어 보인다. 하이파이브를 하자는 뜻이다. 부인이 짝 소리가 나도록 자신의 손바닥을 마주친다. 두 사람 모두 행복한 표정이다.

그로부터 사흘 후 날다치킨 영업부장이 직접 계약서를 가지고 와서 정식으로 계약이 체결된다.

SNS에 올린 풍자만화 제1탄.

초딩이 선생님께 묻는다.

선생님 닭이 먼저인가요, 알이 먼저인가요.

선생님이 대답한다.

날다치킨이 먼저다.

SNS에 올린 풍자만화 제2탄.

하늘을 힘차게 나는 독수리 한 마리.

마당에서 독수리를 쳐다보면서 닭이 빈정거린다.

네가 평생을 날아 봐라, 치킨이 될 수 있나.

SNS에 올린 풍자만화 제3탄.

오동나무에 거만하게 앉아 있는 봉황 한 마리.

마당을 한가롭게 걷고 있는 닭이 크게 웃음을 터뜨리는

얼굴로 일갈한다.

배달도 안 되는 놈이 폼 잡기는.

나약한 씨는 원고료 1천만 원 전액을 가난 때문에 학업을
중단한 강원도 화천, 양구, 고성, 인제 등지의 농촌 청소년들
에게 기부했다. 강원도를 시작으로 경기도, 충청도, 경상도,
전라도, 제주도, 도서 지방 순으로 확산시켜 나갈 계획이었
다. 나약한 씨와 날다치킨은 전국의 농촌을 순례하면서 청소
년들에게 장학금을 기증하고 특별한 일이 없는 한 해외로까
지 이 이벤트를 확산시킬 계획이었다.

당시 폐황 나약한 씨의 SNS 계정 총 팔로워 수는 5백 19만
몇천 명을 상회하고 있었다. 총 6회가 연재되었고 첫 회부터
날다치킨의 매출은 가파른 상승 곡선을 나타내 보이기 시작
했다. 신문과 방송과 잡지 등을 통해 나약한 씨의 선행이 보

도되면서 광고효과는 배가되었다.

청담동에 위치한 비밀 요정 가연(佳宴). 국회의원 조평달과 주조회사 풍류국의 사업국장이 은밀한 목소리로 이야기를 나누고 있다. 시중을 드는 미녀들까지 자리를 비우게 만든 상태다.

그러나 방 한편에 홍콩대엽이라는 관상목 한 그루가 넓적한 이파리를 귀 삼아 두 사람의 은밀한 대화를 엿듣고 있다. 홍콩대엽은 이름 그대로 짙은 녹색의 넓은 잎을 소유하고 있는 관상목이다. 외관이 당당해 보여서 고관들이 자주 드나드는 업소에서 선호하는 식물이다. 나무를 처음 키우는 초보자들에게 적합한 식물로 알려져 있다. 습도 조절과 포름알데히드 제거 능력이 우수하지만 강한 햇빛에 약하다. 그래서 주로 실내에서 키운다.

"일단 가격 담합설로 기존 치킨 회사들의 목을 졸라 버린 다음 언론을 총동원해서 연일 기존 치킨 회사들의 부정을 대서특필합니다. 그리고 소비자들의 불만과 원성이 고조될 즈음 킹왕짱치킨을 출시한다는 전략입니다. 물론 이번에도 의원님의 절대적 도움이 필요합니다."

소비자들이 미처 눈치를 못 채는 사이 대기업들이 노골적으로 골목 안 상권까지 장악하는 풍조가 만연해 있었다. 거대 주조 회사 풍류국은 소울과 킹왕짱치킨을 매칭시킨 브랜드로 맥주 시장과 치킨 시장을 동시에 석권하겠다는 전략을 개시할 목적으로 국회의원 조평달을 끌어들였다. 그는 원칙이나 도덕 따위를 전혀 고려치 않는 인물로 유명하다. 따라서 기업들이 부정이나 비리를 공모하기에는 가장 적합한 인물로 알려져 있다.

조평달은 한마디로 국회의원으로서는 자격 미달이다. 최전방 야전군 소대장을 해 먹어도 과분한 인물이다. 그는 목적 달성을 위해서라면 물불을 가리지 않는 성격이다. 정치인들 중에서는 도덕이니 양심이니 인권이니 하는 말들을 가장 많이 들먹거리면서 가장 자주 묵살해 버리는 인물이다.

그런데도 그는 자신의 지역구에서 절대적인 지지를 받고 있었다. 그는 중장비에 비유하자면 불도저였고, 동물에 비유하자면 멧돼지였으며, 질병에 비유하자면 암이었다. 방해물이 나타나면 수단과 방법을 가리지 않고 제거해 버려야만 직성이 풀렸고, 전후좌우를 살펴보지도 않고 무조건 앞으로만 돌진하는 성격이었으며, 자신의 욕망을 성취하기 위해서라면 남들이 어떤 고통을 당해도 개의치 않았다.

"정공법으로 어떻게 이 맹수들이 득시글거리는 생존경쟁의 피투성이 정글에서 살아남을 수가 있겠나. 건달이고 양아치고 필요하면 불러다 쓰는 거지. 도덕이니 양심이니 하는 것들은 공자 왈 맹자 왈 시대에나 통용되던 샌님들의 잠꼬대야. 지금이 어떤 시댄데 그런 잠꼬대나 들먹거리면서 산단 말인가. 남들 유인 왕복 우주선에 탑승해서 달나라로 관광 여행 떠날 때 자네들은 우마차 타고 강 건너 마을에 꽃놀이나 가겠다는 건가. 솔직히 이 나라에서 돈으로 해결 안 되는 일이 어디 있나. 공자 왈 맹자 왈 시대에나 외우던 잠꼬대만 버리면 불가능이 없는 나라일세. 경찰이나 검찰이나 언론의 눈치나 보고 세인들의 손가락질이나 겁내면서 도대체 무슨 큰일을 하겠다는 건가. 아무리 굵직한 통뼈라고 하더라도 권력이라는 가마솥에 집어넣고 뭉칫돈 몇 덩어리 던져 넣은 다음 통나무 장작으로 끓여 대면 전부 흐물흐물한 물렁뼈로 변해 버리기 마련이야."

주조 회사 풍류국이 조평달에게 거액의 뇌물을 제공했다는 사실은 부인할 여지가 없다. 그러나 비밀은 철저히 지켜질 것이며 증거가 될 만한 근거나 자료들은 모조리 인멸될 것이다.

조평달이 첫 번째 타깃으로 결정한 치킨 업체가 '날다치킨'이었다. 치킨의 대명사라고 해도 과언이 아닐 정도로 치킨 시장을 압도하고 있는 브랜드였다.

세인들의 호감을 바탕으로 나날이 번창하고 있는 날다치킨. 조평달은 날다치킨을 집중 공략할 계획이었다. 날다치킨만 함몰시키면 다른 치킨 업체들은 식은 죽 먹기였다.

가격 담합설.

조평달의 불도저식 추진력은 그야말로 막강했다. 날다치킨을 중심으로 다른 치킨 업체들이 소비자를 무시한 채 가격을 올리기로 담합했다는 기사들이 일제히 터지기 시작했다. 방송도 연일 나팔을 불어 대기 시작했다. 연이어 비위생적인 식용유와 치킨 무가 도마에 오르기 시작했다. 치킨 회사들은 갑자기 밀려닥친 된서리에 속수무책 갈피를 잡지 못하고 있었다.

조평달의 일거수일투족이 수목들에게 염사로 기록되고 있었다. 물론 그 기록들은 모두 백량금에게로 전송되었다. 당연히 나는 필요할 때마다 그 기록들을 선명한 영상으로 들여다볼 수가 있었다.

조평달이 두 번째 타깃으로 지목한 인물은 나약한이라는 필명을 쓰는 만화가였다. 조평달도 이름은 들어 본 적이 있었다. 언젠가 골프를 치다가 캐디에게 좀 진한 농담을 던졌는데 여성 단체들이 성희롱으로 간주해서 아우성을 치는 바람에 신문, 방송에 오르내리고 잠깐 입장이 난처했던 적이 있었다. 그때 나약한이라는 만화가가 시사만화와 함께 구케의원인지 수케의원인지 모르겠다는 말풍선으로 자신을 풍자한 적이 있었다. 순간적인 불쾌감을 느끼기는 했지만 오래 기억될 일은 아니었다.

그런데 날다치킨 광고에 앞장서고 있으며 폭발적인 인기를 누리고 있다는 정보에 새삼 불쾌감이 되살아나서 이번 기회에 본때를 좀 보여 줄까 싶은 생각이 슬그머니 고개를 쳐들었다.

기레기.

네티즌들이 작금의 대한민국 기자들을 지칭하는 신조어다. 기자와 쓰레기를 합성해서 만들어 낸 용어다. 기자의 사명감 따위는 전혀 염두에 두지 않고 다른 기사를 베끼거나, 사실 확인도 해 보지 않고 풍문을 그대로 보도하거나, 육하원칙을 무시해 버린 채 기사를 남발하는 기자들이 부지기수다.

조평달은 신문사마다 존재하는 기레기들을 누구보다 잘 알고 있다. 그리고 누구보다 잘 활용할 수 있는 역량을 겸비하고 있다. 조평달은 이 기분 나쁜 만화가 나부랭이를 이번 기회에 완전히 매장시켜 버리기로 작정했다.

나현경(羅玹曍).

나약한 씨의 단골 노래방 '가객(哥客)' 여사장의 고등학교 후배로 여사장이 자리를 비울 때는 사장 역을 대신한다.

34세. 미혼이다. 가끔 손님들의 잔심부름을 해 주기도 하고 맥주를 같이 마시거나 노래를 같이 부르기도 한다. 그러나 본인은 절대 도우미가 아니라고 말한다. 공식 명칭은 노래방 가객의 지배인이다.

그녀는 나약한 씨가 자기를 성폭행했다는 내용의 고소장

을 서대문 경찰서에 제출했다. 그녀의 진술에 의하면 사건 당일 나약한 씨는 오후 10시쯤에 서대문에 위치한 노래방 가객에 들러 맥주를 3병 시켰다. 여기까지는 나약한 씨가 노래방에 오면 늘 보여 주던 행동 그대로였다. 나약한 씨는 비교적 노래를 잘하는 편이고 레퍼토리도 다양한 편이었다. 대개 맥주를 마시며 노래를 20여 곡 정도 부른 다음에 집으로 돌아가기 일쑤였다. 물론 이따금 그녀에게도 노래를 부르게 했다. 그녀도 노래 부르기를 좋아해서 단골손님이 들었을 경우에는 저도 한 곡 부르면 안 될까요, 하고 신청해서 때로는 두어 곡 정도를 부르고 나가는 경우가 있었다.

그런데 그날은 무슨 까닭인지 말을 걸어도 대꾸조차 하지 않았다. 노래도 부르지 않았다. 맥주 2병을 다 비울 때까지도 침묵만을 지켰다. 오늘은 기분이 별로 좋지 않아서 조용히 술만 마시고 돌아갈 거라고 말했다. 나현경은 부부 싸움이라도 한 모양이라고 생각했다. 그래서 꼬치꼬치 캐묻지 않았다.

나현경은 요즘 하늘 높은 줄 모르고 인기가 치솟고 있는 이 만화가가 필명이기는 하지만 자기와 종씨라고 생각해서 깍듯이 오빠라고 불렀다. 만화가도 자기를 친동생처럼 늘 살갑게 대해 주었다. 그런데 그날따라 오빠가 유난히 스킨십을 많이 시도하는 것 같았다. 처음에는 손을 쓰다듬다가 나중에는 어깨를 껴안기도 하고 급기야는 볼에다 입을 맞추기도 했다. 이러지 마세요, 라고 분명히 말하고는, 계속 이러시면 저 나갈 거예요, 라고 말했는데도 스킨십을 멈추지 않았다. 그러다 어느 순간 갑자기 자기를 쓰러뜨리고 치마 밑으로 손을 밀어 넣기 시작했다. 뿌리치려 했으나 남자의 억센 힘을 당할 수가 없었다. 물론 완강하게 거부했다. 나약한 씨는 가쁜 숨을 몰아쉬며 반항하면 너를 죽여 버릴 수도 있어, 라고 위협했다. 1시간 남짓 실랑이를 벌인 끝에 그녀는 탈진해 버리고 말았다. 정신을 차렸을 때는 모든 일이 끝난 뒤였다.

하지만 처음부터 끝까지 새빨간 거짓말이었다. 나약한 씨는 노래방 가객의 단골이기는 하지만 그녀와 농담조차 나누어 본 기억이 없었다. 그날도 그녀는 나약한 씨의 방에 맥주 3병을 날라다 주고 지체 없이 카운터로 돌아갔다.

당연히 나약한 씨는 그녀의 모든 진술을 완강하게 부인했다. 처음부터 끝까지 진실은 아무것도 없었다. 손도 만지지 않았고 어깨도 껴안지 않았으며 볼에다 입을 맞추지도 않았다. 그녀의 주장을 입증할 만한 증거는 한 가지도 없었다. 맥주를 2병 마시고 노래를 몇 곡 부른 것까지는 사실이었다. 하지만 나머지는 모두 조작이요, 모함이었다.

"그런데 이 여자가 왜 고소를 했을까요."

담당 경찰관이 물었다.

"전들 압니까. 그런 건 경찰들이 알아내야 하는 거 아닙니

까. 왜 저한테 물으십니까. 이 여자가 정말 왜 이러는지 저도
알고 싶습니다. 정말 돌아 버릴 지경입니다."

연일 방송국이나 신문사에서 기자들이 몰려와서 나약한
씨에게 질문 공세를 퍼부었고 어떤 신문은 숫제 나약한 씨
를 만나 보지도 않고 파렴치한 강간범으로 몰아가고 있었다.
육하원칙 따위는 개무시된 기사를 작성해서 독자들의 추측
을 부추기고 노골적으로 악플을 유도하는 기사들이 부지기
수였다.

나약한 씨는 풍자만화를 그릴 때는 대범한 것 같아도 평소
에는 소심하기 짝이 없었다. 그는 악플 때문에 자살했다는
사람들의 심경을 그제야 이해할 수가 있을 것 같았다. 사건
에 휘말리기 전까지는 악한 사람들보다 착한 사람들이 세상
에 훨씬 더 많이 산다고 생각했는데 막상 당해 보니 아니었
다. 세상에는 착한 사람들보다 악한 사람들이 훨씬 더 많이
살고 있다는 생각이 들었다.

"우리 선생님은 절대로 그럴 분이 아닙니다. 무슨 까닭인지
는 모르지만 그 여자가 우리 선생님을 터무니없이 모함을 하
고 있는 거예요."

나약한 씨 부인도 나현경의 주장을 전적으로 부인했다. 모
함이 확실하다는 것이다.

하지만 담당 경찰관은 나약한 씨를 성폭력범으로 단정하
고 있는 듯한 태도로 몰아붙이고 있었고 여론도 나현경의

주장에 더 신빙성을 부여해 주고 있는 양상을 보이고 있었다. 나약한 씨로서는 자신의 결백만 인정된다면 당장 할복이라도 감행해서 증명해 보이고 싶은 심경이었다.

성폭행 사건이 매스컴을 통해 알려지기 시작하면서 나약한 씨의 SNS에서 팔로워 수가 급격히 줄어들고 있었다. 그냥 팔로우를 취소하는 것만이 아니라 꼭 모질게 악플 몇 마디를 남기고 차단이나 신고를 누르는 유저들이 많았다. 너무나 억울했지만 나약한 씨로서는 어쩔 수가 없는 일이었다. 독자들도 급격히 줄어들고 있었다. 책들의 주문 부수도 현격하게 줄어들고 있었다.

연재하는 작품들도 조회 수가 현격하게 줄어들고 있었다. 광고 계약을 체결했던 회사들이 해약을 통보해 오거나 위약금 문제를 거론하는 경우도 많았다. 가파르게 상승 곡선을 그리던 날다치킨의 매출도 현격하게 떨어지고 있었다. 지금까지 살아 볼 만한 세상이라고 여겼던 대한민국이라는 이름의 보금자리가 사건이 생기고부터 척박하기 이를 데 없는 황무지로 변해 있었다.

수목들의 종합 보고서를 정리하면 모든 시나리오를 창출하고 일사천리로 실행에 옮긴 장본인은 바로 국회의원 조평달이었다. 조폭을 시켜 노래방 가객의 나현경을 매수, 협박하도록 사건을 꾸민 것도, 매스컴을 통해서 벌집을 쑤셔 놓은 듯 연일 자극적인 기사를 내보내게 하는 전략도 모두 조평달의 작품이었다.

나현경은 평소 자기에게 친오빠처럼 살갑게 굴던 나약한 씨가 유명해진 다음부터는 자기를 소홀히 하는 것이 괘씸해서 그런 모함을 하게 되었노라는 자백을 하고 고소를 취하할 계획이었다. 그녀는 초범이고 조평달이 법조계에 압력을 행사하면 처벌이 가벼워질 수밖에 없다.

평생토록 뒤를 봐 줄 터이니 조금도 염려하지 마라. 조평달 같은 거물을 백으로 삼을 수 있는 절호의 기회다. 평생에 한 번 올까 말까 한 기회를 차 버리고 허구한 날을 노래방에 빌붙어 살겠느냐. 잘 생각해 봐라. 잠깐 떠들썩해질 뿐이다. 대한민국 사람들은 냄비 근성으로 유명하다. 순식간에 달아오르고 순식간에 식어 빠진다. 아무리 뼈저리고 아픈 기억도 식어 빠지고 나면 다 잊어버리고 만다. 현명한 놈들일수록 원칙이니 양심이니 도덕이니 하는 것들을 불편해한다. 적당히 비겁하고 적당히 불량하고 적당히 야비해야 살아남을 수 있다. 이까짓 일이 네가 사회생활을 하는 데 지장을 초래하지는 않을 것이다. 봐라. 세상은 솔직히 말해서 악한 놈들에게는 천국이고 착한 놈들에게는 지옥 아니냐. 지리멸렬하게 살면서 착하단 소리나 들으면 무슨 소용이 있겠냐. 이번 기회에 운명 한번 바꿔 보자. 일이 다 끝나면 거액의 사례금도 지급하겠다. 물론 착수금을 먼저 지급하고 일이 잘 끝나면 도심지에 아담한 카페 하나는 차릴 수 있는 금액을 지급하겠다.

그녀로서는 차마 거절할 수 없는 액수였다. 당연히 그 모든 사실은 극비에 붙여졌고 역시 증거가 될 만한 자료나 정보들은 모두 인멸되었다.

결국 조평달의 시나리오대로 날다치킨은 담합설에 휘말리더니 두 군데의 체인점이 비위생적인 시설로 적발되어 TV에 방영되면서 이미지가 밑바닥까지 실추되는 상태로 전락해 버리고 말았다.

돈이 없어서 학업을 중단한 농촌 청소년들에게 장학금 1천만 원씩을 기부하던 나약한 씨의 광고 시리즈도 6개월 연재를 끝으로 중단이 불가피했다. 천신만고 끝에 형편이 나아지나 싶었던 나약한 씨는 붓을 꺾었고 화병으로 자리에 몸져눕고 말았다.

나약한 씨에게 강간을 당했다던 노래방 도우미는 조평달의 시나리오대로 고소를 취하했고, 이어 무고죄, 모욕죄, 명예훼손 등으로 재판을 받았으나 징역 10월에 집행유예 1년으로 풀려난 다음 필리핀으로 해외여행을 떠났다는 소문이었다. 결국 당한 놈만 억울할 뿐 '아니면 말고' 식으로 사건은 종결되었다.

대한민국 최대 주조 회사 풍류국은 맥주와 치킨을 매치시
킨 소울, 킹왕짱이라는 상품을 출시했고 계획대로 치킨 시장
을 빠른 속도로 장악해 나갔다.

브레이크 댄스

국회의원 조평달이 응징의 대상으로 지목되었을 때 강력하게 반대하는 거수님들도 계셨다. 바로 분재 거수님들이다.

추사 분재 박물관 소장 소나무 거수님 수령 500세 추정.

서울 분재 연구소 소장 향나무 거수님 수령 409세.

금융계의 거물급 인사 정영환 씨 소장 느티 거수님 수령 203세.

정치계의 거물급 인사 김상필 씨 소장 은행 거수님 수령 151세.

종교계의 거물급 인사 노성출 씨 소장 느티 거수님 수령 126세.

교육계의 거물급 인사 최득경 씨 소장 단풍 거수님 수령 102세.

주인들이 사회적으로 막강한 영향력을 가진 인물들이며, 모두 거액의 급여를 지불하면서 전담 정원사들에게 거수님들을 보살피게 하는 분재 마니아들이었다.

분재는 수형을 여러 가지로 변형, 조작하여 우거진 숲이나 고산 절벽, 기암괴석이나 심산유곡 등을 작은 분에 연출하는 기술이다. 언제부터 시작되었는지는 확실치 않으나 서민들의 생활과는 비교적 거리가 먼 도락에 해당한다. 나무를 분에 심어 가꾸고 즐기는 행위임에는 분명하지만 일반적인 분 가꾸기와는 전혀 다른 조건들이 요구된다. 특히 나무가 자연스럽고도 운치가 넘치는 경관을 간직할 수 있도록 가꾸어야 하며 웅장하면서도 예술적인 분위기를 간직하고 있어야 한다. 그래서 분재가 회화나 조각과 동일한 가치의 예술품이라는 것이 분재 애호가들의 주장이다. 따라서 분재 거수님들의 긍지와 자부심도 다른 식물들의 추종을 불허한다.

그런데 자연계의 거수님들이 분재계의 거수님들께 이의를 제기하셨다. 결론부터 말하면 조평달은 좀 더 일찍 응징을 했어야 할 인물이라는 의견이었다.

"저는 양평 용문사에서 왔소이다. 수령은 천백 살이 좀 넘었고 수종은 은행나무요. 좁은 제 소견으로는 조평달의 쌓인 악행이 하늘에 닿아 이제는 더 이상 방관할 수 없는 지경에까지 이르렀소이다. 허니, 응징을 지연하는 일은 악행을 조장하는 일이나 다름이 없다고 사료됩니다. 물론 반성의 기회를 주고 계속 지켜보자는 분들의 마음을 헤아리지 못하는 바는 아닙니다. 하지만 인간계의 위기는 생명계 전체의 위기입니다. 이제 특단의 조치가 필요한 시점입니다. 하지만 조평달을 응징하기에 앞서 먼저 나약한 씨의 건강부터 회복시켜 드리는 일이 급선무가 아닐까 사료됩니다. 전국의 수목들이 좋은 기운을 모아서 나약한 씨의 작업실에 살고 있는 뱅갈고무나무에게 전송해 드렸으면 합니다. 특히 부작용 없이 원기를 회복할 수 있는 약 성분을 보유하고 있는 수목들이 적극 나서 주시면 빠른 회복을 기대할 수 있겠습니다. 안타깝게도 우리 입장에서는 신체적 도움을 드릴 수는 있지만 심리적 도움을 드릴 수는 없습니다. 하지만 응징이 끝나면 심리적으로도 많이 안정되리라는 생각입니다."

이번 일을 안건으로 원로 회의가 열렸다. 전국에서 300세 이상의 수령을 보유하고 계시는 노거수(老巨樹)분들께서 우리 집 응접실로 집결해 주셨다. 물론 육신은 살아오신 장소에 그대로 계시면서 의식만 우리 집 응접실로 집결해 주셨다.

울릉도 도동항 향나무 거수님 수령 2,000세 추정.

하동 국사암의 느티 거수님 수령 1,200세 추정.

양평 용문사의 은행 거수님 수령 1,100세 추정.

부안 내소사의 느티 거수님 수령 1,000세 추정.

칠곡 각산리의 은행 거수님 수령 900세 추정.

순천 송광사의 곱향 거수님 수령 800세 추정.

당진 송산면의 회화 거수님 수령 700세 추정.

청양 장곡리의 느티 거수님 수령 620세 추정.

순천 선암사의 매화 거수님 수령 600세 추정.

인제 합강리의 느티 거수님 수령 600세 추정.

경기 수원 화성의 느티 거수님 수령 600세 추정.

남양주 수종사의 은행 거수님 수령 500세 추정.

양평 두물머리의 느티 거수님 수령 400세 추정.

서산 해미 향교의 느티 거수님 수령 400세 추정.

천안 광덕사의 호두 거수님 수령 400세 추정.

경기 화성 전곡리의 물푸레 거수님 수령 350세 추정.

화천 거례리의 느티 거수님 수령 300세 추정.

순천 강천사의 모과 거수님 수령 300세 추정.

물론 지역 사정이나 개인 사정으로 300세가 넘는 거수님들 중에서도 회의에 불참하신 거수님들이 많았다. 그날 모이신 거수님들 중에서는 300세 되시는 느티 거수님이 제일 젊으셨다. 이분들이 인간과 함께 겪어 오신 우여곡절들과 파란 만장한 생애들을 생각하면 내 짧은 인생 따위는 정말 보잘것 없다는 생각이 들어 감히 숨조차 제대로 쉴 수가 없었다.

그런데도 여러 거수님들은 만장일치로 나를 진행자로 임명하셨다. 참으로 영광스러운 일이었다. 특히 이번 사건의 중심에는 국회의원 중에서도 막강한 권력을 가진 인물이 도사리고 있었다.

응징이 쉽지 않다는 생각에서 몇 번의 회의와 검토를 거듭한 끝에 300세 이상의 수령을 보유하신 거수님들이 모이셨다. 그리고 느티 거수님들이 대거 참여하신 이유는 빙의목으로 느티나무가 가장 적합하다는 결론이 내려졌기 때문이다.

느티나무는 한자로 괴목(槐木)이라고 표현된다. 괴(槐)는, 나무 목(木) 변에 귀신 귀(鬼) 자로 조성되어 있다. 그러니까 느티나무는 옛날부터 신령과 통하고 귀신을 부릴 줄 아는 나무로 알려져 있었다. 그래서 인간들은 전통적으로 마을의 평안과 복락을 비는 성황당(城隍堂)에 느티나무를 심었다. 그리고 신령님들께 제사를 지내기도 했다.

거수님들은 조평달을 방치해 두면 앞으로 더 많은 악행을 저지를 것이며 억울한 사람이 속출하게 된다는 판단을 내리셨다. 아울러 조평달이 저지른 만행들은 육체적 고통만으로 죗값을 대신할 수가 없다는 결론이 내려졌다. 정신적 고통까지를 수반하게 만들어야 합당하다는 것이 거수님들의 최종적인 결정이었다.

조평달을 응징하기 위해서 다목리 수목원에 소속되어 있는 한 그루의 젊은 느티나무가 빙의목으로 선정되었다. 거수님들까지 나설 필요는 없었다. 거수님들은 단지 빙의목으로 선정된 젊은 느티나무를 격려해 주기 위해 모이신 것이지 능력을 빌려주기 위해 모이신 것은 아니었다. 하지만 젊은 느티나무의 힘이 부칠 일이 생기면 얼마든지 능력을 지원해 주겠다는 의도가 내포되어 있었다. 아무리 인간들의 세상에서 권력이 막강한 존재라 하더라도 수령 몇백 년이 된 거목들이 능력을 발휘하게 되면 파리 목숨이나 진배없었다. 단 몇 초만에 숨통을 끊어 버릴 수도 있었다.

빙의목을 지망하는 나무들은 많았다. 가까운 지역의 빙의목이면 더욱 좋지만 먼 지역의 빙의목이라도 큰 어려움은 없다. 다만 먼 지역의 빙의목일 경우에는 채널링이라는 특수성 때문에 내가 휴대폰으로 진두지휘를 해야 하는 불편함이 따른다.

하지만 이번에는 다목리 수목원에서 빙의목을 선발했다. 빙의목으로 선정된 30년생 느티나무는 패기가 넘치는 위용을 나타내 보이고 있었다. 그는 조평달에게 신체적 고통을 안겨 주기 위해 자신의 튼실한 가지 몇 개를 잘라도 좋다는 의사를 피력했다. 10여 년 전 실연과 가난을 비관해서 음독자

살한 처녀 귀신 하나가 붙어 있었다. 조평달을 정신적으로
괴롭힐 때 활용할 계획이었다.

서울 시청 광장 특설 무대.

관계 부처 장관을 비롯한 사회 저명인사들과 기타 애국 단
체들이 참석한 가운데 청년애국애족단이라는 단체가 출범
하는 발대식이 열리고 있었다.

성대한 규모였다. 약 1천여 명의 남녀 젊은이들이 청년애국
애족단으로 선발되어 도열해 있었다. 그들에게는 애국애족단
이라는 임명장이 수여될 예정이었다. 그리고 발대식이 끝나
면 통일의 염원을 기록한 플래카드를 펄럭거리면서 버스로
강원도 고성까지 이동할 예정이었다. 그리고 고성을 출발점
으로 동서를 연결하는 비무장지대를 도보로 횡단하는 행사
를 진행할 예정이었다. 신문 기자와 방송 기자들이 벌 떼처
럼 운집해서 카메라를 들이대고 있었다.

국회의원 조평달은 기념사를 낭독할 예정이었다. 물론 비
서가 작성한 기념사였다. 아침에 한 번 읽어 보았기 때문에
별다른 문제가 일어날 부분은 없었다. 한두 번 해 본 기념사
가 아니었다. 전혀 걱정해야 할 이유가 없었다.

그러나 다목리 수목원.

빙의목 한 그루가 대기하고 있다는 사실을 조평달은 전혀
알 길이 없었다. 빙의목 앞에는 김상현 정원사가 날이 시퍼렇

게 선 낫을 들고 응징을 위한 주문이 떨어지기만을 기다리고 있었다.

"다음은 조평달 국회의원께서 기념사를 해 주실 차례입니다."

마침내 사회자가 마이크를 잡고 조평달을 소개하기 시작했다. 조평달이 의자에서 일어나 엄숙한 표정으로 특설 무대를 향해 걸어가고 있었다. 그 장면을 광장 주변의 나무들이 염사해서 전송하고 있었다.

"김 선생님 준비되셨습니까."

"준비됐습니다."

"빙의목님 준비되셨습니까."

"준비됐습니다."

"빙의목님의 거룩한 희생에 감사드립니다."

"부끄럽습니다."

"그럼 시작하겠습니다."

조평달이 단상에 올라가 근엄한 표정으로 준비해 온 축사를 읽고 있는 중이었다.

"치세요."

"칩니다."

김상현 정원사가 힘차게 낫을 휘두르기 시작했다. 그때마다 느티나무 잔가지들이 툭, 툭, 툭 땅바닥으로 떨어져 내리고 있었다.

"조국과 민족을 사랑하는 대한민국 젊은이 여러분 으악."

조평달은 서두를 꺼내고는 황급히 목덜미를 만지거나 옆구리를 만지거나 허벅지를 만지면서 소스라치는 몸짓을 해 보였다.

"오늘 출범하는 청년애국애족단은 대한민국의 미래이며 으악."

조평달은 축사를 읽는 중간중간에 느닷없이 비명을 질러 대기 시작했다. 낫으로 빙의목의 잔가지를 쳐 낼 때마다 고통이 전해지기 때문이었다.

"왜 저러는 거지."

"벌에 쏘였나 봐."

"벌이라기에는 너무 과장된 액션 아냐."

처음에는 날아다니는 벌 한 마리가 조평달을 공격하고 있다고 생각하는 청중들도 있었다.

"벌은 아니라는데."

"기념사를 낭독하다 갑자기 발작을 일으키다니."

"내가 보기에는 실성을 한 거 같은데."

"말하는 싸가지하고는."

잠시 기념식장이 술렁거리기 시작했다. 청중들은 차츰 집중력을 상실해 가기 시작했다. 한동안 원인을 알 수 없는 상태에서 어수선한 분위기가 지속되고 있었다.

"오늘 이 역사적인 날을 맞이하여 여러분을 모시고 기념사를 낭독하게 된 것을."

조평달은 가까스로 낭독을 이어 가려고 안간힘을 쓰고 있는 기색이 역력했다. 하지만 무언가가 끈질기게 그것을 방해하고 있었다. 조평달이 다시 낭독을 하다 말고 움찔움찔 몸을 뒤틀고 있었다. 미처 기념사 두 줄을 넘길 겨를이 없었다. 그는 다급하게 손으로 자신의 상체 여기저기를 더듬고 있었다.

"여러분은 유구한 역사와 전통에 빛나는 대한민국의 동량으로서."

진지하고 엄숙하고 경건해야 할 기념식이 이유를 모르는 사태로 산만해지면서 청중들도 소리 내어 한마디씩 떠들어 대기 시작했다.

"날아다니는 벌은 아니야."

"말벌이 아니라도 이 정도 거리면 충분히 보였을 거야."

"도대체 왜 저 지랄이냐."

"기념사고 지랄이고 다 때려치우고 그만 내려오라고 해라."

"날아다니는 벌은 아니고 하도 죄를 많이 지어서 받는 벌이 아닐까."

"간질이구먼."

"노망일지도 모르지."

"브레이크 댄스네."

누군가 소리쳤다. 그 표현은 사람들에게 일종의 희화적 즐거움을 제공한 것 같았다.

"그러네. 브레이크 댄스네."

"노털이 대단하잖아."

"음악만 있으면 딱이겠는데."

그때 누군가 휴대폰으로 음악을 찾아서 틀었다. 절묘하게도 조평달의 동작들과 너무나 잘 맞아떨어지는 음악이었다. 여기 저기서 실소가 터지기 시작했다. 정말 희화적인 장면이었다.

실소는 조금씩 증폭되고 있었다. 그리고 조금씩 증폭되더니 순식간에 폭소로 변하고 말았다. 폭소로 변해서 장마철에 범람하는 황톳물처럼 광장 전체를 휩쓸기 시작했다. 젊은 이들 여러 명이 핸드폰을 꺼내 낄낄거리며 동영상을 찍어 대고 있었다.

"이제 톱을 쓰실 차례입니다."

빙의목이 내게 말했다. 내가 김 씨에게 빙의목이 한 말을 전달했다. 빙의목 밑둥에 방금 낫으로 쳐 낸 잔가지들이 수북하게 쌓여 가고 있었다. 김 씨는 느티나무의 가지 하나를 움켜쥐고 거침없이 톱질을 해 대기 시작했다.

아아아악.

아아아악.

마침내 조평달이 발악적인 비명을 질러 대면서 한쪽 팔을 부여잡고 단상에서 굴러떨어지는 사태가 발생했다.

"벼, 병원, 병원, 바, 바바박 비서, 뭐뭐뭐 하고 있는 거야.

차, 차 불러. 빠, 빠빠, 빨리 병원으로."

조평달은 나보다 더 심하게 말을 더듬고 있었다. 뿐만 아니라 고통을 참지 못하겠다는 듯 발악적인 소리로 고래고래 비명을 질러 대면서 누운 채로 발버둥을 치고 있었다.

현장에는 분명히 수많은 신문 기자들이 운집해 있었고 수많은 방송 기자들도 운집해 있었다. 그리고 경쟁하듯 카메라 셔터들을 눌러 대고 있었다. 보도용 카메라들도 이 사태를 기록하기에 여념이 없었다.

그날의 애국애족청년단 출범식 장면은 뉴스 시간을 통해서 방송국마다 보도되었다. 신문들도 출범식이 있었다는 기사를 내보냈다. 그러나 조평달의 기묘한 행동에 대해서는 일언반구도 언급하지 않았다. 보수 성향의 언론이나 진보 성향의 언론이나 다 마찬가지였다.

데엥, 데엥.

새벽 2시다. 조평달의 거실이다.

괘종이 엄숙, 경건한 소리로 두 번 울린다. 조평달이 소파에 앉아 신문을 읽고 있다. 거실 벽에는 대형 벽시계 하나가 걸려 있다. 괘종시계다. 벽시계는 침착하고, 태연하고, 정확하고, 성실하게 커다란 놋쇠 불알을 좌우로 흔들어 대고 있다. 실내의 모든 사물들이 깊은 잠에 빠져 있다.

조평달은 신문을 읽다 말고 소파에서 일어나 급한 걸음으로 화장실로 들어간다. 화장실에는 작은 창문 하나가 설치되어 있다. 바깥에 군기가 잘 잡힌 병사처럼 부동자세로 보초를 서고 있던 노간주나무 한 그루가 화장실 안을 들여다보고 있다. 좌변기에 앉았지만 순조롭게 배변이 이루어지지 않는다. 조평달은 평소 이 시간에는 화장실을 이용하지 않는다. 오늘따라 속이 불편한지 이따금 찌푸린 표정을 지으며 한쪽 손으로 배를 쓸어내리곤 한다.

괘종은 엄숙, 경건한 소리로 새벽 2시를 알린 다음 깊은 침묵에 빠져 있다. 벽시계의 외형은 통나무다. 조각이 너무나 정교하다. 누가 보아도 예술에 가까운 조형물이다. 두 마리의 용이 대칭을 이루며 문자반을 움켜쥐고 있다. 가격이 만만치 않을 것이다. 물론 본인의 돈으로 구입한 물건이 아니다. 어떤 중소기업 사장이 사업차 홍콩을 다녀오면서 뇌물로 상납한 물건이다.

침묵 속에서 똑딱똑딱 초침이 움직이는 소리만 거실을 울리고 있다. 비로소 뿌직뿌직 소리를 발하면서 배변이 이루어지기 시작한다. 개운치 않은 배변 같다.

그때, 갑자기 화장실 조명등이 무슨 까닭인지 껌벅껌벅 발작을 일으키기 시작한다.

띠디직.

띠디직.

이따금 기분 나쁜 소리와 함께 자디잔 불꽃까지 튕기면서 조명등은 발작을 연발하고 있다. 그러다 일순 발작이 중지된다. 하지만 조도는 현저하게 떨어져 있다. 화장실 안은 어둑하면서도 음산한 분위기에 휩싸인다.

무심코 창문 쪽으로 고개를 돌리던 조평달의 표정이 핼쑥해진다. 동공이 공포에 질려 엄청난 크기로 확장되어 있다.

다, 다, 당신, 누, 누구야.

팔다리를 부들부들 떨면서 소리를 질러 보지만 목구멍이 굳어 제대로 발성이 되지 않는다.

조평달은 혼비백산, 좌변기에서 굴러떨어진다. 무슨 말인가를 다급하게 중얼거리면서 엉금엉금 기어서 거실로 나온다. 그리고 자신도 모르게 소리를 질러 대기 시작한다. 팬티도 올리지 못한 상태다. 엉덩이에 오물이 묻어 번들거리고 있다. 하지만 조평달은 혼이 빠져 있는 상태다.

아, 아무도 없냐.

아무도 없어.

아무도 없냐.

아무도 없어.

지, 집에 아무도 없냐.

이번에는 소리가 제대로 터져 나온다. 때마침 내일이 토요일이고 증조부 제사였기 때문에 집 안에는 사람들이 많이 모여 있다.

가족들과 친인척들은 조금 전까지 거실에서 조평달과 한 담을 나누고 있었다. 그러다 각자 방으로 들어가 잠을 청하던 차였는데 조평달이 외쳐 대는 소리에 놀라 모두들 거실로 우르르 몰려나오지 않을 수 없었다.

조평달은 한 시간쯤 지나서야 제정신을 수습할 수가 있었지만 이미 가족들과 친인척들에게 보여서는 안 될 꼴을 충분히 보여 주고 난 다음이었다.

"하야부지 똥 짜쪄."

네 살짜리 손자가 앙증맞은 손가락으로 조평달의 엉덩이를 가리키며 어른들의 눈치를 살피고 있었다.

조평달은 뻔질나게 병원을 드나들고 있었다. 식물들은 인간의 병을 치유할 수 있는 능력들도 소유하고 있었지만 병을 유발할 수 있는 능력들도 소유하고 있었다. 수많은 식물들이 조평달의 오장육부를 공략하고 있었다. 식물성 음식들이 몸 안에 들어가 모조리 독이 되어 부작용을 유발시키고 있었다.

평소 조평달은 자기 또래에서 건강만은 자기를 따라올 자가 없다고 자부할 정도였다. 한창 독감이 유행할 때도 조평달은 기침 한번 해 본 적이 없었고 약 한 알도 입에 털어 넣어 본 적이 없었다.

하지만 응징이 시작되면서 급격히 이상 징후들이 속출했

다. 때로는 두통으로 병원을 드나들기도 했고 때로는 복통으로 병원을 드나들기도 했다. 때로는 빈혈에 시달리기도 했고 때로는 불면에 시달리기도 했다. 때로는 설사에 시달리기도 했고 때로는 변비에 시달리기도 했다. 자연히 입맛은 천 리나 떨어져 버렸다.

체중도 급격히 줄고 있었다. 평소 입던 바지들은 허리둘레가 맞지 않아서 입을 수가 없었다. 모두 헐렁해서 갈아입을 때마다 새 옷을 구입해야 할 지경이었다.

단 한 시간도 몸이 편한 적이 없었다. 이러다 죽는 것이나 아닐까 더럭 겁이 날 때도 있었다. 음식을 먹기만 하면 속이 메슥거렸다. 식욕도 현저하게 저하되었다. 살아 있다는 사실 자체가 고문이었다.

하지만 어떤 병원을 가도 이상은 발견되지 않았다. 몸은 아파서 죽을 지경인데 진찰을 해 보면 언제나 이상 무였다. 그러니 병원에 갈 때마다 평소 친분이 있는 의사들에게는 버럭버럭 화를 낼 수밖에 없었다.

"어떻게 지내십니까."

누가 안부라도 물으면, "집에서 보내는 시간보다 병원에서 보내는 시간이 더 많아"라고 대답할 지경이었다.

어떤 때는 별로 먹지도 않았는데 아랫배가 더부룩하면서 속이 부글거려 음식을 먹을 수가 없었고 어떤 때는 과식을 했는데도 허기가 져서 허겁지겁 음식을 삼키게 되는 현상이 계속되고 있었다. 건강 리듬이 엉망진창으로 헝클어져 있었다.

"장 기사 방금 사람을 치지 않았나."

가끔 헛것이 보이기도 했다. 한밤중에 지방을 다녀오는 도로 가운데 머리를 산발한 여자가 소복을 입고 서 있었는데 장 기사가 여자를 피해서 운전하지 않고 들이받아 버린 채 내달렸다는 것이다. 확인해 볼 요량으로 급정거라도 하면 목격자가 아무도 없는데 무슨 성인군자 행세냐고 불같이 화를 냈다.

공식 석상에는 당분간 일절 나타나지 않는 행동 양식을 취하고 있었다. 정계에서는 조평달의 노망을 조심스럽게 점치는 인사들도 적지 않았다.

"아니, 이렇게 아픈데 이상이 없다는 게 말이 되나. 자넨 자격증을 고스톱 쳐서 딴 돌팔이지. 그런 실력으로 무슨 박사님이니 교수님이니 하는 소리를 듣고 사나."

조평달은 병원에 갈 때마다 의사들의 자존심을 긁어 놓았다. 모든 의사들을 돌팔이로 매도하는가 하면 나오는 대로 막말을 뱉어 내는 일도 서슴지 않았다. 어떤 병원에서는 노골적으로 막말을 일삼다가 젊은 의사에게 멱살을 잡힌 채 정신과 치료가 시급한 영감탱이라는 소리까지 들었다.

"단층촬영, 엑스레이, 조직 검사, 혈액 검사, 초음파 검사는 모조리 거쳤지만 이상은 전혀 발견되지 않았습니다. 모든 데이터가 정상입니다. 저로서도 참 귀신이 곡할 노릇이네요."

"아파서 못 견디겠다고 찾아온 환자한테 아무 이상이 없다니 그게 무슨 개소리야."

"죄송합니다."

결국 조평달은 몇 군데의 병원을 순례하다가 아예 병원을 믿지 않게 되었다.

한동안 기도발이 좋아서 부흥회마다 불려 다닌다는 목사님 한 분이 조평달의 자택을 분주하게 드나들기 시작했다. 드나들면서 열심히 기도를 올렸다. 하지만 아무 기적도 일어나지 않았다. 여전히 오장육부 사대육신이 칼로 저미는 듯, 불로 지지는 듯 고통스러워서 견딜 수가 없었다. 결국 목사님은 사이비로 판명되었다.

목사님이 사이비로 판명되자 다시 스님 한 분이 문지방에 불이 나도록 뻔질나게 드나들면서 진맥을 보거나 약을 처방해 주기 시작했다. 그러나 백약이 무효였다. 예수님도 부처님도 조평달을 용서해 주실 생각이 없는 것 같았다.

그 무렵 '수캐의원의 브레이크 댄스'라는 제목으로 동영상 하나가 인터넷을 떠돌고 있었다. 청년애국애족단 출범식에서 조평달이 보여 주었던 기묘한 동작들을 담은 동영상이었다. 어느새 조평달은 국민 조롱거리로 전락해 있었다.

"어디 용한 무당 없어."

어느 날 조평달이 박 비서에게 던진 말이었다.

어느 날 거수님들께 긴급 제의가 들어왔다. 긴급 제의를 주도한 식물들은 이른바 정력에 좋다는 약을 조제할 때 주원료로 쓰는 나무와 약초들이었다. 산삼도 있었고 야관문도 있었다. 삼지구엽초도 있었고 미치광이풀도 있었다. 당귀도 있었고 지황도 있었다. 구기자나 오미자처럼 열매를 약재로 쓰는 나무들도 있었다.

"조평달의 양기를 주체하기 힘들 정도로 고양시켜 실수를 자행케 만들고 국회의원으로서의 명예와 품위를 밑바닥까지 실추시켜 버리는 전략을 제의합니다."

병원을 뻔질나게 드나들었으나 명쾌한 진단이나 처방을 얻어 내지 못한 조평달은 결국 한방 쪽으로 시선을 돌리기 시작했다.

장생원(長生院). 구본설(具本楔)이라는 오십 대 중반의 한의사가 운영하는 한의원이었다. 서울 장안평에 위치해 있었다. 진맥이 정확하고 약초를 엄선해서 쓰기 때문에 용하기로 소문난 한의원이었다.

"조평달의 양기를 주체하기 힘들 정도로 강화해서 실수를 유발시키자는 의도는 나약한 씨에 대한 억울함도 풀어 주어야 한다는 뜻이 내포되어 있습니다. 나약한 씨는 인기가 최상에 달했을 때 조평달의 농간에 의해 성폭행범이라는 누명을 쓰고 신문에 이름이 오르내리기 시작했습니다. 그 바람에 한평생 쌓아 올린 명예와 인기를 한꺼번에 잃어버렸습니다.

육체적으로나 정신적으로 극심한 고통에 시달려야 했습니다. 다행스럽게도 여러 거수님들과 수목님들의 노력으로 건강은 많이 회복되었습니다만 아직도 가슴에 응어리는 단단하게 뭉쳐서 풀리지 않은 상태입니다. 선처해 주시기 바랍니다."

몇 분의 거수님들이 회의에 동참하셨다. 그리고 매우 흥미로운 전략이라는 평가도 내려졌다.

양기가 떨어졌다는 사실을 자각하면 대한민국 남성들은 지구의 종말이라도 찾아왔다고 생각하는 사람들처럼 삶의 의욕을 상실해 버리는 특성을 가지고 있다. 그리고 양기를 보충할 수 있는 일이라면 물불을 가리지 않는 특성도 나타내 보인다. 정력에 좋다는 소문만 들으면 불개미, 굼벵이, 개구리, 뱀, 자라, 지네, 황소개구리, 물개 등을 가리지 않고 잡아 먹는다. 어떤 혐오 식품도 가리지 않는다. 대한민국에서 어떤 생명체가 정력에 좋다는 소문이라도 퍼지게 되면 그 생명체가 멸종 위기에 처할 지경에 이르게 된다.

조평달의 현재 건강 상태는 자동차로 따지면 폐차처분 일보 직전이다. 특히 양기는 완전히 고갈되어 있는 상태다.

"미치광이풀님께서 하시는 역할은 무엇인가요."

내가 직접 미치광이풀에게 물어보았다. 처음 듣는 이름인데다 호기심도 적지 않았기 때문이었다.

"저희들한테는 신경독소가 있습니다. 옛날에 소가 저희들을 뜯어 먹고 미쳐 날뛰는 모습을 본 사람들이 미치광이풀이라는 이름을 붙여 주었습니다. 한방에서는 동남탕이라는 이름을 쓰기도 하지요."

"이번에는 어떤 역할을 담당하실 건가요."

"환각 작용입니다."

진정 효과도 있지만 환각 효과도 있다는 것이다,

"환각 작용을 일으키는 성분이 필요해서 약재로 쓰실 때는 양 조절에 유의해야 합니다. 양 조절이 적당치 않으면 제정신으로 돌아오지 못할 수도 있습니다. 계속 미친 상태로 살아가야 하는 거지요."

중추신경을 마비시켜 사망에 이르게 할 수도 있다는 설명도 덧붙였다.

씨앗은 경련을 진정시키며 진통에도 효과가 있었다. 오랫동안 지속되는 설사나 이질 치료에도 쓰이며 잎은 천식이나 발작을 멈추게 하고 뿌리는 학질을 치료해 주기도 하는 약초였다. 본래 독을 적절하게 사용할 줄 알아야 명의라는 말이 있었다.

장생원의 한의사 구본설은 미치광이풀을 비법으로 자주 사용하는 의원이었다. 진맥과 처방에는 탁월한 능력을 가지고 있었으나 돈이라면 무슨 짓이든 사양치 않았고 때로는 약간의 편법이나 사기도 서슴지 않는 인물이었다.

"장생원에 전문으로 약을 제공하는 약초꾼이 있습니까."

"김해창이라는 사십 대 남자가 오래전부터 약초를 채취해서 공급하고 있습니다."

"김해창이 주 무대로 삼는 지역의 약초들에게 고유 성분을 강화시켜 달라고 부탁해서 조평달의 약을 지을 때 자연히 강한 작용을 일으키는 약이 되도록 합시다."

"성분의 강약은 대개 육안을 통해 모양이나 빛깔로 판단하는데 정확도는 많이 떨어집니다. 그리고 저울로 양을 조절하기 때문에 성분의 강약은 확연히 드러나지 않습니다."

쉽게 말해서 아무리 뛰어난 약초꾼이나 한의사라 하더라도 약 성분의 강약을 육안으로 정확하게 산출해 낼 수는 없다는 얘기였다. 그러니까 조평달이 복용하기 전까지는 성분이 강하다는 사실을 아무도 알 수가 없다는 것이다.

"식물들이 보유하고 있는 약 성분은 그 식물의 생명 유지에 필수적인 요소에 해당합니다. 열매를 약으로 쓰게 되는 빙의목들은 열매 몇 개를 제공한다고 생명의 위협을 느끼지는 않지요. 하지만 빙의초들은 뿌리까지 통째로 뽑히는 것이 상례입니다. 한마디로 목숨을 바쳐야 한다는 얘기지요."

"어지간한 식물들은 다른 생명체의 목숨을 살릴 수만 있다면 기꺼이 자신의 목숨을 바칠 수가 있다고 생각하는 존재들입니다. 물론 씨앗을 땅에 떨구어 종족을 보존하는 임무를 수행하고 난 다음이라야 헌신도 완벽한 기쁨이 되기는 합니다만."

"계절적으로는 지금이 적기라고 볼 수 있겠네요."

"맞습니다."

하지만 이번 계획이 만장일치로 채택되지는 않았다. 사사건건 반대 의사를 표명하는 식충식물은 아예 관심도 기울이지 않았고 특히 분재 거수님들은 매우 강도 높게 이번 계획을 비판하기를 서슴지 않았다.

"나는 이번 계획이 옳지 않다고 생각합니다."

수령 151세의 은행 분재 거수님이 반대에 앞장을 서셨다. 반대 의사를 표명하신 은행 분재 거수님은 김상필의 거실에 모셔져 있었다. 김상필은 조평달과 같은 정당의 국회의원이었다. 조평달과는 대학 선후배 사이로 교분이 매우 두터웠다. 조평달이 3년 선배였다. 두 사람 중 어느 한쪽이 정치적, 사회적 구설수에 휘말리기만 하면 서로의 방어막이 되어 주는 사이였다.

대부분의 분재 거수님들은 상류층 인간들의 지극한 보호를 받으면서 살아온 처지이기 때문에 신의와 도리를 중시하는 식물들의 입장에서 보면 거수님들의 반대는 너무나 타당한 일이었다.

"반대하는 이유 중의 하나가, 약으로써 다른 생명체의 건강을 보살펴야 마땅할 식물들의 고유 성분을 굳이 독으로써 다른 생명체의 건강을 해치는 일에 사용하는 것이 마땅한가 하는 점입니다."

"우리가 그 독을 정상적인 사람에게 쓰겠다는 것이 아니라

인간의 도리를 지키지 않는 매우 비정상적인 사람인 조평달
에게 쓰겠다는 것입니다."

"조평달 의원님을 비정상적인 사람으로 매도하는 이유가
무엇입니까."

"식물들이나 인간들 사이에서 도리와 신의를 벗어나는 악
행을 너무 많이 저지른 사람으로 평가되고 있습니다."

논쟁은 상당히 오래 지속되었다. 그러나 분재 거수님들을
제외하고는 아무도 조평달을 두둔하지 않았다. 결국 거수님
들을 대상으로 찬반을 묻는 표결이 행해졌다. 그리고 결과는
계획을 실천에 옮기는 쪽으로 결정되었다.

"조상이 노하셨구먼."

"그렇습니까."

"제 배 불리는 일에만 혈안이 되어 있고 조상은 거들떠보
지도 않으니 노하지 않을 조상이 어디 있겠나."

"제사는 꼬박꼬박 잘 모시는 걸로 알고 있습니다만."

"아, 형식적인 제사 따위를 누가 못 모셔."

"그럼 뭐가 문제입니까."

"정성이 안 보여, 정성이."

"어떻게 해야 되겠습니까."

"단단히 화가 나셨기 때문에 노기가 쉽게 풀리지는 않겠어."

국회의원 조평달의 비서 박대형은 무당과 마주 앉아 있

었다. 용주(龍珠) 무당. 용의 구슬인 여의주(如意珠)를 얻었다는 뜻으로 용주 무당이라는 이름이 붙여졌는데 용하다는 소문이 파다했다. 용들을 부리는 신의 계시로 얻었다는 구슬을 이용해서 점을 치거나 병을 치료하는 능력을 가졌다고 알려져 있었다. TV에도 몇 번 출연한 경력을 가지고 있었다.

바깥에서 세 시간이나 기다렸다가 가까스로 용주 무당을 대면할 수 있었다. 마흔이 조금 넘어 보이는 여자였다. 갸름한 얼굴에 화장을 짙게 하고 약간 마른 체형에 개량 한복을 걸치고 있었다.

무당은 조상의 미움을 받아 조평달의 건강이 악화되었고, 정신도 오락가락하게 되었으며, 굿을 해서 조상을 달래지 않으면 목숨까지 위태롭다고 단언했다.

"최근 가족들 앞에서 본의 아니게 큰 실수 하나를 저질렀구먼."

박 비서는 감탄하지 않을 수 없었다. 언젠가 조평달이 대변을 보던 중 귀신을 목격하고 허겁지겁 화장실을 뛰쳐나와 가족들에게 엉덩이를 보였던 사건을 무당이 알고 있다고 생각했다. 당시 박 비서는 현장에 없었지만 고용인들 사이에는 소문이 파다하게 퍼져 있었다.

하지만 무당은 대충 상투적으로 던져 본 말이었다. 대한민국 가장치고 가족들에게 큰 실수 안 하고 살아가는 가장은 드물다. 본의 아니게 아이들에게 상처를 주는 언행도 저지를 수 있고 본의 아니게 마누라의 속을 뒤집는 언행도 저지를 수 있다. 하지만 박 비서는 그 말 한마디로 용주 무당의 신통력을 믿어 의심치 않았다.

"굿을 해야 합니까."

"왜, 굿이 못마땅한가."

"그, 그런 뜻이 아닙니다."

"굿이 못마땅하다면 나로서도 방도가 없어."

"그, 그런 뜻이 아니라 굿을 해야 한다면 비용이 얼마나 들지 여쭈어볼 생각이었습니다."

"의원님 목숨이 중한가, 돈이 중한가."

"그야 당연히 의원님 목숨이 중하지요."

박 비서는 반드시 굿을 성사시키겠다는 뜻을 밝히고 무당에게 작별 인사를 했다.

먹방 시대

서울이다. 하늘이 뿌옇게 흐려 있다. 거기 뿌옇게 흐려 있는 하늘 언저리, 해 하나가 기력 없는 몰골로 빈혈을 앓고 있다.

나는 지렁이 분변토가 필요해서 상경했다. 지렁이 분변토는 나무들의 최고급 영양 식품에 해당한다. 하지만 지렁이 분변토는 전화로도 구입이 가능하다. 솔직하게 말해서 세은이 보고 싶었다.

숙소는 여전히 서대문에 있는 레지던스로 정했다. 내가 호텔보다 레지던스를 선호하는 이유는 첫째, 호텔에서는 라면을 끓여 먹을 수가 없고 둘째, 차를 달여 마실 수가 없기 때문이다.

하지만, 레지던스는 며칠씩 체류하면서 손수 라면도 끓여 먹을 수 있고 차도 달여 마실 수 있는, 내게는 매우 적성에 맞는 숙박 시설이다. 방도 여러 칸 구비되어 있고 주방 설비도 비교적 잘 갖추어져 있어서 가족 단위로 묵어가기에 적합하다.

하지만 나는 가족이 없다. 친인척들과도 인연을 끊고 산다. 언제나 혼자 레지던스에 묵는다. 물론 세은이 잠시 머무르다 가기는 하지만 아무 일도 일어나지 않는다. 나는 그것이 내가 지나치게 소심하기 때문이라고 생각한다.

천고마비지절. 거리에는 가을이 한창이다. 가로수 잎들이 단풍으로 물들고 있다. 하늘이 높아지고 말이 살찐다는 계절이다. 하지만 하늘만 높아지는 것은 아니다. 물가와 생활고도 높아진다. 자연히 서민들의 한숨 소리도 높아진다.

세월이 흐를수록 사람값도 떨어지고 행복지수도 떨어진다는 사실이 피부로 느껴진다. 낮아져야 할 것들은 높아지고 높아져야 할 것들이 낮아진다는 사실도 피부로 느껴진다. 그런 생각들을 하면 나와는 직접적인 일도 아니고 내가 책임을 져야 할 일이 아닌데도 공연히 기분이 무거워진다.

지렁이 분변토를 다목리 수목원으로 보내고 친구 놈한테 전화를 걸었다. 퇴근 시간이 임박해 오고 있었다. 친구 놈은 다행히 선약이 없었다. 오랜만에 저녁 식사를 같이 하기로

했다. 그런데 무엇을 먹을지는 아직 결정하지 못했다.

요즘은 TV만 틀면 온통 먹방이다. 대한민국의 모든 매체들이 전 국토의 식당화를 이룩하려는 의지를 표명하고 있거나, 온 국민의 비만화를 실현하려는 의지를 표명하고 있는 듯한 양상이다. 하지만 막상 식사를 하겠다고 작정하면 마땅한 음식이 떠오르지 않는다.

우리는 몇 가지 음식들을 나열해 보다가 다 별로 내키지 않는다는 결론에 도달했다.

"세은 씨한테 물어보고 정하기로 하는 게 어떠냐."

나로서는 마다할 이유가 없었다.

"저녁 먹고 오랜만에 가볍게 영화나 한 편 때리는 건 어떠냐."

친구 놈의 제의였다.

영화. 너무 오랫동안 잊고 있었던 단어였다. 그래, 영화라는 것이 세상에 존재했었지. 나는 오래전 침대 시트 밑에 감추어 두고 까마득하게 잊어버렸던 비상금을 발견했을 때처럼 갑자기 기분이 좋아졌다.

다목리에서 영화를 보려면 화천 읍내로 나가거나 춘천 시내로 나가야 한다. 번거롭다는 사실은 생각만으로도 나를 번거롭게 만든다. 질색이다.

나는 그다지 바쁜 처지도 아니면서 영화라는 매체를 이토록 까마득히 잊고 살았다는 사실에 놀라움을 금치 못할 지경이다.

"요즘 볼만한 영화라도 있냐."

내가 물었다.

"〈데몰리션〉이라는 영화가 있는데 토론토 국제 영화제 개막작이다."

"액션이냐."

"제목이 액션 같기는 한데 리뷰들을 읽어 보면 액션은 아닌 것 같더라. 감상평들은 전체적으로 괜찮은 편이야. 네티즌 평점은 팔이 넘으니까."

영화는 〈데몰리션〉으로 정해졌다. 이제 저녁을 어떤 음식으로 때울 것인가를 정하는 일만 남아 있었다.

약속한 식당으로 갔을 때 박태빈 검사는 아직 도착 전이었고 세은은 먼저 도착해 있었다. 그녀는 속살이 약간 비치는 하늘색 니트에 하얀색 스키니진을 입고 있었다. 그녀의 하늘색 니트에 가을이 여린 농담으로 묻어나고 있었다. 상큼해 보였다. 이내 박 검사가 도착했다. 나는 때와 장소에 따라 박태빈 검사의 호칭에 각별히 신경을 쓴다.

타인이 있을 때는 박 검사.

타인이 없을 때는 친구 놈.

오늘 박 검사의 의상은 계절과 아무 상관이 없었다. 정장에 넥타이 차림이었다.

식당은 붐비고 있었다. 세은이 저녁 식사로 추천한 음식은 짱뚱어탕이었다. 그녀의 외모나 분위기와는 전혀 어울리지 않는 음식이었다. 나로서는 한 번도 들어 본 적이 없는 음식이었다.

세은은 언젠가 순천시가 주관했던 세계 정원 박람회 구경을 갔다가 유명한 맛집의 짱뚱어탕을 먹게 되었는데 구수하고 얼큰한 맛에 반해서 서울에도 잘하는 집이 있지 않을까 싶어 수소문해 보았더니 광화문에 짱뚱어탕을 전문으로 하는 음식점이 있더라는 것이다. 박 검사도 가끔 먹어 본 음식이라고 했다. 나만 처음이었다.

주재료인 짱뚱어에서부터 밑반찬을 대표하는 꼬막에 이르기까지 모든 재료들을 순천에서 공수해 온다는 음식점이었다. 손님들이 문전성시를 이루고 있었다.

음식을 기다리는 동안 박 검사는 또 아재개그 보따리를 풀어 놓기 시작했다.

"얼음이 첫 애를 낳으면 뭐가 될까."

박 검사가 개그 일발을 발사했다.

"얼라 아닐까."

내가 자신감이 좀 떨어지는 목소리로 대답했다.

"많이 근접한 듯한 느낌을 주기는 하지만 정답과는 거리가 너무 멀다."

"궁금해요. 빨리 정답 말해 주세요."

세은이 재촉했다.

"얼음이 첫 애를 낳으면 빙초산입니다."

"듣고 보니 그러네요."

세은이 수긍하는 기색을 보이자 친구 놈이 탄력을 받은 모양이었다.

"남자 몸에서 짜낸 젖은."

"뜸 들이지 말고 빨리빨리 정답을 쏴라."

"맨유."

"자동차의 배꼽을 영어로 하면."

"카네이블."

"아예 번역을 하는구나."

"뭔데요."

"카센터."

"얼어 죽은 물소를 한자어로 뭐라고 하나."

"모른다."

"동사무소."

"아이스 홍시에 살아 있는 심지를 박으면, 사자성어로 뭐가될까."

"아무리 생각해도 모르겠어요."

"걍 정답 투척해라."

"언감생심."

아이스 홍시니까 언 감이고 살아서 꿈틀거리는 심지니까

생심, 합해서 언감생심, 반론의 여지가 없었다. 들을 때는 난해하기 짝이 없는 문제 같은데 정답을 말해 주면 피식 웃음을 흘리면서 고개를 끄덕거리게 된다. 그게 아재개그의 특징이다.

"어디서 베낀 거냐."

내가 물었다.

"오늘은 몽땅 창작 개그다."

박 검사가 대답했다.

"이참에 법조계 은퇴하고 아예 개그계로 진출해라."

내가 빈정거리는 어투로 말해 주었다.

하지만 박 검사는 얼마나 웃을 일이 없는 세상이면 아재개그가 대세를 이루겠느냐고 시대를 한탄하기 시작했다. 박 검사는 우리 문화의 특징이 해학과 풍자라고 역설했다. 유머와 재치를 케첩과 마요네즈에 비유한다면 풍자와 해학은 된장이나 고추장에 비유된다는 설명이었다. 맛의 깊이 면에서 현격한 차이가 있다는 주장이었다.

"하지만 저는 케첩과 마요네즈가 입에 맞을 것 같은데요."

세은이 솔직하게 고백했다. 박 검사는 그래도 굴하지 않고 해학과 풍자의 우월성을 열거하기 시작했다.

"여러분은 고리타분하다고 생각하실지 모르지만 정체성 확립을 위해서라도 우리 고전문학 좀 다시 읽어 보도록 합시다. 『심청전』, 『춘향전』, 『별주부전』 등을 다시 읽어 보시면 제 말에 동의하지 않을 수 없을 겁니다."

친구 놈의 속담 예찬론이 고전문학 예찬론으로 넘어갈 기미를 보이고 있었다. 나는 녀석의 입을 틀어막고 하지 마, 라고 소리치고 싶은 충동을 느꼈다.

그때 다행스럽게도 기다리던 짱뚱어탕이 나왔다. 뚝배기에서 짱뚱어탕이 바글바글 끓고 있었다. 함께 나오는 반찬들도 이채롭고 즐비했다. 이렇게 장사를 하면 무슨 이윤이 남을까 싶을 정도였다. 정갈하게 차려져 있었다.

"살찌면 어쩌지."

세은이 혼잣소리로 중얼거렸다.

"살찌실 각오하고 추천하신 음식 아닌가요."

내가 농담조로 말했다.

"괜찮아요. 맛있게 먹고 스웨터 한 벌 짜면 되겠지요."

"스웨터를 짜다니요."

"어느 책에서 읽었는데 집중력이 지방을 분해하는 데 탁월한 효과가 있대요. 그래서 저는 살이 찐다 싶을 때는 뜨개질에 몰두하는 버릇이 있어요."

"오, 처음 듣는 정보입니다."

"그 책에 의하면 현대인들이 비만을 걱정할 수밖에 없는 이유가 집중력을 필요로 하는 일로부터 멀어졌기 때문이래요. 옛날 사람들은 뜨개질, 가마니 짜기 새끼 꼬기, 빨래, 연자방아 돌리기, 다듬이질, 절구질, 자수, 바느질 등 집중력을 요하는 일들을 많이 했기 때문에 비만을 걱정할 필요가 없었대요."

그녀는 세네카나 간디나 산중의 노스님들이 깡마른 체형을 가지고 있는 이유가 모두 명상을 통한 집중력 때문이라고 주장했다.

아무튼 방송국들마다 전 국토의 식당화와 전 국민의 비만화에 매진하는 듯한 먹방 시대. 젊은 층은 주식이든 간식이든 만나기만 하면 휴대폰을 꺼내 들고 셔터를 누른다. 그리고 자신들의 블로그나 SNS나 카페에 음식 사진들이나 레시피를 자랑하듯 올린다. 그러면서도 현대인들은 틈만 나면 비만을 염려한다. 내가 그러한 행동들을 이해할 수 없다고 이야기하자 박 검사가 질문 하나를 던졌다.

"네가 결혼을 했다고 가정하자. 어느 날 와이프가 너한테 나 살 좀 찐 것 같지 않아, 라고 물었다. 네가 보기에도 약간 살이 좀 찐 것 같아 보인다. 어떻게 대답할 거냐."

무슨 함정이 숨어 있는 질문 같았지만 나는 정직하게 대답했다.

"나 같으면 당연히 살이 좀 붙은 것 같기는 하다고 대답할 거야."

"너는 그래서 평생 모태 솔로를 벗어날 수가 없는 놈이야."

"그럼 뭐라고 대답해야 하냐."

"앞뒤 잴 겨를도 없이 아니, 날씬해, 라고 대답해야지."

"살이 찐 거 같아 보이는데도 말이냐."

"당연히."

"절대로 살이 찐 거 같다고 말씀하시면 안 돼요."

세은까지 거들고 있었다.

하지만 나는 어릴 때부터 거짓말은 무조건 나쁘다는 생각을 견고하게 굳히면서 살아온 전력을 가지고 있다. 때로 그것이 무심한 거짓말이라 하더라도 얼마나 크나큰 실망과 상처로 남게 되는가를 숙고해 볼 필요가 있다는 생각이었다. 물론 나도 때에 따라서는 선의의 거짓말을 할 수도 있다는 사실을 인정하지 못할 정도로 앞뒤가 꽉 막힌 남자는 아니었다. 그러나 남들에게는 선의의 거짓말이 있을 수 있어도 내게는 선의의 거짓말이 있을 수 없다는 입장이었다. 그래서 전시에 적군에게 붙잡혀 가면 고문도 당하기 전에 자진해서 다 불어 버리지나 않을까 염려스러울 정도였다.

그렇다. 다른 사람도 아닌 와이프인데 살이 찐 것 같아 보이면 살이 찐 거 같아 보인다고 왜 말하지 못한단 말인가. 그런데 친구 놈과 세은은 안 된다는 주장이다. 내가 모르는 사이 살쪘다는 말이 대국민 금기어로 선포된 모양이다.

"살이 찐 것 같은데 살이 찐 것 같다고 말하면 안 되는 이유가 뭐냐."

"여자의 마음을 헤아릴 줄 아는 남자가 우환을 피할 줄 아는 남자라는 뜻이다."

"그게 무슨 스티브 잡스 사과 베어 물다 앞니 부러지는 소리냐."

나는 왜 정직하게 말하면 안 되는지 도저히 납득할 수가 없었다. 하지만 더 이상 따져 묻지는 않았다.

여자는 밥상 들고 문지방을 한 번 넘을 때마다 생각이 열두 번도 더 바뀐다는 속담은 나도 알고 있었다. 또 여자는 전철 한 구간 지날 때마다 생각이 육십 번도 더 바뀐다는 속담도 알고 있었다. 하지만 나는 왜 여자가 그토록 자주 생각이 바뀌어야 하는지 아무리 생각해도 이해할 수가 없었다. 그래서 그 속담들이 지나치게 여자의 변덕을 과장하고 있는 것이 아닐까 의구심을 가질 수밖에 없었다. 아무튼 여자에 관한 것이라면 나는 입을 다무는 것이 상책이라고 믿는 쪽이었다.

나는 숟가락을 집어 들었다. 그때였다.

"돌발 퀴즈."

박 검사가 내게로 손바닥을 뻗어 숟가락질을 저지하는 시늉을 해 보이며 갑자기 소리쳤다.

"헤어날 수 없는 매력을 대표하는 외모의 소유자는."

저놈의 개그 본능을 어찌하랴.

헤어날 수 없는 매력을 대표하는 외모 속에는 어떤 함정이 숨어 있을 것이다. 도대체 어떤 함정일까. 나는 도무지 감을 잡을 수가 없었다.

"너무 어렵다."

"모르겠네요."

세은도 나도 정답을 포기했다는 의사를 표명했다.

"헤어날 수 없다는 사실에 힌트가 숨어 있어."

"때로는 힌트가 함정일 수도 있지."

"그러면 맞힐 수도 있겠는데, 정답이 뭐겠냐."

박 검사가 집요하게 정답을 강요하고 있었다. 그래도 정답은 나오지 않았다.

"헤어날 수 없는 경우가 어떤 경우인가를 생각해 봐라."

"정신을 못 차리는 경우가 아닐까요."

세은이 자신 없는 어투로 대답했다.

"정답에서 많이 멀어지셨습니다."

"헤어가 날 수 없다면 대머리 아니겠습니까."

녀석이 자진해서 정답을 실토하고 말았다.

"쌍칼."

"영어였군요."

빌어먹을 놈의 아재개그. 이젠 동서를 넘나드는구나.

아재개그가 도자기처럼 잘 깨지는 물건이었다면 벽에다 힘껏 내던져 버리고 싶은 심정이었다.

"제가 낫 놓고 기역 자가 아니라 엘 자를 몰랐네요."

세은이 웃으면서 말했다.

아무튼 박 검사는 그 짧은 순간에 또 하나의 아재개그를 작렬시키는 순발력을 보여 주었다. 당분간은 검찰청장도 법무부 장관도 친구 놈의 아재개그에 대한 열정을 말릴 수가 없을 거라는 생각이 들었다.

극장은 한산했다. 하지만 영화는 볼만했다. 배우들의 연기도 제법 괜찮았고 전개되는 스토리도 제법 괜찮았다. 극장을 나서면서 너무 오랜만에 영화를 보았다는 사실을 다시 실감하고 있었다.

"모처럼 만났는데 그냥 헤어질 수는 없고 어디 분위기 있는 술집에 가서 모처럼 술이나 한잔 마실까."

극장 앞에서 걸음을 멈추고 박 검사가 말했다.

"죄송해요. 저는 내일 중요한 미팅 때문에 여기서 헤어져야 할 것 같아요."

세은이 말했다.

"중요한 미팅이라면 어쩔 수가 없지요."

내가 말했다.

결국 세은은 먼저 집으로 돌아갔고 박 검사와 나는 술집을 물색해 보기 시작했다.

박 검사가 가끔 들른다는 무교동의 조용한 술집에 들러 우리는 맥주를 마시고 있었다.

"오늘 자 석간에 조평달에 관한 기사 하나가 떴던데 니들이 무슨 수를 썼는지 그 꼰대 요즘 행보가 비틀비틀이더라. 그대로 가면 완전히 매장당할 수도 있겠던데."

친구 놈이 맥주를 따르면서 말했다. 평소 폭탄주를 선호하는 놈인데 요즘 중대한 사건 하나를 맡아서 가급적이면 술을 멀리하고 있다는 것이다. 나는 원래 독주를 그다지 선호하지 않는 편이고 친구 놈이 폭탄주를 마실 때도 혼자 맥주를 들이켜는 체질이다.

"우리는 아무 일도 안 했다."

내가 친구 놈에게 말했다.

"나한테까지 오리발이냐."

"어떤 기사였는데."

어쩌면 우리의 응징과는 상관없는 기사일지도 모른다는 생각을 했다.

"그 꼰대 옛날에 골프장 캐디 성희롱 때문에 곤욕을 치른 적도 있잖아. 그런데 아직도 정신 못 차린 모양이더라. 인터뷰하러 집무실로 찾아간 기자한테 안아 보고 싶은 충동을 느끼게 만드는 미모를 가졌느니 가슴이 풍만하다느니 헛소리를 남발해서 또 성희롱으로 구설수에 올랐다."

나는 그 말을 듣자 삼지구엽초라는 약초와 미치광이풀이라는 약초를 떠올렸다. 백량금의 제보에 의하면 보름 전 조평달이 한약을 한 재 구입해서 달여 먹기 시작했다는 것이다. 삼지구엽초는 정력을 강화시켜 주는 약초로 알려져 있었고 미치광이풀은 환각 작용을 일으키는 약초로 알려져 있었다. 벌써부터 약발이 고개를 쳐들기 시작하는 모양이라고 나는 생각했다.

"저 상태라면 검찰이 나서기도 전에 조평달은 자동 폐기 처분되지 않을까."

친구 놈이 말했다.

"기사회생할 기회라도 주자는 거냐."

"그런 뜻은 아니고 어떤 방법을 썼는지 궁금하다는 뜻이다."

"우린 아무 짓도 안 했다니까."

"어련하시겠냐."

우리는 함께 보았던 영화 〈데몰리션〉에 대해 잠시 얘기를 나누다가 약 한 시간 전에 자리를 떠 버린 세은에게로 화제를 돌렸다.

"어떠냐, 내가 보기에는 서로 사이가 가까워진 것 같기는 하던데."

"가까워지기는 했다."

"그런데 뭐가 문제냐."

"아직 나한테 적극적으로 호감을 표명하지는 않았다."

"그건 네가 먼저 해야 하는 거 아니냐."

"아직도 내 성격 모르냐."

"평생 모태솔로로 살아라."

"하늘 아래 둘도 없는 친구를 자처하는 놈이 악담하는 꼬라지 보소."

"요즘 그만한 여자 만나기도 힘드니까 분발 좀 하라는 뜻
이다."

"나도 물론 잘해 보고 싶지."

"그런데 뭐가 문제냐."

"용기가 안 생겨. 썅칼."

우리는 자정이 가까워질 무렵에야 술집을 나섰다. 날씨가
제법 쌀쌀해져 있었다.

밤이다. 조평달의 대저택. 드넓은 정원에 불이 환하게 켜져
있다. 장구 소리, 징 소리가 끊임없이 이어지고 있다. 용주 무
당의 주관으로 굿이 진행되고 있는 중이다. 굿판을 중심으로
사람들이 둥글게 도열해 있다. 조평달의 가족들과 친인척들
이 대부분이다. 장대 끝에는 각종 깃발들이 펄럭거리고 하늘
에 드리워진 휘장마다 원색의 지화들이 만발한 채 매달려 있
다. 임시 가건물로 급조된 신당 벽에는 여러 신명들의 얼굴이
그려져 있다. 한눈에 보기에도 작은 굿이 아니다. 이 정도로
굿판을 벌이려면 돈도 적지 않게 들어야 한다.

하지만 조평달은 지금 지푸라기라도 붙잡아야 할 처지다.
육신도 엉망진창, 정신도 엉망진창이다. 목사도 소용없었고
스님도 소용없었다. 심신이 편할 수만 있다면 무엇이든지 하
겠다는 각오가 되어 있었다. 한 걸음 건너 실수가 기다리고

있었고 한 걸음 건너 망신이 기다리고 있었다. 굿이라도 하는 수밖에 없다는 생각이 들었다. 돼지도 한 마리 잡았고 소도 한 마리 잡았다. 제수 상에는 상다리가 부러질 정도로 음식들이 푸짐하게 차려져 있다. 무당집을 다녀온 박 비서 말로는 조상이 노했다는 것이다.

굿이 시작된 지는 한 시간이나 지났지만 아직 조상들은 등장하지 않은 상태다. 다만 용주 무당이 조평달의 식구들과 친인척들에게 호통을 치고 있는 중이다.

"네놈이 누구 덕으로 국회의원을 해 먹는 줄 아느냐. 조상들의 보살핌이 없었다면 어림도 없는 일인 줄 왜 모르느냐. 고작 일 년에 제사나 한두 번 모시는 걸로 효성을 다했다고 생각하느냐. 떵떵거리는 벼슬자리에 앉았으면 조상을 잘 모실 줄 알아야지, 걸판지게 잔치 한번 벌인 적이 없으니 얼마나 조상을 우습게 알면 그러겠느냐."

용주 무당이 호통을 칠 때마다 무당의 제자라는 사람들이 미리 일러 준 대로 가족들은 머리를 조아리면서 손바닥을 분주하게 비벼 대고 있었다. 손바닥을 분주하게 비벼 대면서, 잘못했습니다, 잘못했습니다 소리만 연발하고 있었다. 하지만 용주무당의 언성은 갈수록 고조되고 있다. 제수 상에는 커다란 돼지머리 하나가 비치되어 있었는데 콧구멍과 귓구멍과 벌어진 입에는 이미 돌돌 말린 지폐들이 가득 꽂혀 있다.

휘모리로 진행되던 장구 소리와 징 소리가 갑자기 자진모

리로 바뀌었다. 용주 무당도 갑자기 힘차게 뛰어오르기 시작
했다. 그러다가 목소리까지 확 바뀌어서 사설을 늘어놓기 시
작했다.

"우리 신애기는 내가 누군지 모르지. 내가 누군지 말해 줄
까. 나는 평달이 할머니가 살던 동네에서 무당 노릇을 하던
옥순이 할매야. 오늘 우리 신애기가 굿을 한다기에 고운 입성
이나 한 벌 얻어 입고 음식이나 배불리 먹을까 하고 들어왔
어. 물론 내가 대접 잘 받으면 복을 빌어 주기도 하고 액운을
쫓아 주기도 하지."

말이 떨어지기가 바쁘게 용주 무당과 그녀의 제자들이 옥
색 옷 한 벌을 챙겨 주었다. 그다음부터 여러 귀신들이 조평
달을 도와준다는 명분으로 줄줄이 용주 무당에게 들어와 음
식을 대접 받거나 옷을 얻어 입고 물러났다. 굿판 한편에는
각양각색의 비단옷들이 무더기로 쌓여 있었다. 옷값만 하더
라도 상당할 것 같았다.

귀신이 바뀔 때마다 조평달의 가족들과 친인척들은 머리
를 조아리며 도와 달라는 소리를 되풀이했고 간헐적으로 돼
지머리 앞에 수표가 들어 있는 봉투가 놓이곤 했다. 박 비서
가 악사 중의 하나에게 귓속말로 일러 주면 그가 이십만 원
입니다, 또는 오십만 원입니다 하고 큰 소리로 복창했다.

장구 소리와 징 소리가 자진모리에서 휘모리로, 다시 휘모
리에서 자진모리로 바뀌면서 귀신이 들기도 하고 나기도 했

다. 용주 무당은 아예 굿 한 판으로 팔자를 고치겠다고 작정한 모양이었다. 수시로 정성이 부족하다는 호통을 일삼았고 그때마다 가족들은 '잘못했습니다, 노여움을 거두소서' 소리를 연발하면서 손을 싹싹 비비거나 허리를 굽실거리거나 머리를 조아리기 일쑤였다.

물론 조평달도 처음부터 굿판 특별석에 앉아 있었다. 그런데 아무래도 조평달은 아까부터 정상적인 상태가 아닌 것 같아 보였다. 악기 소리가 고조될 때마다 히쭉히쭉 웃음을 흘리는 것도 이상했고 자주 두 손으로 사타구니를 움켜잡는 모습도 이상했고 입가에 침을 질질 흘리는 모습도 이상했다. 눈동자도 게슴츠레하게 풀려 있었다.

"당신 괜찮아요."

부인이 수시로 물어보았는데 그때마다 조평달은 한쪽 손을 번쩍 들어 보이며 호기 있는 목소리로 "노 프라블럼"이라고 일축했다.

"쉬이이 물렀거라아아. 조상님들 드신다아아."

마침내 용주 무당이 길게 외쳤다.

갑자기 악기 소리가 천지를 찢어발길 듯 고조되면서 태평소가 밤하늘에 금빛 찬란한 선율로 날카롭게 울려 퍼지기 시작했다. 한동안 신명 나는 장단과 가락이 이어지고 있었다. 용주 무당이 붉은 모자에 붉은 저고리와 초록 치마를 걸치고 하얀 천을 양손으로 펄럭거리면서 덩실덩실 춤을 추고 있었다.

그때였다. 무슨 까닭인지 사타구니를 움켜잡고 고통스러운 표정을 짓고 있던 조평달이 총알처럼 튕겨져 무당에게로 달려가고 있었다. 말릴 겨를이 없었다.

조평달은 순식간에 용주 무당을 멍석 바닥에 쓰러뜨리고 분주하게 엉덩이를 들썩거리며 발정 난 짐승의 수컷이 보여 주는 동작을 그대로 적나라하게 보여 주기 시작했다. 순식간에 굿판은 난장판으로 변해 가고 있었다.

산천어 얼음낚시

숲이다.
날씨가 싸늘하다.
가을이 문을 닫고 있다.
바람이 분다.
낙엽들이 흩날리고 있다.

나는 숲이 탄주하는 음악 소리에
귀를 기울이고 있다.
음악 소리에 의해 낙엽이 흩날리고
음악 소리에 의해 가을이 문을 닫는다.

숲의 머리 위로
양은색 달 하나가 떠 있다.

달빛 아래서는
모든 사물들이 시어가 된다.
시어가 되어
혈관 속에 들어와 반짝거린다.
나무들은 달빛으로 영혼을 씻는다.
영혼을 씻고 혹한의 겨울을 기다린다.

울지 마라.
울지 마라.

살다 보면 이별할 때도 있는 법이다.
가을 끝나면
긴 울음 남긴 채
통곡같이 범람하는 서녘 하늘.
그 하늘 가로질러 제 모습 지우고
정처 없이 떠나가는 기러기 떼.

꽃들은 모두 시들어
고개를 깊이 떨구고

긴 침묵 속에 **빠져** 있다.

모든 상처를 아물게 하는 달빛.

그립거나

쓰라리거나

아프거나

억울해서

살 속 깊이 문신으로 새겨진 사연들은

모두 하늘로 가서 달빛이 된다.

달빛이 되어 숲을 적신다.

울지 마라.

울지 마라.

가을 끝나면

새들도 제 살 땅이 어딘지 알고 있다.

나무들도

아픈 기억을 한 잎씩 떨구어

제 시린 발등을 덮는다.

사랑하라.

사랑하라.

숲이 탄주하는 음악은
투명한 음표들로 강물 같은 화음을 이루며
흘러간다.
들으면 들을수록 영혼이 맑아지는 합창 소리로
달빛 비늘 넘실거리는 바다를 연다.

핏빛 그리움으로 몸살을 앓던 단풍들도 어느새 사위어 가더니 몇 차례 추적추적 비가 내리고 이내 수은주의 눈금이 급격히 떨어져 내렸다.

다목리의 가을은 다른 지역보다 빨리 문을 걸어 잠근다. 산들이 퇴락한 빛깔로 돌아누워 깊은 침묵에 빠져 있다. 아침저녁으로 겨울 예감이 뒷짐을 진 채 어슬렁거리며 집 안을 기웃거린다. 내복을 착용하지 않으면 감기에 걸리기 십상이다.

"산천어 얼음낚시 재미있나요."

어느 날 전화로 세은이 내게 물었다.

"낚시도 사람을 미치게 만드는 도락 중의 하나지요."

"산천어 얼음낚시, 왠지 낭만적일 거 같아요."

"가르쳐 드릴까요."

"당장 배울 수 있나요."

"산천어 얼음낚시는 문자 그대로 얼음이 얼어야 할 수 있어요."

바다낚시와 민물낚시를 모두 합치면 수십 가지가 되겠지만 그중에서도 산천어는 루어낚시나 플라이낚시가 제격이다.

화천은 산천어 축제로 유명한 고장이다. 그중에서도 산천어 얼음낚시가 가장 인기가 있다. 축제 때는 국내외 관광객이 150여만 명이나 몰려든다. 화천 인구는 2만여 명. 인구 2만여 명이 한 해 겨울에 150여만 명의 관광객을 얼음판으로 불러들이는 것이다.

산천어 얼음낚시는 견지 낚싯대라는 도구를 사용한다. 연을 날릴 때 사용하는 얼레처럼 생긴 낚싯대인데 고패질을 해서 물고기를 유인한다. 미끼는 지렁이나 피라미로 위장된 가짜 미끼를 쓴다.

세은은 전화를 걸 때마다 묻는다.

"아직 얼음이 얼지 않았나요."

산천어 얼음낚시를 할 때가 멀었느냐는 뜻이다.

"날씨는 싸늘해졌지만 아직 살얼음도 얼지 않은 상태입니다."

"얼음이 어느 정도 얼어야 산천어 얼음낚시가 가능한가요."

"두께가 이십 센티 이상은 되어야 안전합니다."

나는 아직도 그녀의 전화를 받고 나면 기묘하게도 혈관 속이 환하게 밝아지면서 세포들이 술렁거리기 시작한다. 그녀는 별것도 아닌 얘기에 어쩜, 대애박, 멋져요, 오모나 등의 리액션을 아낌없이 터뜨려 준다. 그녀와 통화를 하고 있으면 때로는 중력이 완전히 사라져 버리고 몸이 두둥실 허공으로 떠

오르는 듯한 착각에 사로잡히기도 한다. 산천어 얼음낚시를
가면 그녀가 어떤 반응을 보일지 궁금해진다. 하지만 아직
얼음이 얼지는 않았다. 첫눈도 내리지 않았다.

며칠 전 청평의 인적이 드문 산기슭에서 토막 시체 한 구가
발견되었다. 경찰은 지난여름 경주에서 실종된 여대생으로
추정하고 있었다. 실종된 여자가 토막 시체로 발견된 것은 이
번이 세 번째였다. 두 달 간격으로 한 명씩 여자가 토막 시체
로 발견되었다. 이른바 연쇄살인이었다.

그러나 범인은 오리무중이었다. 여러 가지 정황으로 미루
어 동일범의 소행이 분명했으나 경찰은 단서를 잡지 못하고
있었다. 검경합동수사본부가 설치되었다. 때마침 박태빈 검
사가 진두지휘를 담당하고 있었다.

나는 수목들로부터 얻은 사건 정보들을 비교적 소상하게
정리해서 박태빈 검사에게 넘겨주었다. 범인은 서른두 살의
미국인 영어 강사였고 열흘 후에는 미국으로 돌아갈 예정이
었다. 수목들이 제공해 준 정보가 아니었다면 미제 사건으로
파묻힐 가능성이 짙었다. 수목들은 범행에 사용했던 흉기나
밧줄 따위의 증거물들을 어디에서 구입했고 어디다 은닉했
으며 어떤 방식으로 알리바이를 조작했는가를 소상하게 알
려 주었다.

물론 박태빈 검사의 맹활약으로 범인은 쉽게 검거되었다.

하지만 범인은 교활하면서도 지능적인 방식으로 진술을 번복하거나 범행을 부인하면서 수사진을 골탕 먹이곤 했다.

먹고살기가 힘들기 때문일까. 세상은 갈수록 험악해지고 있었다. 하루에도 몇 건씩 강력 범죄들이 발생했다. 범죄만을 놓고 판단한다면 세상은 악마가 지배하는 것이 분명했다. 범죄들은 한결같이 끔찍하고 파렴치하고 잔인무도해서 인간의 소행이라고는 믿기 어려운 사건들이 부지기수였다. 마치 나라 전체가 정신병을 앓고 있는 것 같았다. 일부 기독교인들이 입에 거품을 물고 떠들어 대는 말세가 바로 지금이 아닐까 의심스러울 지경이었다.

나는 사건이 일어날 때마다 수목들의 협조를 얻어 사건 해결에 필요한 정보를 수집하고 정리해서 박태빈 검사에게 넘겨주었다.

"유익현의 근황이 궁금하지 않으십니까."

어느 날 백량금이 내게 물었다. 나는 궁금하다고 대답했다.

"염사해서 보여 드릴까요."

"그러면 고맙지."

유익현은 날마다 일찍 외출해서 골목을 찾아다니는 버릇을 가지고 있었다. 그리고 골목에서 길냥이들을 만나면 무조건 무릎을 꿇고 두 손을 모아 싹싹 비비면서 잘못을 빌었다. 지나다니는 사람들이 보건 말건 개의치 않았다.

"잘못했습니다. 잘못했습니다."

두 손을 모으고 머리를 조아리면서 잘못했습니다를 되풀이했는데 얼핏 보기에는 마치 실성한 사람 같았다. 하지만 길냥이 앞을 벗어나면 정상인과 다름이 없었다.

계속되는 응징 때문에 겪어야 하는 고통을 벗어나기 위한 임시방편은 아닐까. 의심해 보기도 했지만 그렇지는 않은 것 같았다. 진심이 느껴지는 행동이었다. 아마도 그는 자신의 잘못을 깨달았는지도 모른다. 하지만 수목들이 결정한 응징의 횟수에는 에누리가 없을 것이다. 그는 치러야 할 죗값이 아직도 많이 남아 있었다.

"너 노정건 선생님 기억하냐."

어느 날 친구 놈이 통화를 하던 중에 불쑥 내게 물었다.

"그분이 쉽게 잊혀질 인물이냐."

"혹시 어디서 무얼 하고 계시는지 알 수 없을까."

"무슨 일이라도 있는 거냐."

"요즘은 세상이 하도 썩어 문드러져서 자주 그 선생님이 떠오른다."

"정말 멋진 선생님이셨지."

"그동안 우리가 너무 무심하지 않았냐."

"그렇기는 했다. 너는 검사니까 그 선생님이 어디서 무엇을 하시는지 쉽게 알아볼 방도가 있지 않냐."

"개인적인 문제로 공권력을 남용할 수는 없잖아. 그런 문제라면 수목들을 절친으로 삼고 살아가는 네가 나보다는 훨씬 수월하지 않냐."

"나는 개인적인 문제로 대자연의 힘을 남용해도 괜찮다는 얘기냐."

"쉐키, 이럴 때는 말하는 꼬라지가 딱 초딩 수준이라니까."

"됐습니다. 노정건 선생님이 어디서 무얼 하고 계시는지는 초딩이 알아보도록 하겠습니다. 검사님은 공무에 바쁘실 테니 푹 쉬십시오. 메슥메슥."

"끝에 메슥메슥은 뭐냐."

"비위가 좀 상한다는 뜻이지."

나는 고등학교를 다닐 때도 노정건 선생님에 대한 존경심을 겉으로 드러내 본 적은 없었다. 특별한 인연을 만들어 보려고 노력했던 적도 없었다. 다른 학생들이 스승의 날을 기해 그룹을 지어 선생님의 자택을 방문할 때도 나는 불참하는 부류였다. 친구 놈도 마찬가지였다. 친일파 후손이라는 자의식이 어느 정도는 작용했기 때문이었다.

나는 친구 놈으로부터 노정건 선생님의 근황이 궁금하다는 소리를 들은 그날로 수목들을 통해 노정건 선생님에 관한 정보들을 수집하기 시작했다.

선생님은 현직에서 물러나신 다음에도 역시 우리를 실망

시키지 않으셨다. 그분은 퇴임하고 나서도 정의 구현에 앞장
서는 일에 주력하고 계셨다. 충청도 어느 지역에서《민초정
론(民草正論)》이라는 지역신문 하나를 발행하고 계셨으며 서
민들과 소외 계층들의 입과 귀와 눈을 대신하는 일에 주력
하고 계셨다. 주 1회 발행되는 신문이었다. 판매 부수가 예상
보다 많은 편이었다. 구독자들로부터 열광적인 호응을 받고
있었다.

하지만 노정건 선생님은 4대강 사업을 전직 대통령이 주도
한 경천동지할 대국민 사기 사업으로 단정하고 있었다. 거기
에 적극적으로 가담했던 정계, 재계, 학계, 언론 관계자 모두
를 청문회에 보내야 한다는 주장이었다. 그들을 청문회에 보
내야 할 뿐만 아니라 녹조라떼로 변해 버린 4대강 물을 온
국민들이 보는 앞에서 한 사발씩 들이켜도록 해야 한다는
주장이었다. 따라서 4대강의 부정적인 실상들을 심도 있게
취재해서 줄기차게 보도했다.

그러자 거센 정치적 압력이나 방해라고밖에는 해석할 수
없는 융단폭격이 가해지기 시작했다. 광고가 모두 끊어져 버
리고 경영에도 극심한 어려움을 겪게 되었다.

4대강은 지금 녹조가 번성해서 죽을 사 자 사대강(死大江)
이 되어 버렸고 강으로서는 최악의 상태로 전락해 있었다.
문자 그대로 죽음의 강이었다. 떼죽음을 당한 물고기들이 수
면 위로 떠오르는 장면이 자주 목격되었다. 그러나 언론도

당국도 함구로 일관하기 일쑤였다.

어떤 지역은 4급수 지표종 생물들만 생존해 있었다. 멀리에서도 진동하는 악취를 맡을 수 있었으며 식수로는 엄두도 낼 수 없는 상태였고 농업용수로도 적합지 않은 상태였다. 한마디로 4대강은 강으로서의 모든 기능을 상실해 가고 있었다.

명백하게 수십조 원을 강에다 쏟아부은 대국민 사기임이 밝혀졌는데도 물이 깨끗해졌다는 둥, 농업에도 큰 도움을 주고 있다는 둥, 수해 방지에도 큰 역할을 수행하고 있다는 둥 헛소리를 남발하는 인사들이 수두룩했다.

그러나 어찌 된 셈인지 관련 연구 단체나 전문 기관들은 관여를 꺼리는 기색이 역력했다. 언론들도 생명의 위협에 직면한 조개들처럼 한결같이 입을 굳게 봉합하고 있는 실정이었다.

노정건 선생님은 아직 미혼이었다. 가정을 돌볼 겨를이 없다는 이유로 결혼을 보류하고 있는 상태였으며 사귀고 있는 여자도 없는 입장이었다. 역시 노정건 선생님답다는 생각이 들었다.

나는 먼저 익명으로 거액의 자금을 신문사로 송금해 드렸다. 앞으로는 정기적으로 계속 송금해 드릴 계획이다. 물론 송금인을 추정하거나 추적할 수 있는 근거는 일절 남기지 않았다. 친구 놈에게도 노정건 선생님의 근황을 전화로 알려 주었다.

"만약 법적인 문제라도 발생하면 그때는 니가 발 벗고 나서서 도와 드려라."

"당연한 말은 왜 하냐."

"경제적으로도 많은 어려움을 겪고 계시는 모양이더라."

친구 놈에게 긴 말은 하지 않았다. 경제적으로 많은 어려움을 겪고 계신다는 말 한마디만으로도 무슨 뜻인지 알아차리고 틀림없이 성의 표시를 할 줄 아는 오지랖을 가지고 있는 인물이었다. 나는 친구 놈과의 통화를 끝내자 마음이 많이 개운해진 느낌이었다.

겨울밤.

바깥에 나가 하늘을 쳐다보면 하늘은 빙판같이 차갑고 투명하다. 거기 차갑고 투명한 다목리의 밤하늘, 영롱한 별들이 보석처럼 박혀 반짝거리고 있다. 나는 그중의 한 개를 캐내어 목걸이를 만든 다음 세은의 새하얀 목에 걸어 주고 싶었다.

속담에 물에 빠진 놈은 건질 수 있어도 계집에 빠진 놈은 건질 수 없다는 말이 있다. 바로 나를 염두에 두고 만든 속담 같다. 가끔 세은에게서 전화라도 걸려 오면, 육신에도 영혼에도 불이 환하게 켜지는 느낌이다. 내가 생각하기에도 구제 불능이다.

그런 와중에 날씨가 급격히 추워졌다. 밤마다 난폭한 바람이 떼 지어 몰려와 덜컹덜컹 유리창을 흔들었다. 집 주변에 늘어서 있는 숲들이 일제히 짐승처럼 목 놓아 통곡하는 소리도 들렸다.

"내일이 크리스마스이브인데 아무 계획도 없으세요."

"서울로 가서 약소하지만 세은 씨를 위해 준비한 크리스마스 선물이나 전해 주고 올까 하는데."

"지금 어디예요."

"다목리."

"그럼 오실 필요 없어요. 커플들 행복해 죽겠다는 표정으로 싸질러 돌아다니는 꼴 보기 싫어서 때마침 어디 여행이라도 훌쩍 갔다 올까 생각하고 있었어요. 여행을 간다면 어디가 좋을까 물색 중이었는데 다목리도 괜찮겠네요. 마침 드릴 것도 있고요."

"단군 이래로 나를 가장 황홀하게 만들어 주는 말씀입니다."

농담처럼 말했지만 진담이었다.

"뭐 드시고 싶은 거 있음 말씀하세요."

"없습니다."

"둘이서 오붓하게 파티를 열어요."

"여긴 가게들이 부실해서 먹을 것들이 신통치 않은데."

236

"걱정하지 마세요. 제가 준비해 갈게요."

통화를 끝내고, 이런 쪽팔리는 일이 있나, 나는 마구마구 설레기 시작했다.

"파티라니, 파티라니."

나는 로맨스 영화의 주인공이라도 된 듯한 기분으로 콧노래를 흥얼거리며 청소에 몰두하기 시작했다. 솔직히 말해서 나는 청소를 싫어한다. 청소는 귀찮다. 그러나 오늘은 청소가 즐겁다. 즐겁게 응접실을 청소하고 즐겁게 화장실을 청소하고 즐겁게 마당까지 청소했다.

이제 세은만 오면 된다. 나는 세은에게 줄 선물의 포장지를 풀고 매뉴얼을 자세히 숙지한 다음 다시 원래대로 포장해 놓았다.

오늘따라 지구가 너무 느리게 자전하고 있었다.

"커피 머신에 관심이 있는 사람이라면 스테인리스 듀얼 보일러라는 말만 들어도 가슴이 뛰죠."

그녀는 선물에 매우 만족하는 표정이 역력했다.

내가 고심 끝에 선택한 선물은 커피 머신이었다. 그녀는 카페인 중독으로 그다지 건강이 좋은 상태는 아니었다. 그런데도 커피 머신을 선물로 선택한 이유는 그녀가 단칼에 커피를 끊지 못할 거라는 계산에서였다. 여러 식물들에게 카페인을 분해시키는 방법을 알아보고 단계적으로 다른 차로 대치하는 방법을 모색해 볼 계획이었다. 그때까지는 즐거운 마음으로 커피를 마시게 만들고 싶었다.

"커피 머신보다 더 고심해서 얻어 낸 선물이 있습니다."

"어머나, 저는 지금 커피 머신만으로도 황홀지경이에요."

"이건 유명하신 도공한테 특별히 주문해서 만든 머그컵입니다. 우주를 통틀어 하나밖에 없는 예술품이지요."

박 검사의 소개로 알게 된 도공이었다.

"어쩌죠. 캡틴의 선물에 비하면 제가 준비한 선물은 너무나 보잘것없는데."

그녀는 빨간색 리본과 핑크빛 포장지로 감싼 선물 꾸러미 하나를 내게 내밀며, "직접 풀어 보세요"라고 말했다. 그녀는 두 손으로 얼굴을 감싸고 부끄럽다는 시늉을 해 보이고 있었다. 볼이 발그레하게 붉어져 있었다. 새삼 예뻐 보였다. 나는 천천히 리본을 풀고 포장지를 펼치기 시작했다.

"오오, 감동입니다."

하얀색 스웨터와 목도리였다.

"가을부터 뜨기 시작해서 며칠 전에 간신히 완성했어요."

스웨터 전체에 초록색의 나뭇잎들이 정교하게 수놓아져 있었다. 사실 여자에게서 선물을 받아 본 것은 처음이었다. 그녀가 나를 키워 준 부모님들보다 자상하다는 생각이 들면서 괜히 가슴이 뭉클했다. 어떤 말로라도 고마움을 표현해야

겠는데 마땅한 말이 생각나지 않았다. 게다가 입을 열면 어쩐지 옛날보다 더욱 심하게 말을 더듬게 될 것 같았다.

"눈대중으로 대충 뜨기는 했는데 어떤지 모르겠어요. 일단 한번 입어 보세요. 안 맞으면 큰일인데."

그녀가 스웨터를 펼쳐 내게 입어 보라고 말했다.

"안 맞아도 입고 다니겠습니다."

나는 망설이고 있었다.

"에이, 궁금해요. 한번 입어 보세요."

그녀는 다그치고 있었다. 나는 쑥스러움을 무릅쓰고 스웨터를 입어 보았다.

"어쩜, 맞춤 같아요. 너무너무 잘 어울리세요."

스웨터와 목도리를 착용하고 거울 앞에 서 보았다. 거기 품위가 갑자기 달라져 버린 서른 살 남자 하나가 약간 쑥스러운 표정으로 서 있었다.

"올 겨울은 생애 처음으로 봄이 오지 않기를 바라게 될 것 같군요."

"왜요."

"이 스웨터와 목도리를 벗고 싶지 않아서."

"감사해요."

그녀가 가만히 다가와 내 허리를 감싸 안았다. 갑자기 정신이 아뜩해졌다. 온몸의 기운이 빠져나가고 있었다.

"정동언 선생님 계십니까."

나태를 끌어안고 응접실에서 빈둥빈둥 무료한 시간을 소일하고 있는데 손님이 오셨다.

"양평 실버다이스 원무과장 장경철입니다."

실버다이스. 치매 노인들을 위한 요양원 시설이다. 노인을 상징하는 실버와 낙원을 상징하는 파라다이스를 합성한 이름이다. 언젠가 단풍 분재 거수님의 제의를 받고 나는 실버다이스의 가짜 버스 정류장 설치를 비밀리에 추진하고 있었다. 실버다이스 주변에 총 4군데의 가짜 버스 정류장을 설치하는 프로젝트였다. 소요되는 경비 일체를 내가 부담하고 있었다.

"선생님 덕분에 내일 완공식을 올리게 되었습니다."

"제 덕분이라니요, 송구스럽습니다."

"생각지도 못했던 아이디어였습니다. 가짜 버스 정류장을 설치하고 한 달간 환자들의 동태를 관찰해 보았습니다. 대성공이었습니다. 한 달 동안 무려 여섯 명의 환자분이 시설을 탈출해서 행불 상태였는데 신기하게도 모두 가짜 버스 정류장에 앉아 막연하게 버스를 기다리고 계셨습니다. 직원들이 힘들이지 않고 환자들을 시설로 모실 수 있었지요."

"다행입니다."

알츠하이머.

사람들은 나이 들면 상실에 익숙해진다. 세상을 살면서 치열하게 획득했던 모든 것들을 상실한다. 학벌도 아무 의미가 없고 직업도 아무 의미가 없다. 공자 왈 맹자 왈도 아무 의미가 없고 나무 관세음보살도 아무 의미가 없다. 자신의 이름도 기억하지 못하고 자신의 신분도 기억하지 못한다. 때로는 어린애가 되기도 하고 때로는 노인네가 되기도 한다. 시간에 대한 기억도 뒤죽박죽이 되고 공간에 대한 기억도 뒤죽박죽이 된다. 때로는 모든 사람들이 낯설어 보이고 때로는 모든 사람들이 낯익어 보인다. 가족들이 타인으로 보이기도 하고 타인들이 가족처럼 보이기도 한다. 아무 이유도 없이 기뻐서 웃고 아무 이유도 없이 슬퍼서 운다. 어디서 왔는지도 모르고 어디로 가는지도 모른다. 심지어는 똥오줌조차도 못 가린다. 어쩌면 가장 진실한 인간의 모습은 아닐까.

나는 가짜 버스 정류장 때문에 실버다이스를 드나드는 횟수가 늘어 가면서 치매 노인들을 자주 접할 수밖에 없었다. 그들은 끊임없이 어딘가로 떠나려는 시도를 반복한다. 그러다 망각의 늪에 빠지고 만다. 가짜 버스 정류장은 망각의 늪에 빠진 환자들을 잠시 머무르게 만드는 역할을 담당한다.

원무과장이 4군데의 가짜 버스 정류장 풍경들을 모두 디지털 카메라로 찍어서 앨범에 정리해서 나한테 선물했다. 사진 속의 정류장은 비록 가짜이기는 했지만 제법 낭만적인 분위기를 자아내고 있었다. 거기 막연하게 앉아 있으면 못 견디게 그리운 사람이 생각나거나 어딘가로 멀리 떠나고 싶은 충동에 휩싸일 듯한 분위기였다. 나는 그것으로 충분했다.

"앞으로 다른 요양원에서도 가짜 정류장을 설치하게 될 겁니다. 어쩌면 의무화될지도 모르지요."

설치하지 않은 요양원은 허가를 얻어 낼 수 없을 거라는 설명이었다.

"효과가 좋다니 저도 기쁩니다."

"선생님께서 물심양면으로 도와주신 덕분입니다."

내가 실버다이스의 가짜 버스 정류장 설치에 필요한 경비 일체를 기부한 이유는 오로지 단풍 분재 거수님의 제의 때문이었다. 단풍 분재 거수님을 애지중지 보살펴 주셨던 최득경 선생이 치매로 실버다이스에서 요양을 하고 있었다. 최득경 선생은 자주 행방불명이 되는 치매 노인으로 등록되어 있었다.

"내일 행사에 꼭 참석해 주셨으면 합니다."

"죄송합니다. 누차 말씀드리지만 저를 아예 없는 사람으로 간주해 주시기 바랍니다. 시작할 때부터 당부했던 문제인데요."

"한 번 더 재고해 주십시오."

"대답은 똑같습니다."

"간곡히 부탁드리겠습니다."

"어떤 일이 있더라도 제가 전면에 나서는 일은 없도록 각별히 유념해 달라고 몇 번이나 말씀드리지 않았습니까."

처음부터 나를 전면에 내세우지 않는다는 조건을 걸고 진행된 일이었다. 기부는 내가 가진 것을 조금 내어 주고 신이 가진 것을 몽땅 얻는 행위라는 말이 있다. 하지만 나는 신이 가지고 있는 것조차도 바라지 않을 것이다. 이 세상에 가짜 버스 정류장이 있다는 사실조차도 가능하다면 까마득히 잊어버릴 것이다.

"경영대 다니다 휴학하고 빈둥거리는 사촌 동생이 하나 있는데 유사시에는 알바로 쓰고 있어요. 화원은 그 녀석에게 맡겼어요. 보수가 좀 비싸기는 하지만 일은 아주 잘하는 편이어서 걱정할 필요는 없어요."

세은은 산천어 얼음낚시 채비를 꾸려서 화천에 도착했다. 축제 때는 주최 측에서 낚시채비를 빌려주는데도 굳이 채비를 꾸린 것이다. 물론 채비가 그리 복잡하지는 않다. 낚시법도 간단해서 3분 정도면 유치원생들도 터득할 수 있다.

하지만 대낚시에서 느낄 수 있는 맛들은 일절 기대할 수 없다. 던지는 맛도 찌를 보는 맛도 챔질의 맛도 일절 기대할 수 없다. 하지만 손맛은 끝내준다.

산천어는 일급수에서만 서식 가능한 물고기다. 바다에서 살다가 산란기에 민물로 회유하는 물고기다. 그러나 대한민국 전역에 댐이 설치되어 있다. 대한민국의 댐들은 물고기의 형편 따위를 감안해서 설계되지는 않았다. 회유로 따위는 존재하지 않는다. 결국 산천어는 씨가 마를 위기에 처했다.

그러나 인간은 돈을 벌 수 있는 일이라면 어떤 불가능한 일이라도 성사시키고야 마는 특성을 가지고 있다. 산천어는 회도 기막히고 매운탕도 기막히다. 양식만 하면 대박이다. 그리고 당연히 양식에 성공하고야 만다.

화천은 대한민국에서 재정자립도가 가장 낮은 지자체다. 평화의 댐이 축조되기 전에는 파로호라는 낚시터가 유명했다. 하루에도 수백 명씩 전국에서 낚시꾼들이 몰려들었다. 그러나 평화의 댐이 축조되면서 물길이 달라지고 물고기의 생태도 달라졌다. 설상가상으로 배스라는 외래종 물고기까지 방류해서 생태계를 완전히 교란시켜 놓았다. 토종 물고기들이 배스에게 포식당하기 시작하면서 낚시꾼들의 발길도 끊어지기 시작했다. 화천군은 대한민국에서 재정자립도가 가장 낮은 지자체로 전락하고 말았다. 날마다 회의를 열었다. 그리고 무엇인가를 창조해 내지 않으면 화천은 망한다는 결론에 도달했다.

그래서 창조해 낸 것이 산천어 축제였다. 얼음판에 구멍을 뚫고 산천어를 방류해서 낚시꾼들을 불러들이는 것이다. 낚시도 신선놀음이다. 그리고 신선놀음에 도끼 자루 썩는 줄 모른다는 속담처럼 전국에서 낚시꾼들이 신선놀음을 즐기러 몰려든다. 문자 그대로 인산인해를 이룬다. 축제 때가 되면 군 전체를 통틀어 빈 공간은 찾아볼 수가 없다. 차가 아니면 사람으로 가득 들어차 있다. 겨울 빙판에서 낚시를 해야 하기 때문에 방한이 철저하지 않으면 동상이나 감기에 걸려서 낭패를 보는 수도 있다.

세은은 낚시가 처음이라고 했다. 그러니까, 지금은 호기심 때문에 기대치가 높아져 있겠지만 막상 해 보면 실망할지도 모른다.

그럴 때는 어떻게 해야 할까. 돈을 내고 구이를 즐기거나 회를 즐기거나 매운탕을 즐기면 된다. 남녀노소 모두를 만족시켜 줄 수 있는 각양각색의 프로그램들이 준비되어 있다.

기다리던 끝에 축제의 막이 올랐고 세은도 화천에 도착했다. 얼음은 탱크가 지나가도 끄떡없을 정도로 견고한 상태로 얼어 있었다. 화천은 이미 몇 번의 폭설이 내렸고 천지가 온통 백색의 풍경으로 눈이 부실 지경이었다. 풍경들이 모두 크리스마스카드를 연상시키고 있었다.

"저는 그동안 자주 화천을 다녀 보았지만 화천이 특히 겨울에 이렇게 아름답다는 사실을 전혀 모르고 있었어요."

축제장으로 이동하는 동안 세은은 먼저 눈부신 백색 풍경들에 환호를 금치 못했다.

낚시터에 도착하니 많은 낚시꾼들이 산천어 낚시에 몰두해 있었다.

인간의 욕망으로부터 자유로울 수 있는 자연은 얼마나 남아 있을까. 돈이 될 만한 여지가 있는 곳이면 어디든 인간은 터를 잡고 자연의 살점을 뜯어내거나 국물을 쥐어짜거나 숨통을 끊어 놓는다.

화천의 얼음판도 마찬가지였다. 도처에 얼음 구멍들이 산재해 있었다. 수많은 낚시꾼들이 얼음 구멍을 한 개씩 차지하고 앉아 산천어 낚시에 몰두해 있었다. 입장료는 그리 비싸지 않은 편이었고 날씨는 그다지 춥지 않았다. 바람도 없었고 구름도 없었다. 적당한 햇살이 빙판 위로 쏟아지고 있었다.

쩡.

이따금 얼음에 금 가는 소리가 들리곤 했다.

"이게 무슨 소리죠."

"얼음에 금 가는 소립니다."

"위험하지 않나요."

"얼음이 더 단단해지는 과정에서 생기는 현상이니까 걱정하지 마세요."

나는 세은에게 채비들의 명칭과 용법을 하나하나 자상하게 설명해 주었다.

"이건 견짓대라는 이름을 가진 도구예요."

외짝 얼레에 낚싯줄을 감고 계류, 즉 흐르는 강물에 미끼를 흘려 물고기를 낚는 우리나라 전래의 낚싯대다. 누치나 끄리나 피라미 등의 어종을 대상으로 발달했다. 주로 한강을 중심으로 성행했다는 설이 있으나 문헌상의 기록이나 고화는 남아 있지 않다. 다른 나라에는 없는 낚시법이다.

견지에 감긴 낚싯줄을 감았다 풀었다를 반복하면서 물고기를 유인하는데 그 동작을 고패질이라고 한다. 산천어 얼음낚시는 얼음에 구멍을 뚫고 낚싯줄을 드리워 고패질을 하면서 산천어를 유인한다. 세 마리까지는 반출이 가능하고 그 이상 잡으면 반납하거나 못 잡은 사람에게 나누어 주어야 한다.

"똑같은 낚싯대로 빙어를 낚을 수도 있어요. 하지만 구더기를 미끼로 써야 해요. 세은 씨가 원하신다면 기회를 봐서 빙어 낚시도 가르쳐 드릴게요. 때로는 지렁이를 미끼로 써야 할 경우도 있어요. 지렁이 만지실 자신 있나요."

"화분을 다루다 보면 가끔 지렁이를 만져야 할 때도 있는걸요."

가끔 낚시터에 따라와서 지렁이를 만지거나 물고기를 만져야 할 경우 고래고래 비명을 지르는 여자들이 있다. 낚시는 고요함과 기다림을 즐기는 도락이다. 당연히 사방에서 눈총이 날아올 수밖에 없다. 지렁이를 만질 수 있다면 일단 낚시에서 한 가지 기초적인 관문은 통과한 셈이다.

"와아 대애박."

시간이 채 오 분도 경과되지 않았는데 세은이 산천어 한 마리를 낚아 올렸다. 연이어 내 견지에서도 묵직한 손맛이 느껴져 왔다.

"대애박. 대애박."

세은은 줄곧 즐거움을 감추지 못하는 표정이었다. 물론 경험에 의하면 잠시만 이런 상태가 유지되고 수온의 변화에 따라 입질이 이내 딱 끊어질 수도 있었다.

"산천어가 이렇게 생겼군요. 생각보다 멋지게 생겼어요. 산 채로 집에 데리고 가서 어항에 길러 보고 싶을 정도예요."

산천어는 연어, 송어, 열목이 등의 물고기와 사촌지간이다. 생김새도 흡사하고 생태도 흡사하다.

오늘은 비교적 조황이 좋은 편이다. 견지를 드리우기 바쁘게 입질이 들어온다. 자리를 잘 잡았다는 생각도 들었다. 세은이 다섯 마리, 내가 여섯 마리를 잡았다. 한 마리도 못 잡은 사람들도 있었다.

낚시에 적합한 날씨라고는 하지만 화천은 대한민국 최북단이다. 서울에 비해서는 6도 정도나 기온이 낮다. 두꺼운 옷들을 걸치고 오기는 했으나 조금씩 추위가 느껴지기 시작했다. 세은의 낯빛도 새파래져 있었다. 추위를 타고 있는 모습이 역력해 보였다. 핫팩이 있기는 했지만 겨우 손바닥만 녹일 수 있을 정도였다.

나는 미리 준비해 온 소형 난로를 꺼내 그녀 곁에 설치해 주었다. 물론 위력이 대단치는 않은 난로였다. 겨우 무릎을 녹일 수 있을 정도의 성능을 가지고 있었다. 그래도 그녀는 안도하는 눈빛을 드러내 보였다.

"이런 쌍놈의 낚시터가 다 있나. 산천어 새끼들까지 생활고를 견디지 못해 모조리 집단 자살을 했구먼. 씨팔. 무려 두 시간 동안이나 고패질을 했는데도 건드리는 놈이 한 마리도 없네. 염병할."

일 미터 정도 떨어진 거리에서 오십 대 중반쯤의 사내 하나가 걸판지게 욕설을 뱉어 내면서 소주로 병나발을 불고 있었다.

"이 썩을 놈의 인간아. 산천어를 잡으러 왔으면 성의라도 보여야지. 고패질 한 번에 병나발 한 번인데 산천어는 뭐 자존심이 없냐."

부인으로 보이는 여자가 찰지게 핀잔을 올려붙이고 있었다.

"선음주 후안주는 주님 세계의 당연한 법칙이잖아. 그런데 이 쌍놈의 낚시터 산천어 새끼들은 그 주님의 당연한 법칙을 무시해 버리네. 선음주는 했는데 후안주가 받쳐 주질 않는다 이거야. 니미럴."

"낚시하러 와서 술 처먹는 인간은 산천어조차도 상종을 안 한다는 걸 가르쳐 주려는 거겠지."

그때였다. 나는 우연히 사내와 눈이 마주쳐 버리고 말았다. 어쩐지 예감이 좋지 않았다. 시비라도 걸려는 것일까. 사내가 무엇인가를 결심한 듯한 표정을 지으며 내게로 걸어오고 있었다.

"우와, 이분들은 많이 잡으셨네."

사내가 큰 소리로 말했다.

나는 바짝 긴장했다. 시비를 걸면 어떻게 대처해야 할까. 싸움이라고는 해 본 기억이 없었다. 그래도 여자 앞에서 비굴한 모습을 보일 수는 없었다. 나는 죽기 살기로 싸우는 수밖에 없다는 생각을 했다. 낚시꾼들이 인산인해를 이루고 있는데 과연 시비를 걸어올까 싶은 생각도 들었다.

"저어, 대단히 죄송합니다만."

사내가 다시 입을 열었다. 시비를 걸려는 어투는 아닌 것 같았다.

"대단히 죄송합니다만 술안주가 필요해서 그러는데 산천어 한두 마리만 적선하실 수 없겠습니까."

사내가 물었다. 다행스럽게도 매우 공손한 태도였다. 나는 세은의 눈치를 살피고 있었다. 그녀가 가볍게 그러라는 표정을 지어 보였다. 여섯 마리만 남겨 두고 나머지는 모두 사내에게 넘겨주었다.

"이렇게 많이 주시다니, 감사합니다. 복 많이많이 받으십시오."

사내는 큰 소리로 인사를 하고 자기 자리로 돌아갔다. 그리고 다시 소주로 병나발을 불기 시작했다.

아까부터 입질은 끊어져 있었다. 아무리 고패질을 해도 기척이 없었다.

"그만 갈까요."

세은이 나지막이 내게 말했다.

"그러세요."

해가 서산머리로 자맥질을 하고 있었다.

"저번에 박 검사한테 신세를 지신 적이 있다고 하셨는데 구체적으로 어떤 신세인지 갑자기 궁금해졌습니다."

산천어 얼음낚시를 끝내고 집으로 돌아오는 길이었다.

"병원 영안실 화환 납품권을 빼앗기 위해 조폭들이 화원으로 찾아와서 흉기를 꺼내 들고 위협했거든요. 그때 제가 그중의 보스급인 조폭 한 놈을 죽도록 두들겨 패서 중태에 빠뜨렸어요."

"세은 씨가 말입니까."

"그럼요."

"조폭 중의 한 명을 말입니까."

"깡패들이라고 다 싸움까지 잘하는 건 아니던데요."

나는 솔직히 잘못 들은 줄 알았다. 그녀가 조폭을 상대로 주먹을 휘두르는 장면을 전혀 상상할 수 없었다. 가끔 TV를 통해 여자들이 격한 운동을 하는 장면들을 보기는 한다. 대부분 근육질의 몸매를 소유하고 있는 여자들이다. 하지만 그녀는 다소 명랑쾌활한 성격을 가지고 있기는 하지만 우락부

락한 성품을 가진 여자처럼 보이지는 않는다.

"도저히 믿을 수 없습니다."

"사실이니까 믿으세요."

"친구 놈한테 물어보면 사실대로 말해 주겠지요."

"그동안 저를 청순가련형 문학소녀나 현모양처형 요조숙녀로 생각하셨나 봐요. 너무너무 감사합니다."

"조폭을 두들겨 패서 중태에 빠뜨릴 정도로 강인해 보이지는 않아서요."

"저는 어릴 때부터 격투기들을 닥치는 대로 익혔어요. 아버지는 저를 강하게 키우고 싶어 하셨어요. 저는 무엇이든 한 번 붙잡으면 바닥이 보일 때까지 물고 늘어지는 기질이 있었어요. 아버지가 돌아가시기 전까지는 날마다 도장에서 살다시피 했지요. 택견. 합기도. 유도. 복싱. 팔괘장. 태권도. 모두 합하면 십오 단 정도는 족히 되는 유단자예요. 박 검사님이 말씀 안 하시던가요."

이게 무슨 후덜덜한 소린가. 나는 대번에 주눅이 들어 버리고 말았다.

"그때 저한테 두들겨 맞은 놈이 어이없게도 저를 폭행죄로 고소했어요. 요즘 조폭들은 옛날 조폭들하고 달라요. 명예나 의리보다는 권력이나 금력을 추종하지요. 때로는 야비하기 짝이 없어요. 한마디로 비열하고 쪽팔리는 한이 있더라도 절대 손해는 보지 않겠다는 놈들이 수두룩해요. 나중에 박 검

252

사님이 조폭들을 일망타진해서 감옥에 보내고 저는 고맙게도 정당방위로 처리해 주셨지요."

"조폭들이 흉기까지 들고 설쳤다면 당연히 정당방위 아닙니까. 신세랄 것도 없네요."

"아니에요. 법적인 측면에서는 정당방위가 성립되려면 몇 가지 조건이 부합되어야 하는데 제 경우에는 그 조건에 부합되지 않는 부분이 있다는 거예요."

상대가 폭력을 멈추었는데도 이쪽에서 폭력을 계속 가했을 때는 정당방위에 해당되지 않는다. 그리고 이쪽의 피해보다 상대의 피해가 더 클 경우에도 정당방위에 해당되지 않는다. 하지만 그런 사실을 알 턱이 없는 세은이 정신을 잃고 쓰러진 조폭을 계속 두들겨 팼다는 것이다.

"제가 손을 멈추면 무슨 좀비 영화에서 본 것처럼 벌떡 일어나 다시 광폭하게 덤벼들 것 같았거든요."

진단 결과 그쪽의 피해가 훨씬 큰 것으로 판명되었다는 것이다. 결국 치료비 일체를 모두 지급하고 합의금까지 두둑하게 물어 주고 나서야 사건은 종결되었다고 한다.

나는 김수희라는 가수가 부른 노래 한 소절이 떠올랐다. 그대 앞에만 서면 나는 왜 작아지는가. 그녀 이름만 떠올려도 나는 작아지는 습관이 있었는데 이제는 또 다른 이유로 작아지는 느낌이었다.

"채널링에 대해서는 아무리 생각해도 이해가 안 되는 부분들이 많아요."

"어떤 점이 이해가 안 되시나요."

"나무들도 거짓말을 하나요."

"나무들은 진실만을 말합니다."

나무들은 마음을 그대로 스캔할 수 있기 때문에 의심 또한 존재하지 않는다.

"행동뿐만이 아니라 의식까지 염사할 수 있다는 사실이 놀라워요. 그 사실이 이해하기 어렵기도 하고요."

나무들은 행동과 의식을 모두 스캔할 수 있기 때문에 장황한 설명을 늘어놓을 필요가 없다. 그런데 사람은 다르다. 사실대로 말해도 믿지 않는 경우가 태반이다. 그럴 때 나는 자동적으로 말을 더듬게 된다. 나에 대한 사람들의 불신도 내게는 일종의 지뢰다. 본능적으로 거부감이나 위기감을 느끼면서 피하게 된다.

그러나 소통이 이루어지면 다르다. 지뢰가 완전히 제거된 상태의 안전지대처럼 전혀 거부감이나 위기감이 느껴지지 않는 것이다. 모르는 사이에 세은도 내게는 그런 존재로 변해 있었다.

"채널링도 일종의 초능력 아닌가요."

"저는 초능력이라고 생각지 않습니다."

"일반 사람들이 터득할 수 있는 방법이 있을까요."

"합일이 중요합니다."

"합일이요."

"대상에게서 아름다움을 느끼게 되면 사랑이 싹트게 되고 사랑이 싹트게 되면 합일이 가능하지요. 식물들과는 그게 가능한데 인간들과는 그게 잘 안 됩니다."

나는 제법 많은 책을 읽었다고 자부한다. 책은 인간을 알게 만들고, 느끼게 만들고, 깨닫게 만든다. 나는 안다는 사실을 자랑스럽게 생각하기보다 부끄럽게 생각하는 입장이다. 달리 말하면 지식이나 학벌을 부러워하는 수준은 아니라는 얘기다.

이 세상 모든 존재는 의문 덩어리이며 그것에 대한 정답은 존재하지 않는다. 여러 분야의 박사 학위를 소유하고 있는 석학이라 하더라도 나뭇잎 한 장이 우주와 어떤 관계를 유지하고 있는지를 소상하게 설명할 수는 없다.

어떤 존재에 대한 의문들이 현상에서 기인할 경우에는 더욱 진리와는 거리가 멀다. 현상은 천변만화한다. 끊임없이 변화할 뿐만 아니라 아무리 하찮고 단순해도 시종일관 무한과 이어진다. 그러나 진리는 영원불변한다. 우주 어디를 가도 통용된다. 하지만 내 짧은 소견으로 타인에게 그것을 납득시키는 일은 불가능하다.

"대상과의 합일이 중요하군요."

"물론입니다."

다행히 세은은 더 이상 질문하지 않았다.

겨울 해는 너무 짧았다. 빙판을 떠날 때는 사방에 우뚝우뚝 솟아 있던 산들이 수묵화처럼 검게 채색되는가 싶더니 다목리로 들어설 무렵에는 이미 마을 전체가 짙은 먹물 속에 잠겨 버렸다.

조리사 아주머니는 40대 중반이었다. 요리에 대한 자부심만은 타의 추종을 불허하는 수준이었다. 그리고 요리에 대해서 말할 때는 거의 신기(神氣)를 연상시킬 정도로 목소리에 생기가 넘친다. 조리사 아주머니가 감자로 요리를 하는 날은 감자가 세상의 중심이 되고 조리사 아주머니가 토란으로 요리를 하는 날은 토란이 세상의 중심이 된다.

오늘은 부추가 세상의 중심이 되는 날이다. 조리사 아주머니가 준비한 저녁 스페셜 메뉴는 차돌박이 부추국밥이다. 아주머니가 차리신 식탁은 마치 전 국토에 부추가 번성해서 온 국민이 부추 먹기 운동을 벌이고 있는 나라에 와서 식사를 하는 듯한 느낌을 준다.

차돌박이 부추국밥. 부추계란말이. 부추잡채. 부추샐러드. 부추장떡. 부추김치. 부추주스.

식탁 전체가 온통 부추 요리로 가득 채워져 있다.

조리사 아주머니는 자신이 만든 요리에 관한 지식을 몽땅 먹는 사람에게 소상히 전수해 주는 즐거움 하나로 인생을 살아가는 듯한 특성을 가지고 있다. 무슨 먹방 프로그램에 고정 패널로 출연하는 요리 연구가처럼 재료의 특성과 영양소와 효능과 부작용 따위를 아주 소상하게 들려준다. 그래야 자신의 소임을 다했다고 생각하는 분이다. 오늘도 예외가 아니다.

"부추는 경상도 지방에서 정구지라고 한대요. 한자에서 유래된 말인데 정력을 영구적으로 지속시켜 준다는 뜻을 가지고 있대요."

한자로는 정구지(精久持)라고 쓴다. 나도 어느 책에선가 읽은 적이 있다.

"대단하세요."

세은의 칭찬에

"제가 걸어 다니는 요리대백과사전 아니겠습니까."

아주머니는 자화자찬을 서슴지 않는다.

음식에 관한 골든벨 프로그램이 있다면 틀림없이 최후의 1인으로 남아 골든벨을 울리고야 말았을 것이다. 만약 최후의 1인으로 남기는 했지만 마지막 한 문제 때문에 도중하차라도 하게 되면 그때는 울화통이 터져서 쓰러지거나 자살을 감행하는 비극이 초래될지도 모른다.

"부추는 또 집을 허물게 만든 풀이라는 뜻으로 파옥초라고도 한대요."

파옥초(破屋草).

옛날 어느 시골 마을에 찌질한 사내 하나가 살았다. 사내
는 밤일도 신통치 않았고 낮일도 신통치 않았다. 수시로 쌀
이 떨어져서 끼니를 거를 때가 많았다. 마누라가 늘 볼이 부
어 있을 수밖에 없었다.

끼니를 거르던 어느 날 마누라는 이웃에서 쌀을 조금 얻
게 되었다. 밥을 지으면 한 끼가 되고 죽을 끓이면 두 끼가
되는 분량이었다. 그래서 죽을 끓여 먹기로 작정했다. 마누라
는 서방이 아니라 웬수라는 말을 노래처럼 읊조리면서 마당
에 번성하는 풀을 뜯어 이웃에서 얻어 온 쌀로 죽을 끓였다.
그리고 서방과 함께 끼니를 해결했다.

그런데 죽을 먹은 찌질이 서방이 그날 밤 놀라운 능력을
발휘하게 되었다. 놀랍게도 밤일을 아주 훌륭하게 잘 해내게
되었던 것이다. 마누라는 밤일의 비결이 마당에 자라는 풀에
있다는 사실을 알게 되었다. 까짓것 낮일은 영 신통치 않더
라도 밤일이 저리도 신통하니 이제야 좀 살맛이 나네, 마누
라는 집까지 헐어 버리고 집터 자리 전체에 그 풀을 심고 가
꾸게 되었다. 그리하여 마당에 자라는 풀은 파옥초라는 이름
을 얻게 되었다.

조리사 아주머니는 아주 진지한 표정으로 부추의 내력을
이야기하고 있었다. 이야기하는 동안 밤일이라는 단어가 무
려 세 번이나 등장했다. 나는 그때마다 얼굴이 화끈거려 시

종일관 고개를 깊이 떨구고 있었다.

하지만 세은은 얼굴색 한번 붉히지 않고 조리사 아주머니의 이야기를 들으면서 수시로 어마나, 그렇군요, 어쩜, 놀랍네요 등의 감탄사를 연발하고 있었다.

"이모님은 정말 해박하시네요."

"솔직히 실토하지만 저도 그날 만들 요리는 일단 휴대폰으로 검색해 보는 습관이 있어요. 그러다 보니 무슨 요리의 대가라도 되는 양 입만 나불대는 거지요. 요즘 웬만한 여자들은 다 제 수준 정도는 능가하는 요리 솜씨들을 가지고 있잖아요."

"저는 똑같은 재료를 가지고 똑같은 방법으로 요리를 해도 언제나 먹어 보면 맛대가리가 없어요."

아주 잠깐 사이에 두 여자는 무척 친한 사이로 발전했다.

부추 요리들은 생각보다 맛이 괜찮았다. 특히 처음 먹어 보는 차돌박이 부추국밥은 일품이었다.

"이거 다음에 오면 저한테 레시피 꼭 알려 주셔야 돼요."

세은도 맛있다는 소리를 연발하고 있었다.

나는 부추 요리를 먹으면서 밤일이라는 단어가 자꾸 모래알처럼 껄끄럽게 의식을 자극하는 느낌이었고 오늘 밤 정력 과잉으로 곤란을 겪게 될지도 모른다는 불안감이 슬그머니 고개를 쳐들고 있었다.

"커피가 있었네요."

"세은 씨를 위해 몇 가지를 준비했지요."

"우와, 캡틴."

케냐AA도 있었고, 인도네시아 울트라 만델링도 있었고, 에티오피아 예가체프도 있었고, 콜롬비아 수프리모도 있었다. 건강에 별로 좋지는 않겠지만 결핍을 유지하는 상태보다는 중독을 유지하는 상태가 덜 괴로울 거라는 생각에서 원두 몇 종류를 준비해 두었다.

"그런데 컨디션이 약간 안 좋아 보이네요."

"낚시터에서 너무 떨었나 봐요."

하지만 그녀는 커피가 있다는 사실만으로도 얼굴이 흐림에서 맑음으로 급변환되었다.

"박 검사님 말로는 캡틴이 아직 연애해 보신 적이 한 번도 없다면서요."

"거짓말입니다."

"그럼 있으시다는 말씀인가요."

"있고말고요."

"어떤 여잔가요."

"여자 아닙니다."

"그럼요."

"나무들입니다."

"엉터리."

"그런데 세은 씨가 나타나고부터는 제가 많이 달라졌습니다. 세은 씨 이름만 떠올려도 커다란 바위 덩어리 하나가 가슴 밑바닥에 쿵 하는 소리를 내면서 떨어집니다. 주, 중증이지요."

젠장. 나는 아직도 세은 앞에서까지 가끔 말더듬이로 변환될 조짐을 보이는 것일까.

"처음 캡틴을 화원에서 만났을 때는 말을 너무 더듬어서 매력이 꽝이었는데 몇 번 만나면서 캡틴의 순수한 성품에 차츰 끌리기 시작했어요. 그리고 지금은 저도 헤어날 수 없는 늪에 깊이 빠졌다는 사실만은 부인할 수가 없어요."

또 심장이 쿵쾅거리기 시작했다.

"캡틴."

"충성."

"눈을 감고 일 분만 가만히 계셔 보세요."

나는 그녀가 시키는 대로 눈을 감았다.

쿵쾅, 쿵쾅, 쿵쾅.

커다란 바위 덩어리가 몇 번쯤이나 가슴 밑바닥으로 굴러 떨어졌을까.

그녀의 입술이 조심스럽게 내 입술에 밀착되어 있다는 사실이 감지되면서 나는 처음으로 여자의 입술에서 콜롬비아 수프리모 냄새가 난다는 사실을 알게 되었다.

귓전에서 오래도록 징 소리도 들렸다. 혈관들이 팽팽하게 부풀어 오르면서 세포들이 노을빛으로 물들어 술렁거리고 있었다. 어느새 남근이 발기해서 폭발해 버릴 듯한 긴장감을 고조시키고 있었다. 짐승 같은 성욕이 슬그머니 고개를 쳐들었다.

동해 물과 백두산이 마르고 닳도록 하느님이 보우하사 우리나라 만세.

오등은 자에 아 조선의 독립국임과 조선인의 자주민임을 선언하노라.

나는 마음속으로 〈애국가〉 가사와 「기미독립선언문」을 읊조리면서 경건하고 거룩한 분위기를 조성해 보려고 애써 보았지만 발기 상태는 진정되지 않았다. 진정되기는커녕 갈수록 힘차고 뜨겁게 고개를 쳐들고 있었다. 나는 부추 요리 때문일 거라고 생각했다. 그대로 숨이 넘어가 버릴 것 같았다. 그래도 짐승이 될 수는 없었다.

나는 두 팔로 그녀의 어깨를 감싸 안고 있었는데 언제 감싸 안았는지 기억나지 않았다. 아마 나도 모르는 사이 자연스럽게 감싸 안았던 모양이다. 나는 애써 눈을 뜨고 정신을 차리려고 노력했다. 절대로 내키지는 않았지만 일단 그녀의 어깨를 감싸고 있던 팔부터 조심스럽게 풀었다.

방부제마저 썩은 시대

노정건 선생님이 발행하신다는 지역신문《민초정론》을 검색하다가 금강의 오염 실태를 고발하는 사진 여러 장을 발견하게 되었다. 지난여름 금강 일대에서 찍은 사진으로 기록되어 있었다. 사진은 고발의 성격이 강해 보였다.

《민초정론》은 4대강 사업에 의해서 금강이 완벽하게 사망해 버렸다는 진단을 내리고 있었다. 홍수 예방. 가뭄 해소. 수질 상승. 일자리 창출. 경제 활성화. 관광 개발 등의 효과를 기대하고 시작한 사업이었다.

그러나 완공된 후에도 홍수는 예방되지 않았고 가뭄도 해소되지 않았다. 수질은 악화되었고 일자리는 고갈되었다. 금강에서 물고기를 잡아 생계를 이어 가던 사람들은 더 이상 생계를 이어 갈 수가 없는 처지로 전락하고 말았다. 경제 활성화도 관광 개발도 지금 진단해 보면 모두 허황된 속임수였다.

《민초정론》에는 노정건 선생님이 쓰신 칼럼도 있었다. 4대 강 사업의 착공에서 완공에 이를 때까지 엄청난 적극성을 보였던 학자의 직책과 실명까지 밝히면서 신랄하게 비난을 퍼붓는 내용이었다.

「KA대학 환경공학과 조찬길(趙燦吉) 교수님께」라는 제목으로 쓰인 그 칼럼은 세상을 썩지 않게 만드는 방부제 역할을 해야 할 교수님이 오히려 부패 촉진제 역할을 했던 사실에 대해 공개 사과를 요구한다는 내용이었다. 칼럼에 쓰인 대로라면 노정건 선생님은 조찬길 교수에게 공개 사과를 요구하는 내용의 친서까지 몇 번 보냈는데도 일언반구도 없어서 《민초정론》에 정식으로 항의문을 올리게 되었다는 설명이 첨가되어 있었다.

그 칼럼은 일종의 선전포고였다. 계속 침묵으로 일관할 경우 수단과 방법을 가리지 않고 조찬길 교수의 비리와 진실을 밝히는 일에 최선을 다할 것이며 법적 조치도 불사하겠다는 내용도 포함되어 있었다.

나는 노정건 선생님께서 선전포고 대상으로 지목하신 KA대학 환경공학과 조찬길 교수가 어떤 인물인지 궁금했다.

그래서 수목님들께 아낌없는 협조를 부탁해 두었다. 그때부터 엄청난 분량의 자료들이 수집되거나 정리되었는데 가장 신뢰감을 주는 자료들은 조찬길 교수의 연구실에 비치되어 있는 협죽도로부터 얻어 낸 자료들이었다.

협죽도가 제공한 자료들을 종합해 보면 조찬길 교수는 4대강 사업이라면 시공에서부터 완공에 이르기까지 관여치 않은 분야가 없을 지경이었고 모든 분야에서 막대한 자금을 착복하는 능력을 보여 주었다.

그는 한마디로 돈독이 오른 사람이었다. 처음부터 대한민국의 경제적, 문화적 발전을 도모하기 위해서 4대강 사업을 추진해야 된다고 생각하는 사람이 아니라 오로지 자신의 경제적, 문화적 발전을 도모하기 위해서 4대강 사업을 추진해야 된다고 생각하는 사람이었다.

그는 거대한 권력의 비호를 받고 있었다. 아무도 그의 진로를 가로막거나 불만을 토로할 수 없었다. 언론도 그가 던져주는 떡고물에 길들여져 있었다.

그런데, 협죽도가 제공한 자료들 중에는 말하기조차 민망스러운 자료도 한 가지 포함되어 있었는데 조찬길 교수가 상습적으로 여제자들을 성추행하거나 성희롱해 왔다는 사실이었다. 성폭행을 당한 여제자도 있었다.

"이제부터 재미있게 살아 볼 거다."

"뜬금없이 무슨 소리냐."

"보복대행전문주식회사의 임명장을 만들어 보았다."

"어떤 거냐."

"내가 대표직을 맡는다."

"실무 경험이 전무한 놈이 대표직을 감당할 수 있겠냐."

"그래서 노정건 선생님을 이사님으로 모실 거다."

"나는."

"너는 법률고문을 맡고 세은 씨는 행동 대장직을 맡는다."

나는 박태빈 검사와의 통화를 끝내고 '2H FLOWER'로 가고 있는 중이다.

서울은 내가 태어나서 자란 도시다. 그런데도 올 때마다 낯설다. 일반 사람들은 태어난 고장을 고향으로 삼고, 작가는 작품을 만든 자리를 고향으로 삼고, 도인들은 깨달은 자리를 고향으로 삼는다고 한다.

나는 어디를 고향으로 삼을 수 있을까. 고향이 어디냐고 누가 물으면 나는 서울이 고향이라고 대답하지 못할지도 모른다.

"생각보다 일찍 도착하셨네요."

세은이 언제나처럼 환하게 웃으면서 나를 반긴다.

"차가 막히지 않았거든요."

"박 검사님께는 전화해 보셨나요."

"사건 때문에 꼼짝달싹을 못한답니다."

"자금난으로 공사가 중단된 아파트 지하실에서 토막 시체가 발견되었대요."

"알고 계셨군요."

조금 전에 박 검사가 전화를 했었다고 세은이 말했다.

"저를 행동 대장으로 임명하셨다니 무슨 소리예요."

"맘에 안 드시나요."

"주로 어떤 일을 해야 하는데요."

"여자들을 상대해야 할 일이 생겼을 때 잠깐 나서 주시면 됩니다."

나는 조찬길 교수가 성폭행과 성추행을 했다는 여제자들을 세은이 만나 주었으면 좋겠다는 뜻을 피력했다.

"만나서 해야 할 일은요."

"조찬길 교수를 용서할 것인지 응징할 것이지를 물어봐 주시면 됩니다."

"캡틴은 어떤 대답을 원하세요."

"저는 어느 쪽이라도 상관이 없습니다."

"누구한테 들었느냐고 물으면 나무들한테 들었다고 대답할까요."

"누가 믿겠습니까."

"그럼 뭐라고 대답할까요."

"비밀이라고 대답하세요."

4대강은 한강, 낙동강, 금강, 영산강을 가리킨다. 《민초정론》의 고발에 의하면, 지금 4대강 일부는 완전히 죽은 상태고 일부는 거의 죽어 가고 있는 상태였다. 대부분의 강물이 번성하는 녹조에 의해 온통 초록색 페인트를 들이부은 듯한 형상으로 변모되어 있었다. 강물 전체가 걸쭉해 보일 정도였다.

녹조라떼.

《민초정론》은 녹조로 뒤덮인 강물을 그렇게 지칭하고 있었다. 부연 설명에 의하면 금강은 이제 조금만 가까이 다가가도 악취 때문에 코를 틀어막아야 할 정도로 심각하게 오염되어 있었다.

부연 설명이 모두 사실이라면, 특히 금강은 강물이라기보다 시궁창이라고 해야 마땅할 정도였다. 물고기들은 여러 차례 떼죽음을 당했고 이제는 대부분의 어종들이 멸종되어 씨가 말라 버린 상태였다. 물고기의 떼죽음에 이어 큰빗이끼벌레가 창궐하더니 지금은 큰빗이끼벌레조차 별로 눈에 띄지 않았다. 금강은 물로서는 최악의 상태인 4급수로 전락해 있었다. 다른 생명체들은 멸종 위기에 처해 있었고 4급수에서만 살 수 있는 실지렁이나 깔따구의 애벌레 따위만 창궐해 있었다.

만약 강물을 식수로 음용하면 어떤 현상이 발생할까. 노정건 선생님이 희생정신을 발휘해서 직접 강물을 한 모금 마셔보았다. 그랬더니 십 분도 지나지 않아 복통과 설사에 시달리기 시작했다. 강물을 피부에 발랐더니 금방 두드러기가 돋아서 심한 가려움으로 고생했다는 기록도 있었다.

수질 검사를 해서 그 심각성을 알리고 싶었으나 한국에서는 어느 기관도 수질 검사를 해 주지 않았다. 연관된 사람들이 사회 요직마다 산재해 있어서 사실대로 폭로했다가는 어떤 불이익을 당할지 알 수가 없었다. 뿐만 아니라 모두가 몸을 사리는 눈치들이 역력했다.《민초정론》에서는 하는 수 없이 일본 어느 연구소에 의뢰를 하게 되었다.

그리고 결과는 너무도 충격적이었다. 오염된 금강의 물은 동물이건 인간이건 2리터 이상을 마시게 되면 목숨을 잃게 되는 맹독성 물로 변해 있었다. 식수로는 어림도 없었으며 농업용수로도 사용할 수가 없는 상태였다.

불의를 참지 못하는 노정건 선생님으로서는 도저히 묵과할 수 없는 현실이었다.

국민의 여론 수렴 과정도 거치지 않은 채로 강행된 사업이었다. 절대다수의 의석을 차지하고 있던 집권 여당이 관련 법안을 서둘러 통과시켜 불도저식으로 밀어붙인 사업이었다. 정부는 물고기가 살지 못하는 죽음의 강이라는 인식을 국민들에게 심어 주기 위해 홍보 동영상을 제작, 유포했다. 하지만 사실은 미국 시애틀의 독극물 사건에 의해 떼죽음을 당한 연어 사진을 합성 조작한 동영상이었다.

실제 4대강 공사 구간에는 천연기념물은 물론, 한국 고유종 동식물들과 다양한 민물고기들이 번성하고 있었다. 특히 보호가 시급한 멸종 위기에 처해 있는 동식물들도 포함되어 있었다.

그러나 공사를 강행하려는 무리들이 그런 생명체 따위를 염려할 까닭이 없었다. 그들은 이미 사리사욕에 눈이 멀어 있었다. 연일 중장비들이 투입되어 산하를 파헤쳤고 강들은 아름답던 모습을 상실하게 되었다.

처음에는 남한 일대를 종단하는 운하를 건설할 계획이었다. 그러나 각계의 강력한 반발과 각종 난제에 봉착해서 규모가 대폭 축소되었다.

고인 물은 썩는다. 그리고 썩은 물에서는 아무것도 살지 못한다.

결국 4대강 사업은 온 국민을 상대로 멀쩡하게 살아 있던 강을 죽었다고 사기를 쳐서 그 정당성을 조작한 사업이었다. 거기에 각계의 사이비들과 언론들이 합세해서 무려 22조 원이라는 국고를 쏟아부었다.

그리고 마침내 강을 처참하게 죽여 버렸다. 가뭄과 홍수를 조절하는 능력을 가지고 있으며 식수나 농업용수로도 활용할 수 있고 관광이나 환경에도 매우 긍정적인 효과를 가지고 있다는 주장도 결국 터무니없는 사기로 판명되었다.

공사도 부실했으며 성과도 부실했다. 완공된 지 1년도 지나지 않아서 여러 측면에서 부정적인 문제들이 드러나기 시작했다. 특히 생태나 환경 면에서는 거의 절망적인 상태였다. 대국민 사기라는 소리를 들어도 변명할 여지가 없었다. 하지만 아무도 잘못을 시인하지 않았고 아무도 처벌받지 않은 상태였다.

노정건 선생님으로서는 좌시하지 못할 망국적 행위였다. 끓어오르는 의협심을 주체할 수가 없었다. 하지만 상대는 막강한 권력과 재력과 조직력과 심지어는 무지와 용기까지를 겸비한 부패 집단이었다.

난공불락.

백전백패.

선생님은 고전을 면치 못하는 싸움을 계속하고 있었다. 그러나 어떤 고난이 닥쳐도 쉽게 의지가 꺾일 분은 아니었다. 선생님은 겨울인데도 일주일에 사흘 정도는 강에다 시간을 쏟아붓고 있었다. 사진을 찍고 기사를 쓰고 강이 죽어 가고 있다는 사실을 널리 알리는 일에 열정을 불태우고 있었다.

고등학생 때 우리들의 정신적 지주이자 영혼의 멘토였던 노정건 선생님. 선생님은 아직도 고독한 전사의 모습 그대로였다. 아직도 불의를 혐오하고 아직도 정의를 존중하며 아직도 인간을 사랑하는 마음을 행동으로 보여 주고 계셨다. 선생님은 4대강 사업을 주도했던 인물들을 모두 망국적 사기 집단으로 간주하고 청문회에 보내자는 운동을 펼치고 계셨다.

나도 이제는 세상이 얼마나 부패했는지 충분히 인지하고 있었다. 노정건 선생님을 따라갈 수는 없겠지만 최소한 흉내라도 낼 수는 있어야 한다고 마음을 다지고 있었다.

"조평달은 요새 폐인에 가까운 상태로 전락해 버렸더라."

노정건 선생님을 만나러 공주로 내려가는 길이었다. 박 검사의 차였다. 박 검사가 핸들을 잡고 있었다. 세은과 나는 뒷자리에 앉아 있었다.

박 검사가 먼저 조평달에 대한 이야기를 꺼냈다.

"나약한 씨는 어느 정도 명예 회복이 되셨나."

"치명타를 입었기 때문에 시간이 좀 걸리는 모양이야."

고속도로는 붐비고 있었다. 각양각색의 차량들이 게딱지처럼 모여서 느릿느릿 움직이고 있었다. 질주하는 차량은 한 대도 보이지 않았다. 모두 거북이보다 느린 속도로 기어가고 있었다.

그러다 갑자기 앞에 가던 거북이 한 마리가 꽁무니에 빨간 불을 켜면서 급정거를 했다. 박 검사도 급히 브레이크를 밟았다. 그 순간부터 모든 차량들이 요지부동, 움직임을 멈추어 버렸다.

정체 현상.

"조평달은 매장되어야 마땅한 인간쓰레기였어. 너무 많은 사람들에게 죄를 저질렀지. 무식했고 야비했고 천박했지. 그러면서도 법망을 빠져나가는 여러 가지 방법을 터득하고 있었어. 정공법으로는 절대로 죗값을 치르게 할 수 없다고 생각했어. 그런데 순식간에 매장되고 말았다. 설마 그 정도로 빨리 매장시킬 수 있으리라고는 생각지 못했어."

박 검사는 조평달에 대한 궁금증을 쉽게 철회할 기색이 아니었다.

"솔직하게 말해 봐라. 니가 식물들하고 작당해서 조평달을 순식간에 그 지경으로 만들어 버렸지."

"무슨 소릴 하는지 모르겠다."

나는 시치미를 떼고 있었다.

"아무리 머리를 쥐어짜도 도대체 어떤 방법으로 그렇게 만들었는지 나로서는 도저히 감이 잡히지 않더라. 정신과 치료를 받을 정도로 심각한 상태라는 소문도 들리던데 다 니가 주도한 거 아니냐. 이제는 공식적으로 같은 배를 탄 처지잖아. 감출 필요 있냐. 비밀은 지켜 줄 테니까 나한테만 솔직하게 털어놔 봐라."

"검사님도 모르는 일을 제가 어떻게 알겠습니까요."

"정말 이럴 거냐."

"선생님 만나면 모든 걸 다 털어놓을 텐데 그새를 못 참고 보채냐."

"전화했을 때 선생님이 우리를 기억하시는 것 같더냐."

"너는 성적이 좋았기 때문에 선명하게 기억하시는 것 같았는데 나는 성적이 어중간해서 기억이 희미하신 것 같더라."

"뭐라고 전화를 드렸냐."

"외람되지만 선생님을 만나 뵙고 자문을 구해야 할 중대사도 있고 여러 가지로 부족하지만 혹시 도움을 드릴 일이라도 있을까 싶어 전화를 드렸다고 말씀드렸지."

"그랬더니."

"엄청나게 반가워하셨어."

사고라도 난 것일까. 정체 현상이 좀처럼 풀리지 않고 있었다.

"아직 멀었나요."

세은이 물었다. 내비게이션을 보니 이제 겨우 반 정도를 온 셈이었다. 과천을 경유해서 안성으로 접어드는 지점에서 차는 정체되어 있었다.

"어디 휴게소라도 들러 잠시 쉬었다 갈까요."

내가 세은에게 물었다. 화장실이 급할지도 모른다는 생각이 들었기 때문이었다.

"그게 좋겠어요."

즉각적인 대답이 돌아오는 것으로 미루어 화장실이 급한 것이 분명했다. 그러나 모든 차량들이 요지부동으로 도로를 가득 메우고 있었다. 정체 현상이 언제 풀릴지 예측할 수가 없었다.

장거리 여행 시 정체 현상 중에 여자가 화장실이 급하다고 하면 어떤 도움을 주어야 할까. 난감할 것 같았다. 친구 놈은 기혼이니까 무슨 방법을 알고 있을지도 모른다는 생각이 들었다. 친구 놈이 무슨 방법을 알고 있을지도 모른다는 생각을 하니 다소 안심이 되기는 했지만 걱정이 말끔히 사라져 버리지는 않았다. 그렇다고 세은한테 물어볼 수도 없는 노릇이었다.

내비게이션을 보니 다행스럽게도 5분 남짓 되는 거리에 안성 휴게소가 있었다. 하지만 정체 현상이 풀리지 않는다면 어떻게 해야 하나. 세은의 표정을 살펴보았다. 전혀 초조해하는 기색이 아니었다. 당사자는 아무렇지도 않은데 괜히 나혼자 오지랖을 떨고 있는 것은 아닐까 싶어 고개를 세차게 가로저었다.

"무료해 보이시네요."

내가 세은에게 말했다.

"두 분 다 썩 재미있으신 분들은 아니잖아요."

세은이 대답했다.

"난센스 퀴즈 한번 풀어 보시겠어요."

두 분 다 썩 재미있으신 분은 아니라는 세은의 말에 박 검사가 반발하듯 꺼내 놓은 제의였다.

"출제해 보세요."

"쉬운 걸로 낼게요. 고양이를 일곱 글자로 풀어 쓰면."

"냐옹, 냐옹. 냐오옹."

"아닙니다."

"정답은 뭐예요."

"걸어 다니는 쥐덫이지요."

"역시 재미하고는 거리가 머네요."

"침을 뱉으면서 걸어가면, 두 글자로."

"글쎄요."

"난센스 퀴즈도 아재개그처럼 맞춤법 따위 무시해 버린다는 거 알고 계시죠."

"침을 뱉으면서 걸으면, 뭘까요, 뭘까요, 뭘까요."

"퇴보입니다."

"이해가 안 되는데요."

"퇴, 침 뱉는 소리죠."

"우와, 어느 유치원에서 따오신 난센스 퀴즌가요."

"그래도 귀 기울여 주세요. 여러분이 박장대소할 때까지 제 개그 본능은 계속됩니다. 저는 무엇이든 일단 시동을 걸면 브레이크가 작동하지 않습니다."

"지금 제 인내심을 테스트하고 계시는 거죠."

"편하신 쪽으로 생각하십시오."

"저는 아직 가랑잎 굴러가는 것만 보아도 까르륵 웃음이 터지는 나이예요. 그런데 전혀 웃음이 터지지 않는데요."

"그래도 저는 의지를 꺾지 않겠습니다. 퇴보의 유사품에 해당하는 퀴즈 하나 더 투척해 보지요. 임금님 앞에서는 절대로 침을 뱉지 않는다를 사자성어로 하면."

"수능을 경험해 본 세대들이 사자성어에 약하다는 사실은 알고 계시는군요. 정답부터 말씀해 주세요."

세은은 아예 엄두도 내지 않겠다는 표정이었다.

"임전무퇴입니다."

"정답을 듣고 나면 맞힐 수도 있었다는 생각이 드는데 하나도 못 맞히고 있네요. 출제자한테 문제가 있는 건가요, 아니면 응시자한테 문제가 있는 건가요."

박 검사를 데리고 오지 않았다면 저 역할을 내가 담당했을 것이라고 생각하니 모골이 송연해지는 기분이었다. 박 검사는 세은의 반응 따위는 전혀 개의치 않는다는 듯 계속 난센스 퀴즈 놀이에 열중해 있었다.

"택시 문을 세게 닫으면 안 되는 이유를 말해 보세요."

"문짝이 떨어지니까요. 운전수한테 욕먹으니까요. 싸가지 없어 보이니까요."

"힌트 드릴게요."

"그래도 저는 모를 거 같아요."

"택시 문짝이 몇 개인가를 생각해 보세요."

"택시 문짝이 몇 개인가. 택시 문짝이 몇 개인가."

세은은 잠시 생각에 골몰해 있었다. 그러다 날카롭게 세 번이나 환호했다.

"알았어요. 알았어요. 알았어요."

"왜 택시 문을 세게 닫으면 안 되나요."

박 검사가 확인하듯 물었다.

"택시 문짝은 네 개이기 때문이지요."

"우와, 정답입니다. 아직까지 이거 정답 알아낸 사람 없었는데 대단하신데요."

"힌트 주셨잖아요."

"다른 사람들한테도 힌트 드렸습니다."

"문제가 정상적이었기 때문에 정답도 정상적으로 나온 거 아닐까."

지금까지 출제된 난센스 퀴즈 중에서는 가장 쫄깃한 난센스 퀴즈였다.

"콘크리트 두뇌가 아니라는 사실을 증명해 보인 것 같아서 무척 기분이 좋아요."

세은은 가슴을 쓸어내리면서 진심으로 기뻐하는 표정을 드러내 보였다. 박 검사는 탄력을 받은 모양이었다.

"재미없으면 이쯤에서 철수하겠습니다."

말은 그렇게 하면서도 난센스 퀴즈 놀이를 중단할 생각은 없어 보였다.

"계속하세요. 뭐 길도 막혔는데 차 안에서 달리 할 일도 없잖아요."

세은도 추임새를 넣어 주고 있었다.

"고기 먹을 때 따라다니는 개는."

"단순하게 줄여서 고개 아닌가요."

"아닙니다."

"잠깐만요. 뇌가 지금 버퍼링 중이에요."

어느새 세은이 퀴즈에 말려들고 있었다. 그러나 긴 버퍼링을 거친 다음에도 그녀는 정답을 알아내지 못했다. 결국 출제자가 정답을 말해 주었다.

"고기 먹을 때 따라다니는 개는 이쑤시개입니다."

"헐."

나는 여자를 차에 태우고 먼 길을 여행한다는 사실이 얼마나 어려운가를 이번 여행을 통해 확연히 깨닫게 되었다. 그러나 박 검사는 달랐다. 비법을 터득하고 있는 경지까지는 아니지만 최소한 어떤 노력을 보여 주어야 하는가 정도는 충분히 터득하고 있는 것 같았다.

"현대 속담 들어 보신 적 있으세요."

"없는데요."

"티끌은 모아 봤자 티끌이다."

"글쿤요."

"대학 개 삼 년이면 자소서를 쓴다."

"왠지 슬픈 현실을 대변해 주는 속담이네요."

세은은 어느새 말끝마다 맞장구를 칠 정도로 동화되어 있었다.

"말 한마디로 천 냥 빚을 갚으면 날도둑놈이다."

"그러네요. 요즘 세상이 어떤 세상인데 말 한마디로 천 냥 빚을 퉁친다는 거예요. 어림없는 소리지요."

길고 지루한 정체 현상을 배경으로 박 검사의 현대판 속담 시리즈는 계속되고 있었다.

지렁이도 밟으면 터진다.

고생 끝에 골병든다.

천 리 길도 시동부터.

그때였다. 반갑게도 앞차가 천천히 움직임을 보이기 시작했다. 박 검사도 가속페달에 발을 올리면서 기어를 풀고 있었다. 마침내 길고 지루한 정체 현상이 풀리고 있었다.

안성 휴게소.

화장실에 들러 소변을 보고 간단하게 요기라도 좀 하자는 내 의견에 박 검사가 제동을 걸었다. 여기서 시간을 지체하면 선생님이 우리를 기다리시는 시간도 그만큼 늘어나게 되니까 가급적이면 소변만 해결하고 빨리 떠나자는 의견이었다. 박 검사는 공주에 도착하면 자기가 선생님을 모시고 거하게 저녁 식사를 쏘겠다고 말했다. 사실 차가 너무 막혀서 길바닥에 내버린 시간이 너무 길었다. 식사는 공주에 도착해서 선생님과 즐기자는 쪽으로 기울었다.

하지만 공주에 진입하기 전에도 몇 번의 정체 현상을 만났고 목적지에 도착했을 때는 식사를 하기에는 너무 시간이 늦어 있었다.

선생님은 공주에서도 약간 변두리에 위치한 연립주택 한 채를 임대, 사무실 겸 살림집으로 개조해서 쓰고 계셨다. 혼자 기거하신다는데 집 안팎이 깔끔하게 정리되어 있었다.

"이 친구는 성격도 활달하고 공부도 잘했었지. 전교 톱을 끊은 적도 있지 아마. 그리고 이 친구는 무척 내성적인 성격을 가지고 있었어. 성적은 중간 정도, 교내 백일장에서 무슨 상인가를 받았던 걸로 기억하는데."

놀랍게도 선생님은 우리를 보자 학창 시절을 기억해 내셨다. 특히 내가 일 학년 때 딱 한 번 교내 백일장에서 차상을 받았던 사실도 기억하고 계셨다. 그때 어떤 시를 써서 수상을 하게 되었는지 확실하게 기억할 수는 없지만 제목이 「숲을 예찬함」이었다는 사실만은 확실하게 기억할 수 있었다.

나는 그때부터 쓸쓸하거나 우울하거나 외로울 때마다 시인을 꿈꾸곤 했었다. 하지만 아무리 나 홀로 언어의 숲을 방황해 보아도 얻어지는 문학적 소득은 전무했다.

발밑에 채는 건 허무가 아니면 절망.

시는 나 같은 은둔형 외톨이가 넘보기에는 너무나 높은 나무에 매달려 있는 열매였다. 나는 살면서 내 감성들이 현실이라는 이름의 시궁창 속에서 서서히 썩어 가고 있는 냄새를 맡고 있었다. 안타깝지만 나는 시인의 꿈을 포기해 버렸다.

그런데 노정건 선생님이 내가 백일장에서 차상을 받았다는 사실을 기억하고 계셨다. 나도 까마득하게 잊어버렸던 사실인데 얼마나 놀라운 일인가. 잠시 그때의 감성이 고요한 달빛 아래 찰랑거리는 물비늘처럼 되살아나서 내 가슴을 설레게 만들었다.

하지만 무엇보다도 우리를 놀라게 만들었던 사실은 선생님께서 우리의 집안 내력을 훤히 꿰고 계신다는 점이었다. 우리의 할아버지가 친일파라는 사실, 우리의 아버지들이 사회적으로는 막강한 자리를 차지하고는 있었지만, 정당하지 못한 방법으로 재산을 축적했고 사람들로부터는 그다지 존경받지 못했다는 사실 등을 아주 소상하게 알고 계셨다. 나와 박 검사의 집안 내력뿐만 아니라 당시 전교생의 집안 내력들을 모두 소상하게 꿰고 계시는 것 같았다.

"선생질 제대로 하려면 한마디로 도사가 되어야 해. 학생들에 관계된 일이라면 거의 모르는 게 없어야 한다는 얘기지. 선생은 현미경처럼 극미의 세계를 들여다볼 수 있는 눈도 가지고 있어야 하고, 망원경처럼 극대의 세계를 들여다볼 수 있는 눈도 가지고 있어야 해. 한마디로 어떤 일에 종사하든지 도사가 되어야 한다는 얘기야. 모든 인생이 수행이라고 생각하면 틀림이 없지. 무엇보다도 마음이 중요해. 어떤 일에 종사하든지 도를 닦는 마음으로 임하면 순리를 크게 어긋남이 없어."

선생님을 만나면 우리가 친일파 후손이었기 때문에 겪어야 했던 열등감, 친일파 후손이었기 때문에 겪어야 했던 수치심, 친일파 후손이었기 때문에 겪어야 했던 억울함들을 낱낱이 말씀드릴 작정이었다. 우리는 고해성사를 하는 기분으로 고백할 생각이었다. 우리가 썩어 빠진 이 세상을 얼마나 증오했는지, 우리가 비틀거리는 우리의 젊음을 얼마나, 얼마나 혐오했는지.

하지만 우리는 선생님을 만나자 갑자기 말할 필요성을 느끼지 않게 되었다. 우리가 말하기 전에 선생님은 이미 다 알고 계시는 것이 분명했다. 우리는 그냥 마주 보고 앉아 있는 것만으로도 위안이 되는 존재가 우리가 사는 대한민국에 계신다는 사실만으로도 행복감을 느끼고 있었다.

이 개떡 같은 세상을 살아가면서도 우리는 얼마나 많은 갈등과 마주쳐야 했던가. 하다못해 점심을 먹으러 동네 중국집에 들어가서도 짬뽕을 먹어야 할지 짜장면을 먹어야 할지 갈등을 겪는다. 어떤 경우에는 때려죽이고 싶은 놈이 있는데 몽둥이로 때려죽여야 할지 맨주먹으로 때려죽여야 할지 물어보고 싶을 때도 있다. 또 어떤 경우에는 닭을 잡아먹고 오리발을 내미는 놈이 더 나쁜 놈인지 오리를 잡아먹고 닭발을 내미는 놈이 더 나쁜 놈인지 물어보고 싶을 때도 있다. 양의 탈을 쓴 늑대를 경계해야 할지 늑대의 탈을 쓴 양을 경계해야 할지 물어보고 싶을 때도 있다.

늘 혼자서 선택하고 혼자서 결정했었다. 때로는 판단이나 선택을 잘못해서 낭패를 보는 경우도 있었다. 때로는 막다른 골목에 주저앉아 극심한 외로움에 치를 떨어 본 적도 있었다.

하지만 이제는 염려할 필요가 없었다. 어떤 난국이라도 노정건 선생님만 계신다면 갈등 따위 쉽게 타개될 것 같은 느낌이었다.

"선생님을 찾아뵌 것은 정말 잘한 일이라고 생각합니다."

"맞습니다. 제 생애 가장 잘한 일로 기억될 것 같습니다."

우리는 이구동성으로 선생님을 뵙게 된 사실을 자축하고 있었다. 그런데 조금씩 허기가 밀려들기 시작했다. 하지만 이야기에 정신이 팔려 언제 저녁 식사 얘기를 꺼내야 할지 찬스를 못 잡고 있었다.

"비록 조상들은 부끄럽게 인생을 살다 가셨더라도 저희들만은 올바르게 인생을 살다 갈 생각입니다."

"미약한 힘이지만 선생님을 도와 세상을 정화시키는 일에 일조하고 싶습니다."

나는 식물들과 소통이 가능한 채널러라는 사실을 선생님께 말씀드리고 특성을 간략하게 설명해 드렸다. 그리고 박태빈이 법조계에서는 제법 촉망받는 검사라는 사실도 말씀드렸다.

"세은 씨는 보복대행전문주식회사에서 행동 대장직을 맡고 있습니다."

"안녕하세요. 두 분께 말씀 많이 들었습니다. 한세은이라고 합니다."

세은은 자기가 서울에 소재한 대학 병원 전 이사장의 딸이라는 사실과 택견. 합기도. 유도. 복싱. 팔괘장. 태권도. 모두 합하면 15단 정도는 족히 되는 유단자라는 사실도 말씀드렸다.

"부득이 무력을 쓰실 필요가 있을 때 저를 불러 주세요."

유익현을 응징했던 사실과 조평달을 응징했던 사실도 소상하게 말씀드렸다. 특히 조평달을 응징했다는 사실에 대해서는 통쾌함을 숨기지 않으셨다.

"그놈은 정치하는 놈들 중에서도 비열하기로 소문난 인간쓰레기였는데 통쾌하게도 자네가 분리수거해 버렸구먼."

마침내 우리는 4대강 살리기 사업이라는 대국민 사기에 적극 동참했던 인간들을 응징할 계획을 선생님께 소상하게 말씀드렸다.

"자네들을 보니 마치 내가 십만 대군이라도 얻은 기분이네. 우리가 힘을 합친다면 적어도 대한민국에서만은 못 이룰 일이 없을 거라는 확신을 얻었어."

선생님은 계획을 다 듣고 나시더니 기쁨을 감추지 못하시는 듯 들뜬 목소리로 말씀하셨다.

"세상을 썩지 않게 만드는 방부제 역할을 해야 할 놈들이 사대강 사기 사업에 앞장을 섰던 경우가 있는데 먼저 그놈들

방부제마저 썩은 시대 285

부터 응징하도록 하지."

선생님이 비장한 목소리로 말씀하셨다. 선생님은 교육, 종교, 예술, 언론이 세상을 썩지 않게 만드는 방부제에 해당한다고 말씀하셨다. 하지만 그 방부제가 먼저 썩어서 사기 사업 선동에 앞장을 섰다는 것이다.

나팔수. 물타기. 선동. 시위. 공갈. 협박. 폭력. 공권력 남용. 자료 조작. 공문서 위조. 댓글부대 동원. 여론 조작.

수단과 방법을 가리지 않고 혹세무민을 일삼았다는 것이다.

4대강 살리기라는 이름으로 대국민 사기 사업을 밀어붙이는 일에 앞장을 섰던 사람들.

"주동자들이 녹조라떼를 한 사발씩 원샷하는 장면을 보고 싶어요."

세은이 말했다.

"제가 식물들의 협조를 얻어 주동자들이 녹조라떼를 원샷할 수 있도록 시나리오를 한번 짜 보겠습니다."

내가 말했다.

"동영상도 찍어 둬야 돼요."

"법률적인 부분에 대해서는 저도 매사에 하자가 없도록 조처를 강구해 놓겠습니다."

박 검사도 거들었다.

"하나님께서 그동안 혼자 고군분투했던 내게 천군만마보다 더 막강하고 멋진 제자들을 선물로 보내 주셨구나. 안 되겠다. 축배라도 들어야겠다."

선생님은 진심으로 기쁨을 감추지 못하는 표정이셨다.

"이 좋은 날을 그냥 보낼 수는 없지. 자네들, 잠깐만 기다려 주게. 내가 저기 길 건너 구멍가게에 가서 소주라도 몇 병 사 올 테니까. 소주 괜찮지. 가만있자, 각자 주량들이 어떻게 되시나. 설마 다들 못 마셔서 나 혼자 마셔야 하는 건 아니겠지."

선생님이 자리를 박차고 일어나셨다. 박 검사가 황급히 일어나 선생님을 만류했다.

"선생님, 앉으십시오. 제가 사 오겠습니다. 그러지 않아도 아까 휴게소에 잠시 들렀을 때 저녁 식사는 제가 쏘겠다고 큰소리를 쳤었습니다. 지금 시내로 나가기에는 약간 늦은 거 같고 아무튼 제가 알아서 해결하겠습니다."

잠깐의 실랑이 끝에 선생님은 자리에 앉으셨고 박 검사는 차 키를 가지고 밖으로 나갔다.

"그럼 나는 안주 삼아 라면이라도 끓여 볼까."

선생님이 다시 자리에서 일어나셨다.

"괜찮습니다, 선생님. 박 검사가 다 알아서 할 겁니다. 요즘은 핸드폰으로 검색하면 술이든 안주든 식사든 다 해결이 됩니다."

"라면은 나도 달인의 경지라고들 극찬받는 솜씬데."

"다른 요리라면 자신이 없지만 라면이라면 저도 자신이 있어요, 선생님."

세은도 만류했다. 선생님은 아쉬움을 표명하면서 도로 자리에 앉으셨다. 그리고 세은과 나를 상대로 한담을 나누기 시작했다.

얼마나 시간이 경과했을까.

"배달의 기수 도착입니다."

바깥에서 박 검사가 소리쳤다. 제일 먼저 세은이 자리에서 일어나 싱크대로 가고 있었다.

"정리 정돈을 너무 잘해 놓으셨네요. 결혼하시면 사모님께 점수 많이 따시겠어요."

그녀는 그릇과 수저들을 챙기고 있었다. 박 검사는 승용차 트렁크에 식사류, 안주류 그리고 소주와 맥주 등을 잔뜩 싣고 나타났다. 그리고 박스를 내리기 시작했다. 도합 네 박스였다.

"시간이 너무 늦어서 식사류는 어쩔 수 없이 도시락으로 대처했고 나머지는 선생님께서 냉장고에 보관해 두셨다가 드실 수 있도록 좀 충분하게 준비했습니다. 고기 종류도 있고 과일 종류도 있고 양념 종류도 있습니다."

그날 밤 조출한 소주 파티가 벌어졌다. 우리는 선생님과 술을 마시면서 세상을 어떤 방법으로 정화시킬 것인가를 이야기했다.

작금의 대한민국의 언론들은 대부분 정의와 양심을 시궁

창에 내던져 버린 채 권력의 나팔수로 전락해 버렸다. 빽하면 사건을 왜곡, 축소, 은폐하고 혼란을 조장하거나 국론을 분열시키는 일에 앞장을 선다. 국민의 눈과 귀와 입을 대신해야 할 언론들이 오히려 국민의 눈과 귀와 입을 무용지물로 만들고 있다.

"카더라 통신이나 찌라시 통신을 짜깁기해서 팩트인 양 내보내지를 않나. 아무런 죄의식도 없이 독자를 무지막지하게 기만하지를 않나. 그러면서도 아가리는 정의 구현, 실사구시를 표방한다고 버릇처럼 떠벌리지. 얼마나 나쁜 쉐키들이냐. 엄동설한 눈보라 휘몰아치는 최전방에 발가벗겨서 일렬횡대로 세워 놓고 모조리 불알을 까서 똥물에 자글자글 튀긴 다음 떠돌이 개 떼들한테나 던져 줘 버리고 싶은 놈들."

선생님은 건재하셨다. 불타는 정의감도 그대로였고 현란한 독설도 그대로였다. 외모만 약간 초췌해 보였다.

"불환빈 환불균(不患貧 患不均)이라는 말이 있어. 중국 송나라의 유학자 육상산의 말인데 다산 정약용 선생의 『목민심서』에도 나오는 말이지. 백성은 배고픔보다 불공정에 더 큰 분노를 느낀다는 뜻이야. 그런데 지금 우리나라는 불공정 공화국이라고 해야 마땅할 정도로 공정성을 상실한 상태야. 지도층에 있는 놈들일수록 공정성과는 거리가 멀지. 막말로 엿장수 맘대로야. 무전유죄 유전무죄라는 말이 당연시되고 있어. 한마디로 개판이지. 그런데도 분노하지 않는다. 어떤 사람일 것 같다. 다른 별에서 서식하다 지구에 관광을 온 외계인이거나, 자기는 대한민국의 몰락과 아무 상관이 없다고 생각하는 외국인이거나, 철저하게 부패한 관료이거나, 철저하게 부패한 관료한테 국물이라도 얻어 처먹은 놈이거나, 가축이거나, 벌레이거나, 세균이거나, 그도 저도 아니면 해탈 지경에 이른 도인이겠지."

선생님은 과연 대한민국 정치가들이 몇 명이나 다산의 『목민심서』를 읽어 보았을 것인지 의문이며 불환빈 환불균의 의미를 몇 명이나 알고 있을지 의문이라고 탄식하셨다.

방부제마저도 썩어 버린 대한민국.

우리는 새벽까지 인간쓰레기들을 성토하면서 술을 마셨다.

아아, 우리가 사는 세상은 도대체 어디까지 망가져 있는 것일까. 부정과 부패를 열거하기에도 끝이 없었고 절망과 허무를 열거하기에도 끝이 없었다.

정치. 경제. 사회. 문화. 교육. 행정. 예술. 종교. 법률.

어떤 분야를 들추어도 썩어 문드러져서 악취가 진동하지 않는 분야가 없을 정도였다. 우리는 오물로 가득 찬 시궁창 속에 살고 있었다. 어디를 둘러보아도 출구는 보이지 않았다.

하지만 선생님은 어둠이 다하면 반드시 새벽이 온다고 말씀하셨다. 이 땅에서 숨을 쉬고 있는 한 이 땅에 대한 희망을 버리지 말아야 한다고 말씀하셨다.

"지금까지 자네는 비공개적인 방법으로 인간쓰레기들을 응징했지만 앞으로는 공개적인 방법으로 인간쓰레기들을 응징해 버리는 거야. 악을 척결하고 선을 행하는 일이니까 감출 필요가 없다는 뜻이지. 우리가 하늘을 향해서 한 점 부끄러움이 있을 까닭이 없잖아. 당당하게 응징하자는 거지. 응징 사실을 많은 사람에게 노출할수록 악은 자연히 위축될 수밖에 없고 선은 자연히 기를 펼 수밖에 없는 법이거든."

노정건 선생님은 나쁜 놈들에게 우리의 당당한 모습을 보여 주자는 의견을 피력하셨다. 그리고 가급적이면 세인들에게 그 과정이나 결과를 널리 알려서 악인들에게는 경각심을 느끼게 만들고 선인들에게는 자긍심을 고양시키는 효과까지 거두자는 계획이셨다.

나는 노정건 선생님의 뜻을 거수님들께 그대로 전달했다.

"우리도 이사님의 계획을 따르도록 하겠습니다."

채널링에 참여하신 거수님들과 수목님들도 만장일치로 찬성의 뜻을 표명하셨다.

"우리가 보기에도 나쁜 놈들을 응징하는 일을 법에만 의존하게 되면 세상이 쉽게 정화되지 않습니다. 돈 있고 빽 있는 놈들에게는 법이라는 그물이 아무런 위력을 발휘하지 못하지요. 대어급에 속하는 놈들은 모조리 빠져나가 버리고 치어급에 해당하는 놈들만 걸리는 경우가 태반입니다."

거수님들이나 수목님들이 보시기에도 법에만 의존하는 것

은 효율성이 현저하게 떨어진다는 의견이었다.

솔직하게 말하자. 대한민국이 도대체 어떤 나라인가.

〈애국가〉는 무궁화 삼천리 화려강산이라고 표현하고 있지만 도처에서 경악을 금치 못할 대형 사고들이 빈번하게 터진다. 대한 사람이 대한으로 길이 보전할 엄두가 나지 않을 정도다.

그런데 참 이상도 하지, 아무리 엄청난 대형 사고라도 책임자가 명확하게 밝혀지거나 처벌받는 경우는 드물다. 가령, 해수욕장에 백상아리가 나타나서 사람이라도 물어 죽이면 검경들은 언론을 동원해서 백상아리의 씨를 말려 버릴 듯이 큰소리를 치기 일쑤다. 그러나 상당한 시간이 경과된 다음에는 멸치 몇 마리를 국민들한테 보여 주는 것으로 끝이다. 흐지부지 사건을 종결시켜 버리곤 한다.

국민들을 기만하거나 우롱하는 것이 후진국 검경들의 특징이라면, 대한민국은 어떤 나라와 비교해도 손색이 없는 후진국이다. 후진국 중에서도 순위를 매긴다면 단연 상위권에 속할 것이다. 대부분의 대형 사고들이 피해자는 속출하는데 가해자는 오리무중이다. 특히 재벌 기업이나 정치권력과 연관되어 있을수록 사건은 석연치 않게 무마되어 버린다. 검찰이 던진 그물에는 겨우 멸치 몇 마리만 남아서 꼬리를 파닥거릴 뿐 고래나 상어는 흔적조차 보이지 않는다.

이런 작태가 끊임없이 되풀이되면서 이제 국민들은 모든 부조리를 당연한 것으로 받아들이게 된다. 고질병인데도 고칠 생각을 하지 않는 것이다. 똥이 무서워서 피하나 더러워서 피하지, 라는 속담으로 수수방관을 합리화한다. 똥통이 아닌 장소에서 똥을 만나게 되면 누구나 피하지 말고 치워야 한다. 그것이 상식이요, 원칙이다. 무서워서 피하든 더러워서 피하든, 모두가 피하면 온 세상이 똥밭으로 변하게 된다.

그러나 상식도 원칙도 사라져 버린 세상이 도래했다. 불의를 저지른 놈들이 더 큰 소리로 정의를 외치고 부패에 앞장선 놈들이 더 큰 소리로 청렴을 외친다. 매국매족을 일삼는 망국충들이 애국애족을 일삼는 애국자들로 둔갑을 하고 개들조차도 도둑을 보면 꼬리를 흔들고 주인을 보면 송곳니를 드러낸다. 가짜가 진짜 대접을 받고 진짜가 가짜 대접을 받는다. 세상이 터무니없이 불공정하다. 거의 모든 잣대나 저울이 적확지 않다. 길이도 조작되고 무게도 조작된다. 모든 인간이 행복해지기 위해서 살아간다지만 도대체 무엇이 행복인지 아는 사람은 드물다.

꼬리 없는 도마뱀들

KA대학 환경공학과 조찬길 교수의 연구실.

실내에는 대형 화분 하나가 놓여 있다. 대형 화분 속에는 협죽도 한 그루가 자라고 있다. 잎이 건강하고 무성하다. 겨울이어서 꽃은 보이지 않는다.

나는 거실에 앉아 협죽도와 채널링을 진행하고 있는 중이다. 조찬길 교수는 4대강 사업을 적극적으로 찬성했던 교수들 중에서도 선봉장에 해당한다. 58세. 슬하에 1남 2녀를 두고 있다. 모두 미국에서 유학 중이고 성적은 보통이다.

연구실 벽면 가득 책들이 꽂혀 있다. 조찬길 교수의 이름으로 번역된 책도 있고 직접 저술한 책도 있다.

식물들이 염사해서 전송하는 영상은 의념(意念)에 따라 정지나 확대가 가능하다. 실황 중계도 가능하고 녹화 중계도 가능하다. 지금은 실황 중계다. 식물들이 염사해서 전송하는 영상은 눈을 감아야 선명하게 보인다. 360도 전 방향을 두루 살펴볼 수도 있다.

때로 인간들은 유체이탈을 체험한다. 그리고 특별한 능력을 터득한 인간들은 그것을 의념을 통해 타인에게 전달할 수 있다. 식물도 마찬가지다. 의식과 실체를 분리할 수가 있다. 그리고 어떤 상황을 염사해서 의념으로 다른 지성체에게 전송할 수 있다.

대부분 시공의 제약을 안 받기는 하지만 부분적 한계가 전혀 없는 것은 아니다. 시각적 요소나 청각적 요소는 지원이 가능하지만 미각적 요소나 후각적 요소는 지원이 불가능하다. 물론 시각적 요소나 청각적 요소들은 전달이 가능하더라도 주파수가 일치하지 않으면 감지가 불가능하다. 따라서 일반 사람들은 납득이 어려울 수밖에 없다.

협죽도는 인도가 원산지인 상록수다. 유도화라는 이름으로도 불린다. 우리나라에서는 제주도에 많이 분포되어 있다. 공기 정화 기능이 뛰어나 한때 부산 일부 지역에서는 조경수로 쓰이기도 했으나 잎과 줄기에 청산가리보다 6천 배쯤 강한 독성을 함유하고 있다는 사실이 알려지면서 조경수로는 적합지 않다는 판정을 받았다. 이파리 몇 개를 잘라 어항에 투입한 뒤 삼십 분 정도가 경과하면 죽어서 떠오르는 물고기들을 목격할 수 있다. 협죽도가 보유하고 있는 독성 때문이다.

주의, 방심은 금물. 협죽도의 꽃말이다.

꽃가루에도 독성이 있어 어린이가 있는 장소에서는 각별한 주의를 필요로 하는 식물이다. 그래도 여름부터 가을까지 아름다운 꽃을 즐길 수 있어 관상수로서는 인기가 있는 편이다.

창틀에도 작은 화분이 몇 개 비치되어 있다. 작은 화분에는 다육식물들이 올망졸망 자라고 있다. 아마도 조교가 돌보고 있을 것이다.

창을 통해 보이는 교정의 겨울 풍경들은 적막하다. 교정 여기저기에 잔설들이 쌓여 있다. 나무들은 잎을 모두 떨군 채 초연한 모습으로 먼 하늘을 바라보고 있다. 하늘은 회색으로 낮게 가라앉아 있다. 회색으로 낮게 가라앉은 하늘에는 조만간 눈이 올지도 모른다는 예감이 서려 있다.

조찬길 교수는 혼자 연구실을 지키고 있다. 별로 늙은 나이도 아닌데 머리는 하얗게 무서리로 덮여 있다. 조교는 의도적으로 자리를 비우게 만든 것으로 짐작된다.

조찬길 교수는 가끔 초조하고 불안한 표정으로 시계를 들여다본다.

똑똑똑.

때마침 노크 소리가 들린다. 천천히 의자에서 일어나 문을 여는 조찬길 교수.

"내가 조찬길 교수요."

"《민초정론》 노정건 기자입니다."

노정건 선생님은 출입문 앞에서 허리를 숙여 예를 표한 다음 명함을 내민다.

"앉으시죠."

조찬길 교수는 실내로 들어와 내빈용 의자 하나를 노정건 선생님께 권한다.

잠시 어색한 침묵이 흐른다. 조찬길 교수가 먼저 입을 연다.

"전화로는 성주혜 학생 문제로 저를 만날 일이 있다고 하셨는데."

약간 경직된 목소리다.

"지금은 저만 알고 있는 사실이지만 앞으로는 온 국민이 다 아는 사실이 될 수도 있습니다."

일순, 조찬길 교수의 안면이 굳어진다. 그러나 애써 태연을 가장한다.

"당신 정체가 뭐야."

조찬길 교수가 묻는다. 상대에게 위압감을 주려는 의도가 확실하다. 그러나 노정건 선생님은 눈도 깜짝하지 않는다.

"고정하십시오."

얼굴에 가느다란 미소까지 번진다.

"당신 누구냐니까."

"명함에 명기되어 있는 대로 《민초정론》 발행인입니다. 말단 기자로도 활동하고 있습니다. 이름은 노정건입니다."

"당신, 언론인을 사칭하면서 선량한 사람들이나 등쳐 먹는 사기꾼이지."

교수가 빈정거리는 투로 말했다.

"초면에 말씀이 너무 심하신 거 아닙니까."

순식간에 실내 분위기가 싸늘해지고 있었다. 대형 화분에 심겨 있는 협죽도와 창틀에서 올망졸망 추위를 견디고 있던 다육식물들이 숨을 죽인 채 사태를 관망하고 있었다.

노정건 선생님이 다시 입을 열었다.

"위조를 감별하실 수 있는 안목을 갖추지는 못하셨겠지만 원하신다면 기자 신분증을 보여 드릴 수도 있습니다. 그리고 참고삼아 말씀드립니다만 명예훼손죄나 모욕죄에 해당하는 발언은 가급적이면 자제해 주시기 바랍니다. 저는 교수님과는 전혀 다른 가치관과 인생관을 가지고 살아온 사람이니까 똑같은 부류로 단정하시면 화를 낼 수밖에 없습니다. 모든 사실을 가급적이면 빨리 세상에 공개하라는 독촉으로 간주할 수도 있습니다. 기분에 따라서는 교수님을 순식간에 매장시켜 버릴지도 모릅니다. 참고해 주십시오."

"당신 지금 날 협박하는 거야."

"정확하게 말씀드리지요. 저는 지금 교수님을 단죄하러 온 겁니다."

"당신이 무슨 자격으로 건방지게 나를 단죄하겠다는 거야."

"인간이라는 자격이면 충분하지 않을까요."

"단도직입적으로 말해. 도대체 얼마가 필요한 거야."

"한 번 더 말씀드리지요. 저는 교수님과는 전혀 다른 가치관과 인생관을 가진 사람입니다. 한 번만 더 제 비위를 상하게 하시면 모든 과정을 생략해 버리고 당신이 세 명의 제자들과 업소 여자들을 상대로 저지른 파렴치한 행위들을 만천하에 공개해 버릴 수도 있어요. 자료와 증거들이 충분히 확보되었다는 사실에 유념해 주세요."

노정건 선생님의 목소리에는 싸늘한 냉기가 서려 있다. 조찬길 교수도 그것을 분명하게 느끼고 있는 표정이다.

"내가 어떻게 하면 되겠소."

조찬길 교수는 다소 누그러진 목소리로 묻는다. 쉽게 물러날 상대가 아니라고 판단해서 전략을 바꾸기로 작정한 모양이다.

"교수님도 사대강 사업을 주도한 분들 중의 한 분이시지요."

"그렇소만."

"죄책감은 안 느껴지십니까."

"죄책감이야 죄를 저지른 사람이 느끼는 거 아니오. 나는 사대강에 관해서라면 조금도 죄를 느낄 필요가 없다고 생각하는 사람이오."

"그러실 줄 알았습니다. 그러면 저희들도 교수님을 단죄하는 일에 전혀 부담을 느낄 필요가 없게 되었습니다."

"무슨 말씀을 하고 계시는지 저로서는 도저히 이해가 안 됩니다."

《민초정론》이 조사한 자료에 의하면 정부로부터 사대강 사업 공로로 훈포장을 받은 사람들은 모두 천 이백 명입니다. 그들 중에서도 《민초정론》이 특별히 주목한 그룹이 있습니다. 바로 이론적 기반과 정당성을 만들어 주었던 교수들 그룹이지요. 모두 쉰네 명이 훈포장을 받았습니다. 그중에서 조찬길 교수님은 강물을 가두는 보 본체의 설계 및 시공 자료, 각종 실험 결과 등을 종합적으로 분석해서 구조적 안전에 전혀 문제가 없다는 진단을 내렸습니다. 맞습니까."

"왜 성주혜 학생 얘기를 하다가 갑자기 사대강 얘기로 화제를 바꾸는 거요."

"아직은 모두들 입을 다물고 있는 문제입니다만 성주혜 학생에 대한 이야기가 세상에 알려지면 교수님은 지금 누리고 계시는 모든 명예와 권리들을 한꺼번에 잃어버리게 됩니다. 그래도 괜찮겠습니까. 성주혜 학생 문제도 철면피한 범죄임이 분명하지만 우리가 주목하는 것은 성주혜 학생 문제가 아닙니다. 성주혜 학생 문제는 교수님을 처단하기 위해 우리가 찾아낸 결정적 약점에 해당합니다. 우리는 사대강에 연관된 교수님의 범죄를 자인케 만들고 자연과 양심의 이름으로 교수님을 처단하겠다는 계획입니다. 사대강 살리기라는 이름으로 저질렀던 대국민 사기. 그 일에 적극적으로 가담했던 인물들을 하나하나 처단해 버리겠다는 얘깁니다."

"정말 웃기는 양반일세. 검찰도 있고 경찰도 있는데 당신이 무슨 자격으로 그런 일을 한단 말이오. 대한민국은 엄연히 법치국가요. 누가 당신한테 그런 말도 안 되는 권한을 주었소."

"자연과 양심으로부터 얻은 권한입니다."

"분명히 정신 상태가 정상적인 양반은 아니로구먼."

"교수님, 그 잘못된 안경부터 벗으셔야겠습니다."

"내 안경이 어떻다는 거요."

"일그러진 안경으로 세상을 보면 세상 전체가 일그러져 보이기 마련입니다."

"내가 할 소리를 왜 당신이 하고 있는 거요."

"교수님은 사대강 민관 종합 안전 점검단의 총괄 단장을 맡은 적이 있습니다. 보의 누수나 균열에 대해 감사원에서도 여러 번 지적을 했고, 끊임없이 부실 점검 의혹이 제기되었는데도 아무 문제가 없는 것으로 보고했습니다. 그 결과 사대강 민관 종합 안전 점검단으로 활동했던 책임 교수 다섯 명이 훈포장 및 표창을 받았지요. 대한민국에서는 교수라는 신분을 가지신 분이 권력과 결탁, 학자적 양심을 팔아서 돈도 벌고 훈포장까지 받았는데 그 사실을 정상이라고 생각하십니까. 법망에 걸리지 않았으니 정상이라고 우기시면 할 말은 없습니다만 그 양심으로 대학생들을 가르치실 자격이 있다고 생각하십니까. 참 대단하시네요."

"당신 지금 나를 비웃는 거야."

"비웃음당하실 일을 하셨잖습니까."

"도대체 당신 누굴 믿고 그렇게 안하무인이야."

교수는 다시 언성을 높이기 시작했다.

"저는 진실과 정의라는 힘을 믿습니다."

"다 합법적으로 진행된 일인데 뭐가 문제라는 거야, 건방지게."

"서류상으로는 합법을 조작하셨겠지만 저지른 행위의 결과를 보면 분명히 엄청난 피해가 야기된 불법입니다. 그래서 교수님이 꼼짝 못하실 약점을 찾아내게 되었지요. 만약 성주혜 학생에 대해서 오리발을 내미실 경우 김경은 학생, 강하연 학생 사건까지 한꺼번에 터뜨릴 용의도 있습니다."

"그, 그 학생들을 다, 당신이 어떻게 아, 알고 있소."

마침내 교수는 당황한 기색을 역력히 드러내며 말까지 심하게 더듬기 시작했다.

"도대체 당신 누가 보낸 양아치요."

"한 번 더 경고합니다. 제 명예를 훼손하는 언사를 함부로 내뱉지 마시기 바랍니다. 저도 모욕감이 극에 달하면 교수님의 명예 따윈 얼마든지 하찮게 취급해 버릴 수 있습니다. 어느 쪽 피해가 더 클 것 같습니까."

"다시 한 번 묻겠소. 당신 누구 지시를 받고 감히 나를 공갈 협박하는 거요."

"아하, 배후를 의심하시는 겁니까. 정치적인 면이나 학술적인 면에서 교수님과 껄끄러운 관계를 가지신 분이 배후에서 조정하는 것은 아닐까, 그런 의심이 드시는 거죠. 대개 범죄는 혼자 저지르지 못하지요. 반드시 배후가 있기 마련입니다. 하지만 저는 범죄자를 색출, 응징하는 사람이지 범죄자는 아닙니다. 따라서 배후는 없습니다. 아까도 말씀드렸지만 저는 자연의 가르침을 따릅니다. 왜 경찰이나 검찰도 가만히 있는데 이름도 들어 본 적이 없는 지방 언론지 기자 나부랭이가 설치느냐고 묻지는 마십시오. 교수님 같으신 분들이 판을 치는 작금의 대한민국에서는 경찰도 검찰도 맥을 못 추는 허수아비나 다름없을 경우가 많지 않습니까."

"당신 정신과 치료 받은 적 있지. 틀림없을 거야. 여기 온목적이 뭐야. 돈이야. 얼마가 필요해. 나 바쁜 사람이야. 정신나간 사람하고 왈가왈부하고 싶지 않으니 빨리 말해 봐."

"아직 제 얘기 다 안 끝났습니다. 학자적 양심을 팔아 포상을 받은 것도 모자라 정부 용역 과제를 상대적으로 많이 따내기도 하셨더군요. 어떤 교수의 경우 오 년 동안 백팔십억이라는 거액을 국토교통부로부터 국고에서 지원받기로 계약이체결되어 있더군요. 그 교수는 사대강 대국민 사기 국민소송단이 진행했던 소송에서 정부 측 증인으로 출석해 사대강 사업에 의해 수질이 향상되었다고 증언했습니다. 그러나 사실과는 정반대되는 증언이었습니다."

"더 이상 듣고 싶지 않으니 여기서 나가시오."

"안 나가겠다면 어쩌시겠습니까."

"경찰을 부르겠소."

"아이구, 감사합니다. 자수하시겠다는 얘깁니까. 한번 불러 보시지요. 저는 조금도 두렵지 않습니다. 경찰이 오면 성주혜 학생 얘기부터 줄줄이 털어놓아 드릴까요. 학생들한테 저지른 죗값 다 치르고 나면 사대강에 저지른 죗값 추가해서 치르시면 되겠군요."

"이 사람이 정말."

이때 노정건 선생님이 손목시계를 들여다보았다.

"좋습니다. 성주혜 학생 얘기만 나오면 입을 다물어 버리시는군요. 오늘은 저도 급한 볼일이 있으니까 이쯤에서 물러가겠습니다. 다시 연락드리지요. 그런데 자리를 뜨기 전에 해야 할 일이 하나 있습니다."

노정건 선생님은 상의 주머니에서 박카스 병 하나를 꺼내 보였다.

"이게 뭔지 아십니까."

그러나 조찬길 교수는 대답하지 않았다.

"금강에서 떠 온 속칭 녹조라떼입니다. 언젠가는 교수님을 위시해서 사대강 대국민 사기 사업에 적극 앞장을 서셨던 분들께서 이 녹조라떼를 사발로 원샷하실 날이 오기를 기대합니다. 오늘은 우선 냄새만 맡아 보시지요."

노정건 선생님은 박카스 병의 뚜껑을 열었다. 그리고 무례하게도 안에 있는 액체를 연구실 여기저기 무차별로 뿌려 대기 시작했다. 짙은 초록빛 액체가 책장이며 벽이며 천장에 흩뿌려져 흉한 얼룩으로 흘러내리고 있었다.

오 초 정도가 지났을까.

일순, 조찬길 교수가 갑자기 윽, 소리와 함께 미간을 일그러뜨리며 손바닥으로 코를 감싸 쥐기 시작했다.

이게 무슨 냄새지, 이게 무슨 냄새지, 실내의 모든 사물들이 두런거리며 진저리를 치고 있었다.

"주말 즐겁게 보내셨나요."

월요일 오후였다. 나는 노정건 선생님께 안부 전화를 걸었다.

"뜻밖의 불청객들이 나타나서 별로 유쾌하지 않은 주말을 보냈어."

선생님이 대답하셨다.

"불청객이라니요."

"깡패들이 나타났어."

"깡패들이 왜 선생님 앞에 나타났을까요."

"짐작이기는 하지만 사대강 비리 추적에서 그만 손을 떼라는 암시나 협박이 아니었을까."

"다치지는 않으셨어요."

"그놈들이 좀 다쳤지. 갈비뼈에 금이 가거나 팔이 부러졌을 테니까 완치되기 전까지는 동일한 놈들이 나타나지는 않을 거야. 다른 놈들이 나타나겠지."

"우와, 정말 대단하세요."

"악인들은 무슨 문제가 생기기만 하면 일단 폭력으로 문제를 해결하려는 공통점을 가지고 있어. 양심만 없는 것이 아니라 지혜도 없는 거지. 그러니까 단순하고도 무식한 방법을 쓰게 된다. 예언컨대 놈들은 앞으로 몇 번 더 폭력을 시도할 거다."

나는 고등학생 때 들었던 노정건 선생님의 전설을 다시한 번 떠올리고 있었다. 영등포 어딘가에서 건달들과 7 대 1로 대결을 벌였다는 전설. 건달들이 선생님 앞에서는 90도로 허리를 굽히고 형님으로 모신다는 전설. 헛소문이 아니었던 것이다.

"숙소로 돌아가는 길이었는데 골목길에서 앞을 가로막더라. 액션 영화를 너무 많이 본 놈들 같았어. 목소리를 좌악 내리깔고 근엄하게 말했어. 함부로 나대면 큰코다친다는 사실을 가르쳐 주러 왔으니까 몇 대 얻어터지고 각별히 조심하는 모습 보여 달래나 뭐래나. 몸집들이 하나같이 뒤룩뒤룩 살이 쪄서 나는 무슨 비만 동호회 정기 모임이라도 있는 날인 줄 알았다."

고등학교 때 수업 시간을 연상하게 만드는 억양 그대로였다. 대부분의 학생들이 국사 시간을 기다렸다. 노정건 선생님의 수업은 지루할 틈이 없었다. 선생님의 화술은 학생들로 하여금 일 분에 한 번씩 폭소가 터지게 만들고 일 분에 한 번씩 탄식이 터지게 만들었다. 오 분에 한 번씩 절망에 휩싸이게 만들고 오 분에 한 번씩 희망에 휩싸이도록 만들었다.

"깡패들은 몇 놈이었나요."

"네 놈이었다."

"비겁한 놈들."

"비겁하지 않으면 깡패가 아니다."

"곧 죽어도 남잔데 비겁하면 안 되잖아요."

"깡패하고 건달이 다르고 건달하고 협객이 다르지. 주먹이 세다고 다 건달은 아니고 의리를 들먹인다고 다 협객은 아니야."

"그중에서 협객이 제일 위인가요."

"그렇지. 협객은 대의명분이 없으면 절대로 주먹을 쓰지 않는다."

"제일 밑바닥이 뭔가요."

"양아치야."

"선생님 앞에 나타났다는 깡패들의 싸움 실력은 괜찮았나요."

"싸움 실력이 괜찮은 놈들이 연장을 차고 다니겠냐."

"연장을요."

"야구방망이를 든 놈도 있었고 쇠파이프를 든 놈도 있었고 잭나이프를 든 놈도 있었다."

"그런데도 선생님은 멀쩡하셨다고요."

전직 고등학교 교사와 깡패들이 싸움을 벌였는데 깡패들은 연장을 가지고 있었고 전직 고등학교 교사는 맨손이었다. 그런데 연장을 가진 깡패들은 좀 많이 다쳤고 맨손인 전직 고등학교 교사는 멀쩡하다. 선생님의 말씀을 요약정리하면 그러하다.

믿을 수 있겠는가. 대부분 믿지 않을 것이다. 하지만 나는 믿을 수 있다. 다만 내가 목격하지 못했다는 사실이 못내 아쉬울 뿐이다. 하지만 방법이 없는 것은 아니다. 수목들에게 부탁하면 염사를 통한 다시보기가 가능하다.

"그 골목에 혹시 나무 같은 게 없었나요."

내가 선생님께 던진 질문에는 어떤 계획이 내포되어 있었다.

"무슨 나무들이 있기는 있었는데 무슨 나무들인지는 모르겠다. 그런데 나무들은 왜."

"선생님께서 허락만 해 주신다면 제가 나무들에게 부탁해서 염사를 통해 선생님의 활약상을 다시보기할 수가 있거든요."

"설마 내가 뻥을 친다고 생각해서는 아니겠지."

"절대로, 절대로 아닙니다."

고등학교 때부터 늘 궁금했었다. 도대체 얼마나 주먹이 대단하시길래 혼자서 깡패들을 일곱 놈씩이나 때려눕힐 수가 있단 말인가. 선생님을 떠올릴 때마다 그 사실이 궁금해서 견딜 수가 없었다. 기회만 된다면 꼭 한번 목격해 보고 싶었다.

다행히 현장에 나무들이 있었노라고 선생님이 증언하셨다. 그렇다면 그 장면을 소급해서 목격하는 일이 별로 어렵지는 않다. 식물들의 기록에는 수정이나 오류가 존재하지 않는다. 특히 나무들은 오래된 기록까지 소급해서 재생할 수 있다.

그러나 오래된 기록을 소급해서 재생하려면 당연히 시간을 많이 잡아먹는 폐단이 있다. 그래서 아주 요긴한 자료가 아니면 의뢰하지 않는다. 일년생은 용량이 작은 편이고 다년생은 용량이 많은 편이다. 지난 주말에 선생님께서 겪으신 일이라면 소급해서 염사하기가 그리 어렵지 않을 것이다.

나는 절호의 기회라고 생각했다. 그래서 선생님께 다시보기를 허락해 달라고 애걸하기 시작했다.

"선생님, 제발 한 번만 허락해 주세요."

그러자 선생님은 의외로 흔쾌히 허락해 주셨다.

"쑥스럽기는 하지만 뭐 안 될 것도 없겠지."

"감사합니다."

나는 통화를 끝내고 마음을 잠시 가라앉힌 다음 나무들

에게 메시지를 보내기 시작했다. 선생님과 깡패들이 싸우는 장면을 목격한 나무들을 수소문해 달라는 메시지였다. 회신이 도착하는 데는 그리 오랜 시간이 걸리지 않았다. 플라타너스라는 나무들 몇 그루가 그날 사건 현장을 목격했다는 메시지가 접수되었다. 나는 염사가 가능하겠느냐는 의사를 타진해 보았고 다행히 가능하다는 허락을 받았다.

플라타너스는 생장 속도가 빠르고 대기 정화, 기온 조절, 도시 미화 등 다양한 기능을 가진 수종으로 세계 4대 가로수에 해당하는 나무로 알려져 있었다. 이산화탄소와 오존을 흡수하고 산소와 수분을 방출, 공해 방지 능력과 환경 개선 능력이 뛰어난 나무였다. 특히 플라타너스 한 그루가 하루에 0.6킬로그램의 수분을 방출, 대기 중의 열에너지를 제거하는 능력이 에어컨 7대를 10시간 동안 가동하는 효과와 맞먹는 나무로 알려져 있었다.

선생님과 깡패들이 싸움을 벌인 그날 밤. 현장에는 바로 그 플라타너스 몇 그루가 골목길에서 불침번을 서고 있었다.

골목 안.

멀리 골목 입구에 가로등 하나가 켜져 있었다. 골목 안으로 들어서면 어둠이 두텁게 운집해 있어서 어쩐지 우범지대 같은 분위기를 풍기고 있었다. 행인들은 보이지 않았다. 왼쪽에는 주택들이 늘어서 있고 오른쪽에는 높은 축대들이 축조

되어 있었다. 수령이 이십 년은 족히 넘어 보이는 플라타너스
몇 그루가 헐벗은 모습으로 띄엄띄엄 골목을 지키고 서 있었
다. 희끗희끗 눈발이 흩날리는 날씨였다.

　노정건 선생님이 골목 안으로 들어서는 모습이 보였다. 카
메라를 어깨에 메고 있었다. 어두워서 그런지 대체로 건물들
이 우중충해 보였다. 빈곤층이 살고 있는 주택가로 보였다.
염사된 장면만으로는 노정건 선생님의 숙소가 어디쯤인지
짐작할 수는 없었다. 나는 이 골목을 지나쳐야만 숙소에 도
착할 수 있는 모양이라고 짐작했다.
　깡패들은 어디 숨어 있는 걸까. 아직 모습을 드러내지 않
고 있었다. 나는 결과를 뻔히 알고 있으면서도 가슴이 조마
조마했다. 노정건 선생님은 천천히 걸음을 옮겨 놓고 있었다.
나는 깡패들이 나타난다는 사실을 알고 있었기 때문에 마음
을 졸이면서 풍경 속을 주시하고 있었다.
　선생님이 골목 중간쯤 들어섰을 때였다. 갑자기 어디선가
검은 실루엣의 괴한들이 나타나 선생님을 가로막았다. 도합
네 명이었다. 어둠 때문에 얼굴들은 식별할 수가 없었다.
　"당신이 노정건이지."
　제일 앞에 있던 놈이 불쑥 물었다. 다들 덩치가 건장해 보
였다. 한 놈은 야구방망이를 들고 있었고 한 놈은 쇠파이프
를 들고 있었다.

"그렇기는 합니다만."

노정건 선생님이 대답했다. 전혀 당황하는 기색이 아니었다.

"당신 우리한테 교육 좀 받으셔야겠어."

한 놈이 다리를 건들거리면서 노정건 선생님께 말했다. 곁에 있던 놈이 껌을 질경질경 씹고 있다가 선생님을 향해 퉤, 하고 뱉었다. 그러나 껌은 빗나가 버렸다.

"무슨 교육을 말씀하시는 겁니까."

선생님이 물었다.

"사내자식이 아무 때나 나대면 험한 꼴을 본다는 사실을 깨닫게 만들어 주겠어."

제일 앞에 있던 놈이 반말 조로 말했다. 그리고 말이 끝나기도 전에 선생님의 얼굴로 주먹을 힘차게 뻗고 있었다. 어찌나 주먹을 힘차게 휘둘렀던지 저러다 팔이 빠질 수도 있겠다 싶은 생각까지 들었다. 누구라도 맞으면 뼈가 으스러져 버릴 것 같았다. 하지만 선생님은 멀쩡했다. 몸을 가볍게 옆으로 틀면서 주먹을 허공으로 흘려보내 버렸다.

"얼씨구, 이 새퀴가 피하네."

말이 떨어지기가 바쁘게 잽에 연이은 스트레이트가 날아들었다. 그러나 선생님은 가볍게 스텝을 밟으면서 날아오는 주먹들을 모두 무용지물로 만들어 버렸다. 몸놀림이 여간 경쾌한 것이 아니었다. 깡패들은 사력을 다해 주먹을 휘두르는 기색이 역력한데 선생님은 장난을 치듯 움직임이 가뿐해 보였다.

그러다 일순, 선생님의 발이 빠르게 허공을 갈랐다. 풀썩, 한 놈이 땅바닥에 꼬꾸라지는 모습이 보였다. 연이어 오른쪽 담벼락을 타고 선생님이 솟구쳐 오르는 모습이 보였다.

세상에 저게 가능하다니, 대박, 대박. 내가 탄복하는 순간, 벽을 비껴 타던 선생님의 착지가 이루어졌고 착지와 동시에 또 한 놈이 꼬꾸라지는 장면이 보였다. 그야말로 눈 깜짝할 새에 벌어진 일이었다.

두 놈이 땅바닥에 꼬꾸라져 있었다. 쇠파이프를 들고 있던 놈과 야구방망이를 들고 있던 놈이었다. 급소라도 정확하게 가격당했는지 두 놈 다 쓰러진 채 꼼짝달싹하지 못하고 있었다.

반짝, 어둠 속에서 날카로운 불빛이 튕겨졌다. 남은 두 놈이 약속이나 한 듯 동시에 잭나이프를 꺼내 들었다. 선생님은 어둠 속에서도 이를 드러내고 빙그레 웃어 보였다.

"이 겁대가리 없는 새끼."

깡패 두 놈이 앞뒤에서 잭나이프를 미친 듯이 휘두르기 시작했다. 나는 깡패들이 잭나이프를 꺼내 들었는데도 걱정스러운 마음은 들지 않았다. 선생님의 실력을 보았기 때문이기도 하지만 깡패들의 동작은 상대편에 대한 두려움을 여실히 드러내고 있었기 때문이었다.

휙, 휙휙, 휙, 빠르게 섬광을 그으며 어둠을 가르는 잭나이프들. 마치 독극물을 들이켠 물고기 두 마리가 어둠 속에서 발악을 하면서 몸을 뒤채고 있는 것 같았다. 자칫 방심하면 다치기 십상이었다.

하지만 선생님의 동작들은 날렵하면서도 용의주도해 보였다. 잠시 잰 보법을 구사하면서 잭나이프를 이리저리 피하시던 선생님이 날렵하게 한 놈의 품속으로 파고들었다. 그리고 신묘한 동작으로 깡패의 팔을 감아 잡았다.

무슨 신공일까. 뚝, 뼈가 부러지는 소리. 그리고 으악, 비명을 지르는 소리가 동시에 골목 안의 정적을 깨뜨렸다. 오싹 소름이 돋는 장면이었다.

멀쩡한 깡패는 이제 한 놈뿐이었다. 그러나 그 한 놈은 비실비실 뒷걸음질을 치고 있었다. 어둠 속에서도 겁먹은 기색이 역력해 보였다. 선생님은 그놈을 향해 천천히 다가서고 있었다.

"오지 마, 씨발새꺄."

그놈은 잭나이프로 선생님을 위협하고 있었다. 하지만 이미 전의를 완전히 상실한 목소리였다. 태도 또한 자신감이 완전히 결여된 상태였다. 선생님은 잭나이프 따위는 전혀 신경을 쓸 필요가 없다는 듯 망설임 없이 놈에게로 다가서고 있었다.

한 걸음,

두 걸음,

세 걸음.

지루할 정도로 침착하게, 뚜벅뚜벅, 그놈에게로 다가서고 있었다.

"오지 마, 새꺄. 오지 말라니까, 씨발."

그놈의 목소리는 떨리고 있었다.

순간, 선생님이 잠시 걸음을 멈추었다. 걸음을 멈추더니 수직으로 곧게 몸을 솟구치는 모습이 보였다.

뻑, 그놈의 턱에 꽂히는 선생님의 앞차기. 그놈은 뒤로 벌렁 나자빠지고 말았다. 어디를 가격당했는지 네 놈이 모두 땅바닥에 사지를 내던진 형국으로 너부러져 신음 소리를 연발하고 있었다. 선생님은 아무 일도 없었다는 듯 카메라 끈을 한 번 가볍게 추스른 다음 골목 안 어둠 속으로 유유히 사라지고 있었다. 희끗희끗 날리던 눈발이 어느새 함박눈으로 변해 있었다.

서울 종로에 있는 아담하고 조용한 참치회 전문점.

세은과 함께 노정건 선생님을 만났다. 박 검사는 공무 때문에 동석할 수가 없었다. 하지만 이 참치회 전문점을 추천한 사람은 박 검사였다. KA대학 환경공학과 조찬길 교수를 만날 계획이었다.

국민들은 4대강 일대가 녹조에 뒤덮이면서 4대강 사업이 대국민 사기극이었다는 사실을 자각하기 시작했다. 하지만 사업에 관여했던 정부 기관이나 건설 업체들은 꿀 먹은 벙어리들처럼 입을 다물고 있거나 성공한 사업이라고 떠벌리기에 여념이 없었다. 정치 성향이 극단적으로 보수적인 사람들은 종북좌빨 성향의 진보 세력들이 국민 분열을 조장하기 위해 펼치는 선동으로 치부하고 있었다. 하지만 진보적 성향을 가진 사람들은 격분을 금치 못하고 있었다.

"오천만 원만 있어도 운명이 달라질 빈곤층도 숱하게 많은데 이십이조 원이라는 엄청난 돈을 강물 속에다 처박고 얻어낸 결과가 물고기의 떼죽음이고 녹조라떼냐. 사지를 찢어 죽여도 분이 풀리지 않을 사기꾼 놈들. 저것들이 멀쩡하게 살아서 활개를 치면서 돌아다니다니 참 썩어 문드러져도 한참을 썩어 문드러진 세상이야. 주동자들을 모조리 색출해서 감옥에 보내야 하는데. 검찰도 썩어서 개검찰 소리를 듣고 있으니 도무지 누구를 믿어. 생각 같아서는 사대강 대국민 사기범들을 모조리 색출해서 녹조라떼부터 한 사발씩 원샷시키고 싶은데 능력은 달리고 그저 복장만 터지는 거지."

특히 강을 생계의 터전으로 삼았던 사람들의 원성은 수위가 높을 수밖에 없었다. 재첩도 다슬기도 물고기도 잡히지 않았다. 그들은 주모자들을 잡아다 녹조라떼를 원샷시켜야 한다는 말을 노래처럼 읊조리기 일쑤였다.

그래서 오늘, 조찬길 교수를 만나면 확답을 얻어 낼 생각이었다. 언제 녹조라떼를 원샷하겠느냐. 정확한 날짜를 받아낼 목적으로 조찬길 교수를 일식집에서 만나기로 약속한 거였다. 우리는 지배인에게 가급적이면 후미진 방을 달라고 요구했는데 때마침 적당한 방이 비어 있었다.

"화천은 추운가."

노정건 선생님이 내게 물었다.

"견딜 만합니다."

물론 내가 살고 있는 다목리는 춥기로 유명했다. 춘천과는 승용차로 한 시간 거리. 겨울에는 춘천보다 3도에서 5도쯤 기온이 떨어지는 고장이었다. 화천 시내와도 3도 정도나 기온 차이를 보였다. 주민들은 겨울이 7개월이라고 말한다. 그래서 우스갯소리로 부지런한 놈도 살기 쉽고 게으른 놈도 살기 쉬운 동네라고 말한다. 겨울이 7개월이기 때문에 5개월만 일하면 된다는 얘기다. 어떤 날은 기온이 영하 30도를 밑돌 때도 있었다. 물 묻은 손으로 쇠붙이를 잡으면 손가락이 쩍쩍 달라붙을 정도였다.

화천에는 3개 사단이 주둔하고 있었다. 최전방에서 근무하는 군인들은 오줌을 누면 오줌 방울이 땅바닥에 떨어지기도 전에 얼어붙는다고 말할 정도였다. 내가 견딜 만하다고 대답한 이유는 최전방에서 근무하는 군인들을 생각해서였다. 아무리 추워도 최전방에서 근무하는 군인들을 생각하면, 그래도 이 정도는 견딜 만하다는 생각이 들었다.

"조찬길 교수한테 녹조라떼를 먹이셨나요."

세은이 노정건 선생님께 물었다.

"아직 먹이지는 않았지."

선생님이 대답하셨다.

"녹조라떼를 먹이면 응징이 끝나는 건가요."

"아니야, 녹조라떼를 먹이는 건 시작에 불과하지."

"어디까지 응징하실 계획인데요."

"사회적으로 완전히 매장될 때까지야."

선생님은 단호한 목소리로 대답하셨다. 더 이상 강단에 발을 붙일 자격이 없는 사람이기 때문에 개과천선을 시키려면 매장이라는 외통수밖에 없다는 설명이었다.

"이제 깡패들은 나타나지 않나요."

내가 물었다.

"그 후로 한 번도 나타나지는 않았지만 아마 포기한 건 아닐 거야."

그때 종업원이 조찬길 교수가 도착했다고 알려 주었다.

"이리로 안내해 드리세요."

선생님이 종업원에게 말했고, 이내 종업원의 안내를 받아 조찬길 교수가 들어섰다. 교수는 우리를 보더니 약간 당황하는 기색을 드러내 보였다.

"혼자 오신 게 아니었군요."

약간 언짢은 어투였다.

"혼자 다니면 맞아 죽을지도 모른다는 생각이 들어서 호위 무사들을 데리고 다니기로 했습니다."

선생님의 답변이었다. 아마도 지난번 깡패들을 사주한 배후가 조찬길 교수일 거라는 확신에서 언급된 답변 같았는데 교수는 아무런 동요도 보이지 않았다. 노련하면서도 음흉하다는 생각이 들었다.

노정건 선생님은 세은과 나를《민초정론》시민 기자들이라고 교수에게 소개했다.

"나를 만나자고 한 이유가 뭡니까."

"일단 앉으시지요."

"사양하겠소."

"식사부터 하시면서 얘기를 나누었으면 하는데."

"나는 지금 당신들하고 식사할 기분이 아니오."

"제가 쏘겠습니다."

"그럴 필요 없소."

"정말로 사양하시는 겁니까."

"몇 번이나 똑같은 소리를 반복해야 알아듣겠소."

"알겠습니다. 그럼 용건을 간단하게 말씀드리지요. 제가 저번에 교수님 연구실에서 잠깐 보여 드렸던 녹조라떼를 기억하시나요."

"기억하오."

"저는 교수님께서 그걸 한 사발 들이켜는 모습을 동영상으로 꼭 찍어 둘 계획입니다. 물론 세상을 썩지 않게 만드는 방부제 역할을 해야 하실 분들인데 오히려 세상을 썩게 만드는

일에 앞장을 선 언론인, 교육자, 종교인 들께도 원샷할 기회
를 드릴 예정입니다. 언제쯤 응해 주실 건지 날짜를 말씀해
주셨으면 합니다."

"거절한다면 어쩌시겠소."

"성주혜, 강하연, 김경은, 그리고 여러 명의 업소녀들. 그녀
들이 표면화되고 교수님이 사회적으로 매장되기를 원하신다
는 뜻으로 받아들이겠습니다."

교수는 지독한 색마였다. 세 명의 여학생들을 성폭행하거
나 성희롱했고 업소녀들 여러 명과도 부적절한 관계를 유지
하고 있었다. 내가 교수의 연구실에 있는 협죽도와 다른 식
물들에게서 얻어 낸 정보를 선생님께 제공해 드렸었다.

"단도직입적으로 말합시다."

"뭘 말입니까."

"얼마가 필요한 거요."

"정말 말이 안 통하는 분이로구먼."

선생님은 만년필을 꺼내 식탁을 덮은 종이에 한문으로 글
자들을 쓰기 시작했다.

지도원매(知盜怨賣).

지도우매(知盜憂賣).

"무슨 뜻인지 아십니까."

선생님이 교수에게 물었다.

"모르오."

"공부를 많이 하신 교수님께서 모르실 리야 없겠지요. 지나친 겸손으로 받아들이겠습니다. 지도원매. 지식을 훔쳐서 세상 생물들에게 원한을 사는 일을 한다는 뜻이지요. 바로 교수님께서 하신 일입니다. 교수님은 환경공학을 전공하신 분입니다. 그런 분께서 국민의 혈세를 이십이조씩이나 쏟아부어 산천을 파괴하고 강물을 썩게 만들었을 뿐만 아니라 수천 마리의 물고기를 떼죽음에 이르게 만드는 대국민 사기에 앞장을 서셨습니다. 명명백백하게 폐해가 드러나고 있는데도 성공한 사업이라고 떠벌리고 있습니다. 양심의 가책 따위는 전혀 느끼지 않는 태도를 보입니다. 막말로 교수님은 제가 만날 때마다 매를 벌고 계십니다. 제 말이 기분 나쁘더라도 어쩔 수가 없습니다. 폐해에 비하면 더 심한 욕도 과분할 정도니까요."

"저번에도 말했지만 나는 나라에서 국민의 행복을 위해 실시했던 사업에 동참했을 뿐이오. 다 합법적인 일이었으니까 법대로 하시오."

"말씀 잘 하셨습니다. 지도우매. 지식을 훔쳐서 백성들의 걱정거리를 만든다는 뜻입니다. 교수님은 학자라는 직분을 이용해서 국민들을 속이고 자연을 회생 불능의 상태로 만들어 국민들께 크고 오랜 걱정거리를 만들어 준 장본인입니다.

지금 선진국들은 강물이나 도랑을 싸발랐던 시멘트를 뜯어 내기에 바쁜데 대한민국은 사대강을 살린다는 명분으로 시멘트를 싸바르기에 바쁩니다. 이 방면의 전문가들은 십여 년의 검토를 거쳐서야 결정할 수 있는 사업이라고 공언했습니다. 그런데 대한민국은 일 년 만에 밀어붙였습니다. 결국 부실 공사로 보는 터지고 강물은 썩고 있는 실정입니다. 전문가들은 원상 복구를 하자면 엄청난 돈과 시간을 쏟아부어야 한다는 진단을 내렸습니다. 보복대행전문주식회사의 명예를 걸고 교수님께서 반드시 죗값을 치르시게 만들어 드리겠습니다."

"어이가 없군. 어이가 없어. 이보쇼. 나도 말 좀 합시다. 대한민국은 엄연한 법치국가입니다. 당신들한테 그런 말도 안 되는 권한을 부여해 준 작자들이 도대체 누굽니까. 생판 들어 본 적도 없는 불법 유령 단체를 만들어 국가 시책에 참여했던 교수를 상대로 공갈 협박이나 일삼다니. 계속 설쳐 대면 천벌을 면치 못할 거요."

"끝까지 오리발을 내미시는군요. 닭을 잡아 잡수셨으면 정직하게 닭발을 내미셔야지 오리발을 내미시면 되겠습니까. 학자적 양심 따위는 시궁창에 쑤셔 박고 사신 지 오래되셨으니 마음대로 해 봐라, 이런 뜻이지요."

"더 이상 당신 말 들을 필요 없으니 나는 이만 가겠소."

교수는 옷걸이에 걸어 두었던 코트를 꺼내 들었다.

"이봐요, 교수님."

노정건 선생님이 교수의 팔을 붙잡고 퇴장을 저지하고 있었다.

"가기 전에 보셔야 할 기사가 하나 있습니다. 물론 아직 보도되지는 않은 기사입니다. 하지만 교수님의 결정에 따라 보도될 가능성이 매우 높은 기사지요. 여기서 읽기 불편하다면 가지고 가서 읽어 보시는 것도 괜찮습니다."

노정건 선생님은 품속에서 하얀 봉투 하나를 꺼내 조찬길 교수에게 내밀었다. 제법 부피가 있어 보이는 봉투였다. 그것을 받아 든 조찬길 교수의 마르고 창백한 손가락이 가늘게 떨리고 있었다. 하지만 교수는 봉투를 받아 코트 안주머니에 보관했다. 여기서 읽지는 않겠다는 뜻이었다.

"교수님은 꼬리가 없는 도마뱀입니다. 꼬리를 자르고 도망치는 것이 도마뱀의 습성이지만 자를 꼬리가 없기 때문에 도망칠 방법이 없다는 얘깁니다. 흔한 말로 딱 걸리신 거지요."

교수는 대꾸하지 않았다. 그 대신 엄청난 불쾌감을 얼굴에 드러내며 방의 미닫이문을 부셔 버릴 듯 닫으면서 퇴장해 버렸다.

"배는 고픈데 입맛은 떨어져 버렸네."

노정건 선생님이 말했다.

"저도 그래요."

세은이 맞장구를 치고 있었다. 아직 음식을 주문하지 않은 상태였다.

"뭘 먹을까."

선생님이 메뉴가 인쇄된 책자를 펼쳐 들고 있었다.

"코스별로 나오네요."

"참치 전문점이니까 참치밖에 없을 것 같은데 메뉴에는 모듬이 있네요. 다른 물고기도 섞여 나오나요."

세은이 물었다.

"부위별 모듬일 거야."

선생님이 해명하셨다.

"저번에는 박 검사가 쐈으니까 오늘은 제가 쏘겠습니다. 가급적이면 비싼 걸로 주문해 주십시오."

선생님이 계산하시겠다고 만류했으나 우리는 극구 반대했다. 결국 내가 계산을 하기로 허락이 내려진 다음 가장 비싼 코스를 주문했다.

"다음 타깃은 누구로 정할까. 한 명씩은 감질나니까 여러 명을 선정해서 동시다발적으로 응징하는 방법을 쓰면 어떨까."

선생님은 하루라도 빨리 인간쓰레기들을 모아서 한꺼번에 소각해 버리고 싶다는 의견을 피력하셨다. 먼저 방부제 역할을 해야 하는 교육계, 언론계, 종교계를 대표하는 인물들 중에서 4대강 사기에 앞장섰던 인물들부터 응징하자는 쪽으로 의견을 모았다.

"박 검사나 거수님들의 의견도 타진해 보겠습니다. 그리고 좋은 의견이 있으면 선생님께도 말씀드리겠습니다."

이야기를 나누는 동안 음식들이 나오기 시작했다.

세은이 경영하는 꽃 가게 '2H FLOWER'를 방문했다. '2H FLOWER'는 내가 서울에 올 때마다 특별한 볼일이 없어도 으레 잠깐씩 들르는 코스로 정해져 있었다. 주변에 각양각색의 꽃 가게들이 즐비하게 타운을 이루고 있었다. 가게들마다 다양한 종류의 관상수들과 화초들이 자태를 뽐내고 있었기 때문에 멀리서 바라만 보아도 기분 좋은 현기증이 느껴질 정도였다.

"인간들은 왜 미라를 만들었을까요."

세은이 밑도 끝도 없이 불쑥 궁금증 하나를 내밀었다. 처음에는 무슨 말인가 싶었다. 나는 미라가 무슨 말인지 확실히 알아듣지 못했다. 그때까지도 미이라가 맞는 표기인 줄 알고 있었기 때문에 어리둥절하고 있었다.

"미라 모르세요."

나는 미라라는 이름을 가진 그녀 친구 중의 누군가에 대해 이야기하는 줄 알았다.

"인간의 시체를 방부 처리해서 건조시킨 미라요."

그제야 나는 그녀가 미이라에 대해 말하고 있다는 사실을 인지했다. 검색의 생활화. 나는 휴대폰으로 재빨리 검색해 보았다. 미라가 맞는 표기였다.

그녀는 인간이 미라를 만든 이유에 대해서 궁금해하고 있었다.

"환생을 믿었기 때문이 아닐까요."

몸이 있어야 다시 태어날 수 있다는 생각에서 미라를 만들었다고 어느 책에선가 읽은 기억이 있었다. 그러나 확실한 기억은 아니었다.

"환생을 믿었기 때문이라는 설이 있기는 하지만 저는 왠지 냄새 때문이 아니었을까 싶기도 해요."

"처음 듣는 얘긴데요."

"모든 동물은 죽으면 시체가 되고 시체는 특별한 기후를 가진 지역이 아니라면, 또는 특별한 처리를 하지 않는다면, 썩어서 악취를 풍길 수밖에 없어요. 하지만 방부 처리를 해서 건조시키면 악취에서 해방될 수가 있겠지요."

"듣고 보니 그럴 수도 있겠다는 생각이 들기도 하네요."

우리는 다탁 하나를 사이에 두고 커피를 마시면서 이야기를 나누고 있었다. 나는 커피를 즐기지는 않는다. 하지만 세은이 좋아하기 때문에 함께 마신다. 하루 다섯 잔씩의 커피를 마시던 세은은 건강을 생각해서 하루 석 잔씩으로 줄였다.

겨울인데도 왠지 분위기가 봄날 같았다. 적절한 온도와 적절한 습도와 적절한 산소로 채워진 실내. 각양각색의 꽃들이 만발해 있었다. 우리는 각양각색의 꽃들과 함께 한없이 나태하고 한없이 무료한 시간을 커피에 타서 한 모금씩 목구멍으로 삼키면서 그리 중요하지도 않은 얘기들을 도란도란 나누고 있었다.

"그런데 참 이상하지요. 동물들은 시체가 썩으면 대개 지독한 악취를 풍기는데 식물들은 대개 시체가 썩어도 전혀 악취를 풍기지 않아요. 오히려 그윽한 향기를 풍기지요. 특히 침향 같은 경우에는 그 향취가 아름답고 그윽해서 예불을 드릴 때 부처님께 공양하는 향으로 쓰기도 했는데요, 요즘은 도락으로 즐기는 사람들이 의외로 많아서 시중에서 엄청나게 비싼 가격으로 판매되기도 한대요. 잠깐만 기다려 보세요."

세은이 자리에서 일어나더니 카운터 쪽으로 걸어갔다. 그리고 서랍을 열더니 무엇인가를 꺼내 들고 다시 내가 앉아 있는 다탁으로 돌아왔다.

"침향이에요."

그녀는 짙은 갈색의 나무토막 하나를 내게로 내밀었다. 주먹만 한 크기였다.

"냄새를 한번 맡아 보세요."

나는 그녀가 시키는 대로 냄새를 한번 맡아 보았다. 한마디로 나무 냄새가 맡아졌다. 그러나 흔히 맡아 볼 수 있는 나무 냄새는 아니었다. 특수 방향제라고 해야 마땅할 냄새였다. 화장실 등에서 흔히 맡아 볼 수 있는 싸구려 방향제 냄새와는 판이하게 격이 다른 냄새였다. 오랜 시간이 경과되어야만 형성될 수 있는 깊이와 그윽함이 느껴지는 냄새였다. 맡는 순간 정신이 쇄락해지는 느낌이었다. 향수 따위와는 비교할 수가 없었다. 향수가 당돌하면서도 요사한 분위기를 발산하는 여자를 연상시키는 냄새라면 침향은 우아하고 정숙한 분위기를 머금고 있는 귀부인을 연상시키는 냄새였다. 냄새가 콧속을 관통하는 순간 머릿속이 해맑아지면서 나를 형성하고 있는 정신적 요소들과 물질적 요소들이 한꺼번에 모조리 숙성되는 듯한 느낌을 받았다.

어떤 나무는 썩어서 이런 냄새를 풍기기도 하는구나. 나는 탄복하지 않을 수 없었다.

"저는 눈에 보이는 것들이 썩어서 악취를 풍기는 것은 참을 수도 있겠는데 눈에 보이지 않는 것들이 썩어서 악취를 풍기는 것은 참을 수가 없다는 생각을 했어요."

"눈에 보이지 않는 것들이 썩다니요."

"이를테면 정신이 썩거나 양심이 썩거나 영혼이 썩었을 때는 참 많은 것들에게 악영향을 미치지요. 꽃 가게를 하기 전에는 몰랐는데 꽃 가게를 하면서부터 식물들이 참 거룩한 성품을 가졌다는 사실을 알게 되었어요. 그리고 보이는 것들과 보이지 않는 것들에 대해서 깊이 생각하게 되었어요."

나도 그랬었다. 표면적인 생각만으로 세상을 살아가던 시절에는 보이는 것들이 세상을 주도하는 줄 알았다. 그러나 다소 철학적인 사고를 하기 시작하면서부터 보이지 않는 것들이 세상을 주도한다는 사실을 자각하게 되었다. 물론 실리

주의자들에게는 비생산적이고 비경제적인 시간 낭비처럼 여겨질 것이다.

그렇다고 하더라도 우리는 괜찮다. 우리는 다행스럽게도 시류나 정치에 열을 올릴 때보다 비생산적이고 비경제적인 소재로 시간을 발효시킬 때가 한결 즐겁다는 사실에 동의한다.

"인간의 경우에는 돈만 벌 수 있다면 다른 생명체들의 존엄성 따위는 전혀 고려치 않아요. 그런데 돈이 과연 인간을 행복하게 만들어 줄 수 있는 절대적 가치를 가지고 있을까요."

물론 나는 아니라고 대답했다. 모든 인간은 행복해지기 위해서 살아가지만 물질의 풍요가 반드시 행복을 보장해 주지는 않는다. 오히려 더 많은 재산을 축적하기 위해 더 많은 비극과 불행을 초래하고 더 많은 폭력과 파괴를 불러들인다. 물질의 풍요를 목적으로 전쟁을 일으키고 물질의 풍요를 목적으로 수많은 목숨을 앗아가지만 결과적으로 행복이 도래하지는 않는다. 오히려 기나긴 불행이 도래하는 경우가 훨씬 더 많다.

그래서 세은의 말대로 눈에 보이지 않는 것들이 중요하다. 정신이 중요하고 양심이 중요하고 영혼이 중요하다. 그런데 세월이 지나면 지날수록 그것들의 중요성을 인식하는 인간들이 적어지고 있는 듯한 양상이다.

나는 오늘 노정건 선생님과 함께 시사 주간지 《모던저널》

의 대표이사 조정갑(趙政甲, 57세)의 집무실을 방문할 예정이다. 방문하기 전에 노정건 선생님이 조정갑에게 전화를 걸어 방문 목적을 미리 알려 주었다.

나는 보복대행전문주식회사의 이사직을 담당하고 있는 사람이다. 보복대행전문주식회사는 악행을 저지르는 인간쓰레기들을 응징하고 억울한 사람들의 한을 풀어 주기 위해 설립된 회사다. 당신도 인간쓰레기로 분류되었다. 당신의 금고와 통장은 우리가 접수한다. 당신은 언론인이다. 언론인은 세상을 썩지 않게 만드는 방부제 역할에 앞장을 서야 한다. 그런데 당신은 방부제 역할보다 부패 촉진제 역할에 더 적극적으로 앞장을 서 왔다. 이제 우리는 당신을 응징하려고 한다.

먼저 당신의 금고를 확인해 보라. 귀중품과 현금이 한 푼도 남아 있지 않을 것이다. 당신은 언론인으로서의 품위와 양심을 시궁창에 내던져 버리고 오로지 재산을 증식하는 일에만 혈안이 되어 있다. 이제 우리는 당신의 후안무치한 행동을 중지시킬 의무감을 느낀다. 당신의 반성 여하에 따라 가족들의 생계비 명목으로 어느 정도의 금품은 되돌려 줄 수도 있다. 하지만 반성하지 않고 후안무치한 행동을 계속한다면 당신은 거지로 전락해서 가족과 함께 길바닥에 나앉게 될 것이다. 우리는 그럴 만한 능력과 자격을 겸비하고 있다.

오늘 오후 2시에 당신의 집무실을 방문할 예정이다. 이 사실을 아무에게도 이야기해서는 안 된다. 사무실에도 당신만 남아 있도록 하라. 경찰에도 알리지 마라. 만약 알리는 순간 당신의 통장에 들어 있는 돈들도 몽땅 사라져 버리게 될 것이다. 조금만 허튼짓을 해도 더 큰 불행이 당신을 덮칠 것이다.

노정건 선생님께서 조정갑에게 전화로 미리 통보한 내용이었다.

조정갑의 금고는 서재에 보관되어 있었다. 그리고 서재에는 커피나무 한 그루가 자라고 있었다. 어떤 기자가 취재차 에티오피아를 다녀온 다음 조정갑에게 선물한 것이었다.

하지만 에티오피아에서 구입한 커피나무는 아니었다. 한국의 화원에서 관상목으로 판매하는 커피나무였다. 커피나무는 열대산 상록 소교목이다. 최근에 이르러 한국에도 커피 전문점이 급속도로 늘어나고 있다. 아울러 커피 마니아도 급속도로 늘어나고 있다. 자연히 커피나무도 인기 있는 관상목으로 자리를 잡아 가고 있다.

"조정갑을 굴복시키는 방법이 무얼까. 찔러도 피 한 방울 흘리지 않을 인간이라 쉽지는 않을 거야. 하지만 약점이 있기는 하지."

"뭔데요."

"돈을 목숨보다 소중하게 생각한다는 사실이야."

"그 약점을 어떻게 이용하실 계획이신가요."

"금고를 털어 버리는 거지."

얼마 전 노정건 선생님의 계획을 듣고 내가 채널링을 통해 커피나무에게서 도어록의 비밀번호와 금고의 비밀번호를 가르쳐 달라고 부탁했다. 그리고 그 비밀번호들은 어렵지 않게 입수되었다.

"금고를 털면 절도 아닌가요."

"절도지."

"범죄자를 응징하기 위해 범죄를 자행하는 건 범죄에 해당하지 않는다는 논리가 저로서는 납득이 되지 않습니다."

"홍길동이나 임꺽정은 납득이 되나. 반성하면 나중에 조정갑한테 돌려줄 생각이고 반성하지 않으면 가난한 사람들한테 나눠 줄 생각이야. 현대판 홍길동 노릇이나 임꺽정 노릇을 해 보겠다는 뜻이지."

조정갑의 집무실로 가면서 나는 불안감을 떨쳐 버릴 수가 없었다. 경찰들이 대기하고 있다가 노정건 선생님과 내 손목에 수갑을 채울지도 모른다는 생각을 했다.

지금이 어떤 세상인가. 적반하장의 일반화가 자연스럽게 이루어진 세상이다. 도둑이 몽둥이를 들고 주인을 보고 떠들지 말라고 으름장을 놓는다. 홍길동이나 임꺽정은 개뿔, 똥싼 놈은 훈방하고 방귀 낀 놈은 구류에 처하는 불합리가 비일비재하게 일어난다. 따지거나 비난하면 바보 취급을 받는 세상이다.

그런데 조정갑의 집무실에 들어섰을 때 조정갑은 태연자약한 표정으로 혼자 앉아 있었다. 경찰을 부르지도 않았고 측

근들을 부르지도 않았다. 조정갑은 냉정하면서도 조소 어린 표정으로 우리를 대했다.

"철만 없는 사람들인 줄 알았더니 겁도 없는 사람들일세."

"이제는 허세를 그만 접으시지요."

"나는 당신들처럼 한가한 양아치가 아니오. 용건만 간단히 말씀하시고 되도록이면 얼른 사라져 주시오."

"도난당한 귀금속이나 거액의 현찰에는 전혀 관심이 없다는 듯이 여유를 부리시는군요."

"독수리가 무엇 때문에 똥파리의 날갯짓에 신경을 쓰겠소."

"독수리가 사냥한 짐승의 몸에 똥파리가 쉬를 슬면 독수리가 먹어야 할 고기를 구더기들이 다 먹어 버리는 수가 있지요."

"솔직하게 말해 보시오."

"뭘 말입니까."

"털어 간 귀금속과 현찰들은 어디 있소."

"비밀입니다."

"반환하지 않고는 못 배기게 만들어 주겠소. 어디 다니실 때 사대육신이나 잘 보전하시오."

"앞으로 어떤 방법으로 대처하실지 충분히 짐작하게 만드는 말씀이시군요. 오늘은 당신이 왜 우리에게 응징 대상으로 지목되었는지만 말씀드리고 물러가겠습니다."

"어디 한번 마음대로 지껄여 보시오."

"당신은 사리사욕에 눈이 멀어 언론인으로서의 사명과 양심을 시궁창에 내던져 버렸습니다. 특히 사대강 사업의 부당함과 부조리를 덮는 일에 앞장을 섰습니다. 물고기들이 떼죽음을 당했고 큰빗이끼벌레가 창궐하고 녹조가 강 표면을 온통 뒤덮었습니다. 기자들이 폐해를 보도하려고 들면 당신은 권력과 결탁해서 보도를 하지 못하도록 압력을 가했습니다. 부정부패에는 보호막이 되어 주고 정의 구현에는 걸림돌로 존재하는 사이비 언론인으로 전락해 버린 거지요. 세간에는 기레기라는 말이 유행어로 번지고 있습니다. 기자와 쓰레기를 합성한 신조어라는 거 당신도 알고 계실 겁니다. 당신은 바로 그 기레기의 대표적인 전형을 보여 주셨습니다."

"이 친구들이, 어촌에 살던 똥개가 어찌 호랑이 무서운 줄을 알까, 라는 속담을 떠올리게 만드네."

"당신의 말은 못 배운 자들의 무지보다 배운 자들의 억지가 더 세상을 망친다는 잠언을 떠올리게 만듭니다."

"어쨌든 반드시 후회하게 만들어 주겠소."

"제가 당신한테 드릴 말씀입니다. 언론은 국민들의 눈이 되고 입이 되고 귀가 되어야 합니다. 그런데 당신은 사리사욕에 눈이 멀어 그 언론으로 국민들의 눈을 가리고 입을 가리고 귀를 막는 일에 주력하셨습니다. 절대로 정상은 아니지요. 때로는 기업과 결탁하고 때로는 권력과 결탁해서 사실을 왜곡하거나 축소, 은폐하는 일도 서슴지 않으셨지요. 온 국민이

이사님도 녹조라떼를 한 사발 원샷해 주시기를 갈망하고 있
습니다. 며칠 후 다시 뵙겠습니다. 그때는 확답을 주시기 바
랍니다."

"당신들이 사대육신이 멀쩡한 모습으로 나타나게 될지는
나도 장담을 못하겠소."

조정갑은 상대가 어떤 내용으로 공격을 해도 한 치의 흔들
림도 없는 금속질의 인간 같았다. 나는 미약한 실력으로 고
수에게 도전했다가 털끝도 하나 건드리지 못하고 참패를 당
한 기분이었다.

그러나 노정건 선생님은 조정갑이 애써 속내를 감추고 태
연을 가장하고 있는 것에 불과하다고 내 생각을 수정해 주었
다. 자신의 금고에 있던 귀금속과 거액의 현찰이 어떤 경로를
통해 어디로 가 버렸는지, 그것들을 훔쳐 간 놈들의 정체는
무엇이며 되돌려 받을 수 있는 방법은 무엇인지, 확실히 알
고 있는 바가 없기 때문에 현재 조정갑의 속은 타들어 갈 수
밖에 없다는 설명이었다. 교활한 놈이기 때문에 태연을 가장
하고 있을 뿐이라는 진단이었다.

노정건 선생님과 내가 조정갑의 집무실을 나간 뒤 한 시간
쯤 지났을까. 조정갑의 집무실에 있던 커피나무로부터 긴급
제보가 전송되었다. 조정갑이 조폭 오야붕한테 전화를 걸어
노정건 선생님과 나를 폭행해 달라고 사주했다는 제보였다.

절대로 죽이지는 마라. 초주검이 될 정도로만 폭행을 가하라. 가급적이면 목격자가 없는 장소를 선택하라.

조정갑은 조폭 오야붕에게 어떤 일이 있더라도 자신이 사주했다는 사실이 밝혀지지 않도록 각별히 유념하라는 당부까지 잊지 않았다는 것이다.

"커피나무의 제보에 의하면 선생님이《민초정론》의 발행인이라는 사실도 이미 알고 있답니다."

"같은 언론인이니까 공식적인 자리 어딘가에서 만난 적이 있지 않을까."

"지금 공주로 내려가시면 안 되겠는데요."

"깡패 몇 놈쯤 나한테는 심심풀이 땅콩이야."

"가시는 도중에 인적이 드문 장소를 선택해서 습격하라는 지시를 내렸다는데요."

"구경꾼이 있으면 나도 귀찮아."

"그래도 깡패들인데 조심하셔야 하지 않을까요."

"악인들은 거의 수법이 대동소이해. 무식한 데다 창의력까지 없어. 이번에도 고작 생각해 낸 수습책이 깡패들을 이용한 폭력이야. 그리고 깡패들은 자신들이 밀린다 싶으면 연장부터 꺼내 들지. 그것도 놈들이 도저히 버릴 수 없는, 비열하면서도 치졸한 전법 중의 하나야."

"오늘은 서울에서 묵으시는 편이 어떠세요."

"괜찮아. 그까짓 깡패 몇 놈쯤 가볍게 상대할 수 있으니까 신경 쓸 거 없어."

"물론 선생님의 실력을 모르지는 않지만."

"걱정 마시게."

"굳이 오늘 가셔야 한다면 저라도 공주까지 동행하겠습니다."

아무리 노정건 선생님의 무예가 출중하다 해도 혼자 보내 드리는 것은 도리가 아닌 것 같았다. 나는 노정건 선생님이 카페에 들러 커피를 한 잔 드시는 동안 세은에게 전화를 걸었다. 그리고 갑자기 공주에 다녀올 일이 생겼다고 말했다.

"무슨 급한 일인데요."

"사실은."

나는 세은한테 자초지종을 털어놓지 않을 수 없었다.

"캡틴이 동행하신다면 저도 따라나서야지요. 가벼운 차림으로 후딱 갈아입고 나갈 테니까 기다리세요. 절대로 저를 떼어놓고 가시면 안 돼요. 와아, 오랜만에 몸 좀 풀게 생겼네."

세은의 목소리는 생기가 넘치고 있었다. 그 목소리 속에는 깡패들과의 일전을 불사하겠다는 의지가 내포되어 있었다. 사태는 전혀 예상치 못했던 방향으로 급전환되고 있었다.

〈2권에 계속〉

보복대행전문주식회사 1

초판 1쇄 2017년 5월 30일

지은이 | 이외수
펴낸이 | 송영석

편집장 | 이진숙 · 이혜진
기획편집 | 박신애 · 정다움 · 김단비 · 정기현 · 심슬기
디자인 | 박윤정 · 김현철
마케팅 | 이종우 · 김유종 · 한승민
관리 | 송우석 · 황규성 · 전지연 · 황지현 · 채경민

펴낸곳 | (株)해냄출판사
등록번호 | 제10-229호
등록일자 | 1988년 5월 11일(설립일자 | 1983년 6월 24일)

04042 서울시 마포구 잔다리로 30 해냄빌딩 5·6층
대표전화 | 326-1600 **팩스** | 326-1624
홈페이지 | www.hainaim.com

ISBN 978-89-6574-620-1
ISBN 978-89-6574-619-5(세트)

이 도서의 국립중앙도서관 출판예정도서목록(CIP)은 서지정보유통지원시스템 홈페이지
(http://seoji.nl.go.kr)와 국가자료공동목록시스템(http://www.nl.go.kr/kolisnet)에서 이용
하실 수 있습니다.(CIP제어번호: CIP2017011107)